STAMP BOOKS

15の夏を抱きしめて

ヤン・デ・レーウ 作

西村由美 訳

岩波書店

I'll try to keep myself open up to you
That's a promise that I made to love
When it was new

わたしはあなたに心を開きつづけよう
それが、愛するわたしの約束
約束したばかりのころ

ジョニ・ミッチェル 「ジェリコ」

I shall wake the dead and they shall eat the living

わたしは死者を目覚めさせ、彼らに生者《しょうじゃ》を食らわそう

メソポタミア神話「イシュタルの冥界下り」
(ステファニー・ダリー、英訳版より)

VIJFTIEN WILDE ZOMERS
by Jan De Leeuw

First published 2012 by Davidsfonds Uitgeverij NV, Leuven.

This Japanese edition published 2014
by Iwanami Shoten, Publishers, Tokyo
by arrangement with Davidsfonds Uitgeverij NV, Leuven.

The translation of this book was funded by the Flemish Literature Fund.
www.flemishliterature.be

Flemish
Literature
Fund

目次

カバー画　石川のぞみ

15の夏を抱きしめて

死者の目は見えるのだろうか？　心臓がもはや鼓動《こどう》しなくなっても、心が痛むことがあるのだろうか？

町と村の間の、畑の真ん中に、森がある。かつては、ヨーロッパじゅうに広がっていた原生林につらなっていた森だが、いまでは、ひとにぎりの木々しかなく、家庭ごみでふくらんだ袋の捨て場と化している。この森には開けた場所があって、そこに、朽《く》ちたカバノキが一本ある。それは、木であることに疲れ、イラクサに埋もれ、天然のベンチとなっている。そこは、夢の少女を待つのに申し分のない場所だ。彼女が来るってわかっていたら、そして、まもなく彼女の自転車の軽やかな音が聞こえるのだとしたら、待つことは、いまなお、学校が早く終わる水曜日の午後の、いちばんすてきなことかもしれない。

オルフェーは、緑色のブレザーを着て、学校の規則よりも短い丈の、緑色のスカートをはいている。オルフェーは、イラクサをかきわけて進む。とげのある葉が彼女の太ももをなでるとき、ぼくはふるえる。彼女は、以前のように小声で笑いながらその幹《みき》に馬乗りしようとはしない。それで、ぼくは、オルフェーがぼくだけに、それとも自分自身にも大きなショックを与えようとしているのかどうか、わからない。今日、オルフェーは笑わずに、リュックを肩からすべらせるようにおろすと、それをふって、空っぽにする。

オルフェーはふり向かない。木の下にいるぼくの影を探そうともしない。ぼくは、近づかなくとも、そこにあるものがなんなのかわかる。それは、ぼくが彼女にあげたCD、ぼくが心をこめて探し集めた曲、彼女がぼくにとってどんな意味を持つか、ぼく自身よりもずっとうまく言い表してくれるような曲。そして、世間がぼくたちの愛を認めなかった場合の、ぼくたちのこれからの人生のシナリオを書いたノート――ぼくたち、追いはらわれた恋人たちは、パリかニューヨークで貧しくともしあわせに暮らし、ついには、ぼくは有名な作家として、彼女は写真家として、成功する……。それに、そこに積みあげられてるのは、たがいに撮りあったぼくたちの写真。オルフェーは、写真の一枚をつまみあげた。それは、ぼくたちがこの森で二人っきりだと知って撮った組写真の一枚だろうか?

オルフェーの口がゆがみ、顔色は青ざめ、肩がふるえる。ぼくは、彼女にかけ寄り、彼女の身体《からだ》に腕をまわしたい。けれども、それはできない。いまのぼくは、かつて、彼女にそうしてあげたぼくではない。

オルフェーは鼻をすすり、目から涙をぬぐう。ポケットからライターをとりだし、思い出の品々をおおうようにかがむ。カチッと、ライターの音がする。ぼくの背骨をざらりとした感触が走る。オルフェーは、両手で炎を囲う。いつもの、かなり男っぽい仕草だ。彼女がタバコに火をつけるとき、ぼくは、この仕草を何百回となく見た。ぼくの、たくましいオルフェー。ぼくの、反逆的《はんぎゃくてき》な恋人、ぼくの喫煙家《きつえんか》。タバコを吸うのを、ぼくがどんなに嫌っていたか、オルフェーは知っていた。けれども、オルフェーは、「わたしは、あなたの所有物じゃないのよ。」と言って、タバコを吸うたびに、ぼくの顔にフーッと煙《けむり》を吹きかけた。わがままなオルフェー。

そして、ふるえる小さな炎を指で囲うその仕草で、オルフェーは、ぼくの心を砕《くだ》く。その炎で、オルフェーは、ぼくたちの人生を燃やす。

ノートに火がつき、CDのプラスチック・ケースが溶ける。刺激臭のある煙がのどに入り、オルフェーは咳《せき》をする。そして、写真を足でけって、炎の中に入れる。写真が燃えあがる寸前、紙がうねり、ぼくたちの身体《からだ》が茶色に焼け、ぼくたちの肌がひびわれる。もっと早く燃えろと、オルフェーは、写真をずたずたにひきやぶり、火に投げ入れる。暖かい空気が写真をとらえ、ぼくたちは行く。オルフェーとトーマスは、笑いながら空へ昇る。

麦の種がまかれたばかりだ。機械の車輪が泥の中に溝《みぞ》を引いたところでは、水たまりに映った灰色の空がふるえている。畑は死んでいるように見える。だけど、まちがえないで。地面の下では、すでに生命がうごめいているんだ。

この何もない畑の間を、街道が走っている。でこぼこのアスファルトの街道で、小動物の死体があちこちに散らばっている。とつぜんのカーブは視界が悪く、死を軽んじるハリネズミやイタチが車輪の下に飛びだすと、ブレーキは間に合わず、運転手たちは避けようがない。その街道から分岐《ぶんき》した砂《じゃ》利道《りみち》は、曲がりくねって森の中を走り、ふたたび街道に出る。その砂利道を選ぶ人はいない。冬には、ふだんよりも泥んこになるまわり道だ。目的地に早く着きたい人——そして、泥んこになりたくない人——は、街道を行く。

カーブの一つに、木の十字架が立っている。手作りの十字架だ。ビニールの覆《おお》いをかけた写真が一枚、赤い画びょうで十字架にとめてある。十字架には名前が彫られ、その足もとには、造花のバラが置かれている。半分に切ったエヴィアン水のボトルに入った数本のフランスギクの花はしおれ、こうべを垂れている。ここで、車はハリネズミなどの小動物では満足せず、より大きな餌《え》食《じき》を捕《と》えたのだ。

この十字架の周辺を、いつも、犬が一匹うろついている。ぐうぜんのはずはない。黒い犬だ。小さすぎも大きすぎもせず、「犬」ということばを聞くと、思い浮かべるくらいの大きさの犬だ。その犬は、ぼくのおじいちゃんが話してくれた昔話から逃げだしてきた犬みたいだ。さまよい踊る白い妖精《ようせい》や、水の精やもの言う馬の頭とともに、百年も前に、村人たちの空想の中に生きていたあいまいな精《せい》霊《れい》の一つ……。夕暮れに人里離れた場所で出会った黒い犬、それは、見る間に大きくなり、一晩じゅうずっと、村人のあとについてきて、ようやく夜明けに、その村人が汗びっしょりになって農場に着くと、一晩のうちに自分の髪がまっ白になっているのに気づいたという……。

ここに立つ十字架とこの黒い犬を見て、以前のぼくなら、自分自身のこんな物語を作ったことだろう。少年だった飼い主をなくした犬が、お墓のそばで悲しみ、飲むことも食べることもしなくなり、ついには悲しみと飢《う》えのせいで、頭を足にのせ、口から舌を出して死んでしまう……。けれども、これはお墓じゃない。それに、この十字架にとめられた写真の少年は、犬を飼っていなかった。

おじいちゃんは、いまのぼくの正体――少年の身体《からだ》から這《は》いでたこのよそ者、そしていまや、親の家をさまよう、ほとんど敵といってもいい存在――を、ぼくの背後に探そうともしない。おじいちゃんは、あいかわらず、ぼくが十歳だと思っている。ぼくが一週間分の食料を届けていたころの水曜日の午後のように、ぼくがおじいちゃんの話を聞きたがっていると信じている。ときには、「元気かね?」とぼくにきいたり、「ママ(おじいちゃんの、仲たがいしている娘)は、どうだい?」とたずねたりする。けれども、おじいちゃんが、その答えを待つことはめったにない。

ここは何も変わっていない。ひまわり模様のテーブルクロスには、灰皿からころげおちたタバコが空けた穴が増え、旧式なレンジにもう少しでもたれかかりそうな安楽椅子《あんらくいす》が、おじいちゃんの身体には大きすぎるようになったけれども、ほかはすべて、以前のままだ。マントルピースの上の、やつれたキリストの像と笑顔の夫婦の写真の間に、石膏《せっこう》の裸《はだか》の少女が立っている。写真の夫婦は、ぼくの曽《そう》祖父母《そふぼ》だ。おじいちゃんの話のおかげで、ぼくは、このひいおじいちゃんとひいおばあちゃんのことを、何人かの同級生のことよりもよく知っている。二人の人生がどんなにつらいものだったかを知っていると、二人がこんなふうに、よりよい未来への希望に満ちていっしょにいるのを見るのは、ふしぎな気がする。二人は、まだ何も知らず、過去の時間の中で凍りついている。ひいおばあちゃんは、永遠に新鮮な花を手に持ち、ひいおじいちゃんは、若さと整髪油で輝く髪をし、写真屋の小部屋の中でずっと寄りそっている。

ここでは、何も変わらないようだ。けれども、おじいちゃんが帽子をぬぐと、青みがかった白髪《しらが》が、前よりも一段と薄くなっている。

おじいちゃんは、台所の戸棚をかきまわす。

「スープ、スープ、スープ。」おじいちゃんがつぶやく声が聞こえる。いまでは、ぼくが何も運んでこないから、おじいちゃんは、缶詰《かんづめ》の食料に頼っている。

「かぼちゃのスープ。あれは、はるか昔のことじゃがな。」おじいちゃんが言う。

おじいちゃんは、缶を空けて、中味をなべに入れ、コンロにかける。

「かぼちゃか。かぼちゃは、村ではもう長いこと見ておらんな。覚えておるか？」

おじいちゃんは、ぼくに話しかけているのだろうか？　おじいちゃんは、ときどきぼくの存在を忘れるみたいだ。そして、おばあちゃんや、自分の両親や兄さんに向かって新しい話をはじめたりする。おじいちゃんが死んだ人たちとしゃべるのは、意外なことじゃない。生きている人たちは、めったにおじいちゃんを訪ねてこないもの。まだ生きている友だちが四、五人、ぶらぶらとやってくることがあるけれども、それは、その人たちの息子の嫁の許可が出れば、の話だ。だから、おじいちゃんは、過去の影たちとなんとかやっていかなくちゃならないんだ。おじいちゃんは彼らを見下したりしないから、過去の影たちは喜んでやってくる。ときには、おじいちゃんが、彼らをじっと見つめるので、ぼくは、暗い陰《かげ》にだれかが立っているのだとばかり思って、そちらを向く。

「おまえに、村のかぼちゃについての話をしたことがあったかのう？」

ぼくは、おじいちゃんの昔話をぜんぶ知ってる。

「もう六十年以上も、この村では、かぼちゃのスープを食べん。あまりにもつらい思い出だからな。悲劇的な、長い話じゃ。あの話で、おまえをたいくつさせたくはないが。」

おじいちゃんは、帽子の下からうかがうように、ぼくをちらっと見た。ぼくの答えはどうでもいいんだ。おじいちゃんは、やっぱり、その話をするだろう。だから、ぼくはここにいる。聞き手として、ぼくは呼びだされたんだ。

「何もかも、昔起こった話じゃ。農夫のサンダースの農場でな。彼は、ちょうど村に入る手前の、丘のてっぺんに大きな農場を持っておった。」

しばらくすると、おじいちゃんは、ぼくのことをすっかり忘れた。

家 では、ブイヤベースのなべが火にかかっている。以前、ママは、一日じゅう仕事をしてきたあとで、あくせくと台所で働く時間もなければ、そうする気もなかったし、三分もしないで飲みこんでしまうものに一時間以上もせっせと時間をかけるなんて、理由がわからないと思っていた。電子レンジが二十世紀最大の発明だと信じて疑わないママだけれど、最近は、オーブンレンジのそばから離れられない。

とつぜん、手料理が好きになったわけでもなければ、数えきれないほどのテレビの料理番組に、ついに影響されたわけでもない。ママ自身は、毎日、食卓へ運ぶ料理にほとんど手をつけない。だけど、台所は、ママにとって砦《とりで》となった。台所にこもって、パパと夜から身を守る。できれば、眠る寸前まで料理していたいところなのだろう。けれども、あまりぐずぐずしていると、パパが声を荒げて、「ちょっと手つだおうか？」と言う。そこで、台所の鋭《するど》い包丁――気づかぬうちに太ももか胸を刺してしまうかもしれない――のそばで、パパとならぶよりもと思い、九時前に料理を終えようと急ぐ。

パパは、もう食卓についている。ママが、湯気の上がった大きなスープボウルを持って居間に入っていくと、パパは、ラップトップを閉じる。

「うまそうな匂《にお》いだな。」と言って、パパが笑う。ママが笑い返す。それは、エレベーターに閉じこめられた他人同士が、なんとか状況をよくしようとして見せあうような笑顔だ。

「ブイヤベースよ。」とママがつけ加える。

パパが、スープボウルをのぞきこむ。小エビ、サーモン、ロブスター、ぜんぶ入っている。十人前はありそうだ。

ママは、食器棚からスープ皿を三枚とスプーンを三本とりだす。スープ皿をテーブルにならべる。パパが身を固くする。ママはそれに気づくが、食卓の用意をつづける。スプーンを、スープ皿の横にていねいに置く。パパは、目でママを追いながら、こぶしをにぎりしめる。

ママは、お玉じゃくしを持って、スープボウルの中をちょっとかきまわし、パパのスープ皿にブイヤベースをよそう。

「もっと注ぐ?」ママがきくが、パパは答えない。部屋は、しーんと静まりかえっている。

ママは、自分の皿によそってから、お玉じゃくしをスープボウルにもどす。そして、一瞬ためらう。そのとき、お玉じゃくしが、パシャッと音を立ててスープの中に沈んだ。ママが引きあげると、あふれそうなお玉じゃくしの中にさかなが一切れ、黄色い海に浮かぶサーモンピンク色の島のように突きでていた。ママは、ひとしずくもこぼすまいと、細心の注意をはらいながら、お玉じゃくしをスープボウルから三枚目のスープ皿に移す。

「エヴァ。」パパが、ママの名を呼ぶ。それは、警告だ。

お玉じゃくしがスープ皿の上で、一瞬、とまどったような動きを見せるが、ママは、三枚目の皿にブイヤベースをよそう。

まだ、あと少し、ぜんぶ注ぎおわらないうちに、パパは、三枚目のスープ皿をつかんで、部屋に放り投げる。皿は、ママの頭上を舞い、壁にぶつかって、磁器《じき》のかけらが部屋じゅうに飛びちる。それと同時に、どろどろの熱いスープが、そこらじゅうに飛びはねる。絨毯《じゅうたん》は、小エビをばらまいたようになる。

パパは書斎《しょさい》に行ってしまう。ママは、バケツを持ってきて、ブラシで壁を洗いはじめる。

オルフェーとぼくは、しばらく会っていない。けれども、オルフェーは、ぼくのことを忘れてはいない。そこらじゅうに――家族や、友だちの同情するようなまなざしの中に、彼女の部屋の引き出しに入った手紙の中に、鏡のまわりに貼《は》ったままの写真の中に、彼女の将来についての夢の中に――ぼくが出てくるとしたら、忘れられるはずがない。オルフェーの持ちものにはぜんぶ、ぼくたち二人の名前が書いてある。いっしょうけんめい、ぼくを追い出そうとするけれど、ぼくは待ちぶせしてる。ぼくは、とつぜん現れでて、彼女の人生の、空っぽのすき間に、はっきりした形をとろうとして、ことばや匂《にお》い、ラジオでかかるばかげた曲を待つ。

森で、思い出の品々を焼却《しょうきゃく》して以来、オルフェーは、みんなにくり返し言われたように、未来に向かって、これからも自分の人生を歩んでいかなければならない、と決心した。彼女の友だちは事情を知っているから、避けられるかぎり、ぼくの名前を決して口にしないだろう。ぼくは無視される――そういう事態なんだ。

今日は、町に移動遊園地が来ている。オルフェーは家にいたいと思っているけれども、友だちが呼びに来る。オルフェー、閉じこもってちゃいけない。気を紛らわせなくっちゃ。ちょっと気分転換をして、楽しんで、忘れるのよ。

そしてもちろん、オルフェーは、すぐにぼくに出会う。ぼくは、鏡の城とダッジム・カー(特設リンクの中で車体をぶっつけあって遊ぶ小型電気自動車)のリンクの間に立っている。去年とまったく同じ場所だ。去年、ぼくはブラムを待っていた。けれども、いまは、オルフェーだけを待っている。

オルフェーがふり向いて、わざとらしい大声で笑う。ダッジム・カーのリンクから離れて、べつの方向に行こうとするけれども、友だちの一人が、どうしても〈船〉に乗りたいと言いだす。〈船〉っていうのは、大きな鉄の腕に、座席のあるボディーがついた乗りものだ。そいつはスタートすると、前後にゆれ、ゆれがどんどん速くなる。そして、気分が悪くなりかけると、ボディーが垂直にさっと空中にあがり、みんなが上下逆さにぶらさがったようになって、キャアキャア悲鳴をあげながら落ちてきてとまる。

オルフェーは、しつこく言いはる友だちの腕をとって、射的小屋に行きたいと言う。クレーンゲームへ、綿あめの屋台へ、焼きリンゴの屋台へ、あっちのほうに見えたべつの友だちのところへ、と。ぼくは近寄って、もうちょっとで彼女の耳にことばを吹きこめそうだったけれど、オルフェーは、強引に友だちを引っぱって行ってしまう。

去年、同じ時期に、同じ場所で、ぼくは、ブラムを待っていた。あいつは、いつものようになかなか来ない。大ぜいの人たちの中で、一人でいるのは落ちつかなかった。こんなところに一人で立っているのは、哀れっぽいように思えたけれど、そんなこと、だれも気にしてないさ、と思いこむことにした。そのとき、人の視線を感じた。

そっちを見ると、少し向こうの〈船〉のそばに女の子が三人いた。おかげで、前よりもいっそう落ちつかない気分になった。その中の一人、ヴェロニクは、同じクラスの子だ。あんまりよく知らないから、挨拶《あいさつ》だけすればいいかなと思った。だから、向こうが手をふって、こっちに来て、と合図してきたのには驚いた。

「一人?」ヴェロニクがきいた。

「ちがう。友だちを待ってる」ぼくは、すぐに答えて、残りの二人の少女に会釈《えしゃく》をした。一人は、ヴェロニクをそっくり小さくした感じの子で、ヴェロニクの妹。もう一人は、同じ年頃《としごろ》の少女で、革ジャンにジーンズをはいていた。

「わたしたち、これに乗りたいの。」ヴェロニクが、〈船〉を指さして言った。「だけど、迷ってるの。」

すると、もう一人の少女が言った。「スピードが恐《こわ》いわけじゃない。けど、逆さになったとき、ポケットの中のものがぜんぶ落っこちちゃうんじゃないかと心配なの。」

そのとおりだ。悲鳴と同時に、ときどき、チャリン、チャリンと硬貨が周囲のコンクリートの上に落ちてころがる音がする。鍵《かぎ》の束まで下に落ちてきた。あそこの上よりも、その足もとのほうが、よほど危険だ。

「待ってるんだったら、悪いけど、わたしたちの荷物をちょっと持っててくれないかしら?」

そのために、ぼくを手招きしたのか。大勢の人が、笑いながら腕を組んで通りすぎていく中で、一人でつっ立って待ってるのだけでも、じゅうぶんかっこ悪いのに……。彼女たちのバッグを持って、これ以上、馬鹿面《ばかづら》はさらしてられないよ。ぼくに頼んでくれたのはうれしいけれど……と断ろうと思ったら、ヴェロニクの妹じゃなくて、もう一人の、知らないほうの子が、ぼくの腕に手を置いて、「ねえ、いいでしょう?」と、少しふざけて懇願《こんがん》してきた。

断れるはずがなかった。

「さあ、行こう!」三人は、バッグやタバコやライターや、小銭《こぜに》でぱんぱんにふくれた財布をぼくの手に押しつけて、笑いながら〈船〉のボディーに乗った。一度もふり返らなかった。三人のお金や、バッグのどこかに入っているはずの、家の鍵《かぎ》や住所録を、ぼくが手に持ってお行儀《ぎょうぎ》よくそこに立っていると、安心しきっているらしい。

係員が、鉄のバーをあげて三人を座席にしっかりと固定した。三人は、ボディーがガタンと動きはじめる前から悲鳴をあげた。まもなく、前へうしろへとゆれるスピードが速くなると、ボディーの下のほうについた豆電球が、夜空に光の線を引いた。ときどき、三人がちらっと見えた。口を大きく開け、手でバーをしっかりとつかんでいた。

十分もかからずに、三人はぼくのところにもどってきた。ヴェロニクの妹は、つまらなかったと言った。「気分が悪い。」と言って、そのとおりのようだった。けれども、ほかの二人は、恐怖とスピードに興奮して、もう一度乗りたい、と言った。

「ぜったいに、いや。」とヴェロニクの妹。

ぼくがしゃべろうとしたとき、ちょうど、ブラムから、「行かれない。」と連絡があった。それだけで、なんの説明もなかった。

「悪い知らせ?」革ジャンを着た少女がきいた。

「友だちが来ないことになった。」

「あらっ。」とヴェロニク。彼女の表情から、ぼくには、彼女の考えていることが読めた。ちぇっ、この子がくっついてくる……。ヴェロニクは、もう一人の少女の目を見る。どうやって、こいつをまく? けれども、その子は、「もう一回、〈船〉に乗りたい!」と大声で言っていた。

「いっしょに行かない?」彼女は、ふたたびぼくの腕を触《さわ》った。

「ぼく?」

「そう。すごいの。町じゅうが見える。」

「逆さまに。」

「もっとおもしろい。さあ、行こう。」

その子は、ぼくを引っぱってつれていこうとした。ヴェロニクは、ぽかんと口を開けて、ぼくたちを見ていた。ぼくは、ヴェロニクの手にバッグを押しつけて、〈船〉に向かった。


彼女の言ったとおりだった。ボディーが動きはじめたとき、まわりの人たちが、キャアキャア悲鳴をあげるのは、すっごくおもしろかった。半分は笑顔の、半分は不安そうな顔の人たち。太陽は沈んでいたけれども、家々の屋根の上は、まだすっかり暗くなってはいなかった。町の何千という明かりが見えた。その下の、かくされた人生、テレビの前で眠りかけた人たち。ぼくたちは、すべての上をまわっていた。ぼくたちの下には移動遊園地があり、大きすぎる毛長ビロードのぬいぐるみの動物をつれた小さな人間がいた。匂《にお》いとスピーカーからの大音響が混じりあう中を、楽々と突っ切って、ぼくたちは飛んだ。ぼくは、何も飲んでいなかったけれども、頭がくらくらした。まわりに見えるものは、舞台装置だった。ぼくに関係なかった。だけど、人生が、これまでこんなに近くにあったことはなかった。ここで見たんだ。夜空を飛ぶこのボディーの中で。ぼくは、彼女のほうを向いた。すごいな！って言いたかった。けれども、ぼくが見ているのに気づいた彼女は、キャーッと大きな悲鳴をあげた。ぼくもあげ返した。たがいに、キャーッ、キャーッとさけびあった。星が、彼女の髪にきらめいた。少年の心は、騒々しさに失われはしなかった。

ぼくたちは、ほかの二人を見失ってしまった。とりきめてなかったので、自然にそうなってしまった。ヴェロニクが、妹の髪にうっかり綿あめをくっつけてしまった男とけんかしていると思ったのに、気づいたら、〈船〉にいっしょに乗った子とぼくは、二人っきりで、人ごみにまぎれてしまっていた。ヴェロニクを探さなくちゃならないかな？と、ぼくはその子にたずねなかったし、その子もぼくにきかなかった。ぼくといっしょにいることになってしまったのを、そんなにいやだとは思っていないようだった。ぼくたちは、屋台や露店の間をぶらぶらと歩いた。

ぼくたちの前に、カップルがいて、女のほうはピンクのトレーニングウェア、彼氏はデニムの上下を着ていた。二人は、射的小屋の前で立ちどまった。「ねえ、ジョニー、ねえ、わたしに何かとってよ。あの青いサルのぬいぐるみがいい！」

射的小屋の男は、たいくつそうに弾の数をかぞえて、金属製の灰皿に入れた。ジョニーは、空気銃を肩にかまえた。腕に、バラの花壇のタトゥーとそこに彫られた彼女の名前が読めた。シャロンとあった。ジョニーは、落ちついて狙《ねら》い、すぐに、そのみっともないぬいぐるみの動物を彼女の手に押しつけてやった。ジョニーは、落ちついて狙い、すぐに射的小屋を出ていく姿を、ぼくたちは見送った。彼女は、まるで宝くじがあたったかのように、彼にキスをし、彼は、そのまま彼女の好きなようにさせた。

少女がぼくの肩を引っぱった。

「何？」ぼくは言った。

「ねえ、ジョニー、ねえ、わたしに何かとってよ。」と言って、その子は、ぼくに大げさなウィンクをした。

「何がほしい？」ぼくは、ポケットに手を入れて、残りのお金をさぐりながら言った。

「わたしがほしいもの？」と言いながら、彼女がぼくに寄りかかったので、もう少しで、彼女のくちびるがぼくの耳に触《ふ》れそうになった。

「わたしは、世界がほしい。」彼女が言った。

ぼくが驚くと、彼女は、射的小屋のすみっこを指さした。そこには、地球儀があった。

「ジョニー、わたしに世界をちょうだい！」

かっこ悪いことに、ぼくは失敗したけれど、それが、その夜に水をさすことはなかった。いずれにしても、何もかも、移動遊園地の夜にふさわしかった。ぼくたちは、その場を歩きまわっているカップルの一組であるかのようなふりをした。ぼくは大げさにお世辞を言い、彼女も、大げさにクククッと笑い返してくれた。移動遊園地って、ギャグみたいなもの、舞台装置にすぎないんだ。ぼくたちは、ウィンクをして、自分の役を演じた。まるで、前世紀からやって来た人間のように、移動遊園地での出会いの陳腐《ちんぷ》な決まり文句を意識していた。ぼくは、少女に感銘を与える少年、そして彼女は、そんなことはどうでもいいとする少女。けれども、ぼくのお世辞の背後には、自分が口に出す勇気のない、べつのお世辞がかくれていたし、彼女の笑いの背後には、ぼくだけのためのべつの笑いがかくれていた。

そうしながら、ぼくたちは、シャロンとジョニーになったつもりで、移動遊園地じゅうをくまなく歩きまわった。だけど、ぼくの頭には、一つの問いしかなかった。つまり、どうやれば、彼女ともう一度会えるかな?

彼女は、自動販売機からブレーザー(ラム酒とフルーツジュースを混ぜた、アルコール含量五パーセントの飲料。ヨーロッパで、近年、女の子に人気)をとりだして、ぼくたちは、郵便局の階段に腰をおろした。大人や子ども、太った人ややせた人、酔っぱらったり、怒ったり、ヒステリックになったり、あるいは、くたびれはてた子どもだけが出せる大声で、悲しみが決して消え去ることがないかのように精いっぱいの声をはりあげて泣く子、いろんな人たちがぼくたちの前を通りすぎていった。

彼女は、自分が飲んだ缶をぼくに渡してくれた。ぼくは、缶のふちに彼女のくちびるを味わおうとした。

「移動遊園地って、好きになれない。理由はよくわからないけれど、どこか悲しい感じがするんだもん。」彼女が言った。

「強制されたよろこびだからね。買った楽しみだもの。」ぼくは言った。「よろこぶだろうと仮定されて、作られてる……。ほぼ思惑《おもわく》どおりに楽しむにちがいないけど、たぶん、人は、そのとおりに感じるのを強制されるのはうれしくない。」

彼女は、ぼくの顔を見た。

「あなたって、いつもそんなにまじめなの?」

「たいていは。」とぼく。

「よかった。うれしい。」と言って、彼女は、ぼくの肩に頭をのせた。そうしてくれたのは、シャロンではなく、革ジャンを着た少女だった。そして、彼女は、ジョニーではなくて、ぼくに、哀れなトーマスに、寄りかかってくれた。うれしくて、天にものぼる心地だったトーマス。


彼女は、家に帰らなくてはならなかった。お父さんが、車で、彼女とヴェロニクを駅に迎えにくることになっていた。

「まだ十一時だよ。」

「わかってる。ばかばかしいけど、しかたないの。うちの親は、ちょっと過保護。長い話なの。まあいいや、じつは、そう長い話でもない。わたしの姉さんが、かなりひどかった。悪い友だちができたの。ドラッグよ。だから、両親は、わたしに姉さんの二《に》の舞《まい》は踏ませない、と決心したみたい。ママは、わたしがパソコンの前にすわってると、いつもそばにいる。わたしが五十歳のロリコンとチャットしてるんじゃないかと心配して。わたしの携帯だってチェックしてるんじゃないかな。きっとそうよ。」

彼女はうなずいた。

「だけど、親のことを悪くは思えない。なんと言っても、悪いのは姉さんよ。ほんとに、やりすぎちゃったんだから。だけど、うるさくされるのは、いやだな。今日、移動遊園地に来られたのは、わたしの両親が、ヴェロニクの両親をよく知ってるからなの。わたしがヴェロニクをほったらかして、知らない男の子と消えたって知ったら、両親は、ぞぞーっとする。」

「じゃあ、なぜそんなことをしたの？」

彼女はびっくりしたようだった。もちろん、ぼくは、彼女がぼくのためにそうしてくれた、って言ってくれることを期待してるそぶりを、何気《なにげ》なく見せた。ちょうど、ぼくが彼女に会った瞬間から、彼女にいい感じを持ったのと同じように、彼女がぼくにいい感じを持ってくれたからだって……。だけど、彼女は、その手に乗らなかった。

「わたしは、人の言いなりになるのに飽きあきしてるからじゃないかな。」

彼女が火をつけたタバコも、彼女に見とれてる男の子と同様に、おそらく禁止されてるんだろうな。

「どうすれば、また会える？」

「また会うって、ジョニー？　今夜が過ぎたら、むじゃきな少女は、またも塔に閉じこめられてしまうの。ほんとよ、うちの親って、昔話に出てくるドラゴンよりもうまく監視してるんだから。こんなことは、つかの間でおしまい。」

「だめだよ。」と言って、ぼくは、われながら驚いた。「そんなのだめだよ。また会わなくっちゃ。」

「会わなくっちゃですって？」彼女は笑った。「どうするつもり？」

「うん、ドラゴンに立ち向かわなくちゃならないと聞いたからには、剣を手に入れたほうがよさそうだ。」

「剣を手に入れるのは、ちょっと待って。ほら、これ。」

彼女は、ペンシルアイライナーで、ぼくの腕の内側に十桁《けた》の数字を書いた。彼女の電話番号だ。タトゥーを入れる必要はない。ぼくは、決して忘れないから。

「わたし、行かなくっちゃ。ヴェロニクをなだめなくちゃならないし。彼女がパパの車に乗りこむ前にね。」

そして、彼女は、ぼくをおいて立ち去った。空っぽの缶と、頼《たの》みの綱《つな》の電話番号を残して、人ごみに飲みこまれてしまった。

家に帰るとちゅう、溝《みぞ》にうち捨てられた青いサルのぬいぐるみが、ぼくににやりと笑いかけた。ぼくも、にやっと笑い返した。


いま、ぼくは、屋台や露店や人ごみの間を通って、移動遊園地じゅうを、彼女のあとについてまわる。彼女から遠く離れはしないけれど、一定の距離を保っている。ぼくたちの間には、かならず人が何人かいる。彼女がふり返れば、ぼくがちらっと見えるはずだ。彼女がよく見れば、屋台の間にぼくがいるのが見えるはずだ。けれども、彼女は見てくれない。

「しかたないんだ。」と、ぼくは言いたい。「今日、どうしてぼくはここにいないでいられる？　きみがぼくを放さないかぎり、ぼくは離れられない。」

彼女は、広場の〈船〉のあるコーナーを避ける。だけど、あれが、十五分ごとに、キャアキャア悲鳴をあげながら空中にあがっているのに、どうやれば見ないでいられるんだ。町の半分から、あれが見えるんだよ。

彼女の友だちは、何かあるって気づいているみたいだけれど、どうすればいいのかわからないようだ。それで、知りあいの男の子たちのグループに出会って、ほっとする。ぼくの親友だったブラムがいる。男の子たちは、女の子たちに合流する。ディーターが、ピエロのふりをする。女の子たちが笑う。笑わせようとがんばってるディーターの姿がおかしいからじゃなくって、これで、オルフェーの落ちこんだ気分を自分たちだけで抱えこまなくてすむからだ。最初の何分かは、ブラムは、オルフェーを避ける。だけど、それから、ほぼ自然に、二人はならんで歩く。二人ともあまり口をきかない。ぼくが、いくら耳をよくすましても、ぼくの名前は出てこない。二人は、移動遊園地について話す。

「わたし、移動遊園地が楽しいって思ったことない。」オルフェーがうそをつく。「強制された楽しみだもの。」

「わかるよ。」ブラムがうそをつきかえす。

ぼくが二人の間に割りこむと、二人は口をつぐんだ。

ぼくのおじいちゃんはクモだ。はりめぐらした、目には見えないことばの巣の中に生きていて、待ち受けている。うっかり訪れる者は逃れられない。餌食《えじき》となる者が、軽率にも台所のテーブルに腰をおろすと、おじいちゃんのことばが、どっと放たれる。ことばは、ふわふわと部屋じゅうに舞い、陽光が果てるまできらめく。餌食となった者は、舞い踊ることばの意味を追い、自分がどこにいるか忘れ、入ってきたときには、「長居はできない。」と言ったにもかかわらず、そこにとどまる。おじいちゃんのことばは、人をくるみこむので、人は麻痺《まひ》したかのように、おじいちゃんの話に聞きほれ、自分の考えをすっかり吸いとられてしまう。おじいちゃんのところを訪ねるお客がめったにいないのは、ちっともふしぎじゃない。人々は、自分の午後を、この老人にしゃぶりつくされるのを恐れるからだ。

ぼくは、しゃぶりつくされてもかまわなかった。ぼくは、長居するのがきらいじゃなかった。ほかの人たちは、おじいちゃんの話をもう百回くらい聞いたことがあったかもしれない。だけど、ぼくにとっては、初めて聞く話だった。少なくとも初めのころ——ぼくが十歳で、半ズボンをはいてたころは。そのころから、ぼくは、たった一人で町から村へ、タッパーウェアの容器を自転車の荷物入れにのせて、おじいちゃんのところへ行っていた。のちに、おじいちゃんが同じ話を何度もくり返すようになったときでも、ぼくは、そのバリエーションがおもしろくてたまらなかった。というのは、おじいちゃんは、自分が話していることは、正真正銘《しょうしんしょうめい》の真実だと断言したけれど、おじいちゃんの話は、話すたんびにくるくると変わったからだ。

ずっとあとになって、ぼくは、おじいちゃんの話の中に、おじいちゃんとママとの不可解な大げんかの原因を見つけだそうとした。二人の間に、何かがあったんだ。だけど、ぼくは、それがなんなのか、知らなかった。面と向かってきいても、なんにもならなかった。パパは、ほんとうに知りたいのなら、ママか、おじいちゃんにきくしかないって言ったけど、きかないほうがいいと忠告してくれた。パパなら、ママにおじいちゃんのことをしつこくたずねるくらいなら、針の山で倒れるほうがましだ、と言って。

ぼくは、二人にそれぞれたずねてみた。だけど、ママは、それについて話したがらず、ママには関係ないことよ、って言った。おじいちゃんの話によれば、なんでもないとのことだった。ママは、何か思うことがあるんだろう。だけど、がんこなので、どうでもいいことにやきもきしているんだと気づくまでに、時間がかかるんだろうよ、と。二人がはっきり話さなければ話さないほど、ぼくは、ますます気になった。

それは、お金の問題ではありえない。おじいちゃんは、農場を持ってるだけで、それは、放置されたままだし、年々、ますます価値を落としている。

数年前に、おじいちゃんは厩舎《きゅうしゃ》ですべって、脚を脱臼《だっきゅう》した。ママは、それを近所の人から聞いて初めて、おじいちゃんと連絡をとった。

だれかほかの人におじいちゃんの世話をまかせること、それには、ママのプライドが耐えられなかった。というわけで、ママは、はじめはパパに、のちにはぼくに、一週間分の食料を持っていかせた。自分では、決して――おじいちゃんのために料理をしているときでさえ、おじいちゃんのことを話さなかった。うちで、おじいちゃんの名前が出ることはなかった。だけど、水曜日にはいつも、おじいちゃんの食事がガス台に用意されていた。それだけだった。

ぼくが帰ってきても、ママは、ぼくがそんなに長い間どこにいたのか、きかなかった。ききたくてうずうずしてるのが、ぼくにはわかったけれど……。おかげで、去年、ぼくがオルフェーとデートするようになってからは、それは、とても好都合だった。

オルフェーは、ただちに、ぼくがおじいちゃんにしつこく話をねだる第二の理由になった。おじいちゃんの話は、ぜんぶ自分自身についてだった――結局、クモは、巣の真ん中にいるんだ。だけど、話に出てくる、脇役《わきやく》とでもいう人たちは、村の人たちだった。そして、オルフェーは、自分の家族のことになると、ぼくの周辺の人たちと同じように口数が少なかったけれども、おじいちゃんと同じ村の出身だった。彼女のおじいさんとおばあさんが、おじいちゃんの話に出てくることがあった。そうすると、ぼくの心臓はどきっとした。まるで、ぼくの大好きな本の中の登場人物としてのオルフェーに出会ったかのような、まるで、オルフェーが、とつぜん、歴史の一部になったような気がした。それと同時に、ぼくのかわいいオルフェーは――彼女が自分の名前を、ぼくの首に指でなぞると、ぼくは正気をなくしてしまう――そんな少女でもあった。

だから、おじいちゃんとぼくは、パーフェクトな二人組だった。つまり、クモと、よろこんで捕《とら》えられる餌食《えじき》。ぼくは祈った……ぼくをしばって、糸に巻きこんで、我を忘れさせて、ほんとには存在しなかった過去、おじいちゃんがその場ででっちあげる過去へつれてって、と。そうしてくれてかまわないんだ。おじいちゃんが、ぼくに何も要求せず、ただただ、ぼくに話しかけてくれるかぎり、ぼくを見て、目に涙を浮かべないかぎり……。ほかの二人――オルフェーとママ――は涙を流す……。ぼくが姿を現すと、ぼくは、自分が会いたくてたまらない二人の心に、ナイフでグサッと刺すような痛みを与えてしまう。ぼくはそれに飽きあきしたし、すごく疲れた。もう、やめてしまいたい。二人が、ぼくを放してくれたらいいんだけど……。

けれども最近は、おじいちゃんのようすも何か変だ。戸棚には、ますますほこりが積もり、なべは洗われないまま、空っぽのスープの缶が、台所のすみに山積みになっている。まるで、悲しみが、ここ、おじいちゃんの家にもしみこんできたかのようだ。

おじいちゃんは、一段とやせた。それに、うまく言えないけれど、前よりも、ぼうっとしてきたみたいだ。自分の糸にからまってる。ぼくに向かって話しているのか、それとも、台所に群がっている目に見えない死者の一人に向かって話しているのか、ますますはっきりしない。ときどき、ことばがとぎれ、動くのがつらそうだ。まるで、身体《からだ》がその場にくっついてしまったので、意志の力だけで、どうにか前進しようとしているかのようだ。

今日は、ぼくの姿に気づいてくれた。だけど、ぼくに話しかけるまでに、ちょっと時間がかかった。

「外は、また、天気が悪いんだな。おまえは、家の中に泥を持ちこんでる。」

ぼくは、虫に食われた絨毯《じゅうたん》を見た。こいつは、もう何年も手入れをされたことがない。ほこりと油じみが、過去の年月の泥とともにこびりついている。よごれとよごれの間のところどころに、赤や青のかたちが、まだいくらか見える。腕や、顔半分、つる植物、氷鳥《ひょうちょう》、白鳥など、おじいちゃんの物語に登場するものたちだ。それらは、長年、足に踏みつけられて黒くなった層の下に、永久にかくされている。

「さあ、おいで。靴をぬいで、火のそばで身体《からだ》を乾かしなさい。」

しばらくして、おじいちゃんは、ぼくの存在をほとんど忘れた。絨毯《じゅうたん》にすわりこみ、オーバーオールのポケットにいつも入れているナイフで、絨毯にこびりついた泥を少しこそげ落とす。

「これを織った人を知ってるかな？」

おじいちゃんは、自分自身のクモの糸にすっかりからまってしまったんだ。一瞬、ぼくはそう思う。けれども、いま、おじいちゃんの目には、きらめきがある。おじいちゃん、ぼくの知ってるおじいちゃん、この老人の中にかくれていたおじいちゃんがもどってきた。

「おまえは、よごれた足でわしらの思い出の上を歩きまわる。知らないのかい？　この絨毯が、かつては村全体をおおったくらいの大きな絨毯の一部だということを……。それとも、その話はもうとっくにしたかのう？」

ぼくは、すぐには話に乗らない。

「もう忘れたのかな？　機織《はたお》りのうまいフィロメーナの話だ。長い、ドラマチックな話でな。」

ぼくは、聞きたくてたまらなかった。

「ある日のことじゃった。」おじいちゃんは、久しぶりに聞き手を得て、熱心に話しはじめる。「フィロメーナ・ファン・デル・ルフテンが、悪魔に追っかけられでもしたかのように、森から走り出てきた。最初に彼女の姿を見たのは、わしのおやじだった。フィロメーナは、おやじの畑を必死で走っていた。おやじが名前を呼んでも、フィロメーナはふり返らなかった。

学校は、彼女には、ふつうの娘とはちがった。計算はできないし、文字を書くこともできなかった。フィロメーナは、そこで何時間も、壁にとまったチョウチョウを見つめたり、風に舞う木の葉を見つめたりしていた。彼女が夢中になったことは、二つだけ。そのころもなお、毎晩眠る前に母親が話してやっていたおとぎ話、それと、おばさんからもらった織機《おりき》だった。フィロメーナは、しごく楽々と、魔法でもかけるみたいに、山と積まれた毛糸を、何よりも美しい花模様を織りこんだ絨毯《じゅうたん》にした。だが、残念なことに、フィロメーナは、すぐに興味をなくすので、絨毯は、完成半ばで、織機にほったらかしになる。そこで、ついには、母親が、次回のために糸をほどいて、巻いてやる。

そんな子だったから、わしのおやじは、フィロメーナが走るのを見ても、あんまり心配しなかった。おそらく、野ネズミか、自分の影にびっくりしたんだろうと思った。なんでもないだろう……。だが、おやじはまちがっていた。

フィロメーナは、村を走って、まっすぐに、自分の父親の鍛冶屋《かじや》の腕に飛びこんだ。

『どうした、フィロメーナ?』

フィロメーナは口を開いた。だが、ことばにつまった。父親が彼女を放したので、フィロメーナは、鍛冶屋《かじや》の仕事場の床にすべって倒れた。母親が走ってやってきて、驚いた両親は、娘をそっと抱きあげて、ベッドに寝かせた。

つぎの日から、フィロメーナはベッドに横になったままだった。大きなうつろな目で空《くう》を見ているだけ。何があったんだ？　ときかれても、ひとことも言わなかった。

町から呼んだ医者も、どうしていいのかわからなかった。医者は、大きな病院へつれていこうとしたが、母親が拒否した。それで、フィロメーナは、そのままずっと、自分の部屋の、ほったらかしにされたままの織機《おりき》と整理だんすの間に置かれたベッドにおった。整理だんすの上の人形たちが冷たい目でフィロメーナを見つめていた。

はじめのうち、村人たちは森を避けた。だが、おかしなやつがいるという話も新たに出てこなかったし、ほかの娘が、パニックになって森から駆け出てくるということもなかったので、村人たちは、気にしなくなった。結局、原因は、森じゃなくって、フィロメーナだよ、と考えたのだ。

夏が終わり、秋がはじまった。何もかも、もとのままだった。いや、そうではなかったんじゃ。ほとんど食べないのにもかかわらず、フィロメーナが太りだしたのだ。フィロメーナのお腹《なか》が、日に日にふくらんだ。母親は、それをかくそうとした。だが、村では、そんなことは、巨大かぼちゃと同じく、秘密にはできん。紛れもなく、森で、フィロメーナに何かあったことが明らかになったのだ。

子どもの父親はだれか？　と、村ではいろいろと憶測《おくそく》がとんだ。この辺をまわっている行商人かだれかが、あの娘の、人を信じやすい心につけいったんだろうと推測する者もいたし、この村のだれかだ、と考える者もいた。だが、だれなんだ？

春の初めの、天気のいいある日、おやじとわしは、種を受けとりに村へおりていった。すると、とつぜん、女が一人、何やらさけびながら、レペルヘム村の通りを走りまわった。フィロメーナの母親だった。

『もどってきた、あたしの子がもどってきた！』とさけんでいた。

もちろん、わしらは、自分の目で奇跡を見なくちゃならん、と思った。村じゅうが、鍛冶屋《かじや》のおかみさんのあとについて家に行った。押しあいへしあい階段をあがり、われ先にフィロメーナの寝室に入ろうと争っていた。たしかに、フィロメーナはベッドから出て、いままた、まるであたりまえのことのように、織機《おりき》の前にすわって織っていた。

フィロメーナの手は、くるくる、ひらひら、はためくように、目にもとまらぬ速さで動いた。糸車は、あっという間に糸を巻きとり、織機のまわりに山のように積まれていた毛糸が、どんどんなくなった。あまりに速い織りのスピードに、わしらはひどく驚いて、何を織っているのやら、すぐにはわからなかった。最初に気づいたのは、ルイーゼ・クーパースだった。

『この村だよ！』

確かに、そうじゃった。絨毯《じゅうたん》には、パン屋や村長の家、村の広場の真ん中にある井戸が織られていた。わしらは、色鮮やかな毛糸をつむじ風のようにすばやくすべらせ、織りあげていくフィロメーナの驚くべき技のことは忘れ、いま、わしらみんなが突っ立っている、鍛冶屋とフィロメーナの部屋がどんなふうにやすやすと織りだされるかを見ておった。窓は開け放たれ、若くほっそりしたフィロメーナが、窓辺から身を乗りだしておった。通りに何かわくわくするものを見つけたかのように、彼女の金髪が下に向かってゆれていた。

『そいつだね。』ルイーゼが小声で言った。

『だれだ？　だれだか、わかるか？』ロベルト・ファン・ハウケがきいた。

『いや、わからんね。帽子で顔がかくれてるから。』とルイーゼ。

鍛治屋《かじや》は、村人たちを押しのけて、絨毯《じゅうたん》のそばにひざまずいて言った。

『仮面をつけたごろつき野郎！　だが、おれが見つけてやるからな！』

『見て！』ルイーゼが言った。『ほら、またフィロメーナよ。』

波打つように床に広がっていく絨毯は、こんどは、天気のよい夏の日の村の郊外の光景を織りだしていた。中央には、かごを腕に抱えて、森を歩くフィロメーナがいた。絨毯の少し先で、フィロメーナは立ちどまった。木の間から、一本の手が彼女を森の奥へと呼びよせた。

『やめろ！』ロベルト・ファン・ハウケがどなった。『もううんざりだ。あの子のようすを見ろよ。ほら、手から血が流れてるじゃないか？　へたばってしまわないうちに、かわいそうなヒツジをとめてやらなくては。』

母親は心配そうに手をこすり、とほうにくれて、夫の鍛治屋を見た。

『織らせとけ。』鍛治屋は言った。

『おれは見ておられん。』とロベルト・ファン・ハウケ。

ロベルトは、みんなをかきわけて部屋を出て、階段を降りていったが、ふり返る者はおらんかった。わしらは、ただただ、絨毯《じゅうたん》に目を注いでいた。それは、ふたたび、するすると織機《おりき》から織りだされておった。

わしらは、森を行く娘のあとを追った。娘は、ときには、緑色に、ときにはむらさき色に——それは、フィロメーナが手にした羊毛の色しだいなんじゃが——顔をかがやかせていた。だが、話が、これほどスリルに満ちたものになったのだから、色が非現実的でも、だれも気にはしなかった。わしらは、深く森の中に入ったようすを目にしていたが、男は、あいかわらず、ほんのちょっと——片手とかかと、それに服のそでの折り目——しか見えなかった。フィロメーナは、せっせと織ったが、男は、わしらと森の中のフィロメーナの視線から逃げようとしているみたいだった。ときおり、フィロメーナはためらっているようだった。彼女は、ぎざぎざした葉か何かがスカートにひっかかったらしく、歩みをとめて、森の中心部の暗がりから離れ、小道にひきかえした。だが、ふたたび男の手が現れて、リボンだか、バラの花だかをさしだすと、彼女は男のあとについて、朽ちかけた狩猟小屋へ行った。

そこで起こったのだろうか？　わしらは、絨毯の上におおいかぶさるようにして、娘が中に入るのを目で追った。待ちきれなくて、絨毯を引っぱって、織機から引きずり出そうとする者もいたが、毛糸がなくなった。フィロメーナはとりみだして、身のまわりのものを手あたりしだいにつかもうとした。

さて、どうするか？

そのとき、鍛冶屋《かじや》が、大きなごつごつした手でベッドカバーをひきはがすと、フィロメーナは、その糸をつかんだ。

『そうだ！』ルイーゼが大声をあげた。『古い靴下やセーター、ベッドカバーや糸やリボンに、縄。織れるもので、いらないものがあったら、なんでももってこようよ。』

村人たちは、どやどやと階段を降りていった。十分後には、フィロメーナは、ふたたび織りはじめていた。古いセーターやよごれた靴下が、彼女の手元から、色とりどりの物語となって織りだされた。絨毯《じゅうたん》に織られた小屋の暗闇《くらやみ》の中で、男が何者なのかは、まだわからなかった。だが、娘が、見たくないもの、見てはならないものを見てしまったかのように、手で目をおおうようすが見えた。

暗闇から二本の手が出てきて、娘の白いのどに触《ふ》れたとき、わしらは息をとめた。

『これからどうなるんだろう？』ルイーゼがつぶやいた。

おろかな質問だ、とわしは思った。なぜって、男の大きな手がフィロメーナを小屋の暗闇にひきずりこむようすを絨毯に織っているのは、フィロメーナ自身なんだからな。わしは、彼女が暗闇に消えるようすをどきどきしながら見ていた。だが、織機《おりき》からは、一点の光も許さないような真っ黒な絨毯が一メートルくらいくるくると織りだされただけで、小屋の中で何が起こったのかは、さっぱり推測することができなかった。村人たちは、ぶつぶつ言った。こんなことのために、ここで、真っ黒な布を見つめるためだけに、道具も片づけずに、家畜《かちく》の世話も子どももほったらかしにし、食事も忘れていたのか？

ちょうどそのとき、ロベルト・ファン・ハウケが階段をかけあがって、もどってくると、ハアハアと息を切らせながら大声で言った。

『フィンケの家畜小屋《かちく》が開きっぱなしだ。家畜が村を歩きまわってる。みんなで駆り集めなくちゃならん……。』

ロベルトは、黒い布を見て、おしだまった。

『織ったのはこれだけか？』

わしらはうなずいた。そして、ユローム・フィンケが言った。

『なんてことだ、おれの家畜が逃げだしたと。手伝ってくれるやつは？』

男が二、三人、手伝おうと、身体《からだ》を動かしたが、ルイーゼの大声に、動きをとめた。

『ほら、見て！』

黒い色が消え、小屋の窓の一つから一すじの光が差し、薄明かりの中に人間が二人——男と娘が、二人とも、まるで天国の最初の人間のように素《す》っ裸《ぱだか》で立っていた。娘は、窓のそばにいた。光を受け入れているのは、娘だった。鍛冶屋《かじや》は、大きな黒い手で絨毯《じゅうたん》の裸《はだか》の娘をおおった。だが、わしらは、娘には興味がなく、全員が、わらの束の上に横たわっている男を見た。男の裸足《はだし》が織機《おりき》から織りだされ、つづいて、むきだしの脚が見えた。

『フィンケ、あんたの家畜のことを考えろ。こんなくだらんことを見てる暇はないぞ。』ロベルト・ファン・ハウケがどなったが、もう少しで男の正体がわかるとあって、農夫のフィンケさえもその場を去るのをためらった。

男の腰と胸が現れでてきたとき、ルイーゼが言った。『きれいな男だ。』

女たちが、同意するようにつぶやいた。

しかし、神父の家政婦のユーフラジーが言った。『不潔、若い娘にそんなことを。』だが、彼女の目は、謎《なぞ》の男の裸体《らたい》をじっと見すえていた。そして、ロベルト・ファン・ハウケにおしのけられて、いらいらしたそぶりを見せた。

ロベルト・ファン・ハウケの額から汗がしたたり落ちた。ところが、絨毯《じゅうたん》は、それでおしまいだった。またも、羊毛がなくなったのだ。

織るものがなくなって、フィロメーナは、パニックに陥って身のまわりのものを手あたりしだいにつかんだ。それから、床の塗料をひっかき、ようやく、自分の金髪に触《ふ》れると、落ちついた。しばらくして、絨毯は、ふたたび輝きはじめ、前よりも美しく、きらきらと輝いた。男の胸が、フィロメーナの手元で光を放ち、首が織りだされた。しばらくして、男の顔が出てきた。

『うそだ！　何もかも、うそだ！』ロベルト・ファン・ハウケがさけんだ。だが、男の顔が現れたとき、彼は、だれよりも熱心に見つめた。

それは、人間の男ではなかった。男の容貌《ようぼう》を織った金色の糸、形のよい鼻やブロンドの髪を描いた金色の糸が、すぐにそれを明らかにした。いまや、帽子が落ち、男は、すばらしい姿をあらわにした。小屋じゅうを照らし、男の頭のそばにあるわらには、火がついていた。炎は目から出て、男の髪をなめた。目がくらむほどまばゆい男だった。神、火の神だ。

『これは、太陽だ。』ルイーゼが言ったが、言われなくとも、みんなそれを目にしていたのだから、そんなことはわかっておった。フィロメーナを捕《とら》えたのは、太陽だったのだ。

『太陽だって？』鍛冶屋《かじや》は小声でささやくように言った。だが、彼の妻は、とくいそうに言った。

『あたしの思ってたとおりだ。うちの娘が、そそのかされていやしいことをするなんて、ありえないって。相手は、太陽だったんだよ。』

『ほら、フィロメーナをごらんよ。』リスケ・ファン・デル・ヴェイデンが言った。

わしらは、そのとき初めて気づいたんだが、彼女は、顔を織機《おりき》にぐたっとくっつけておったが、とてもうれしそうじゃった。そんなにしあわせそうにしているフィロメーナを、わしらはそれまで見たことがなかった。

『あんなにしあわせそうなのも、ふしぎじゃないさ。太陽を男としたんだから。』

『わたしもあやかりたいもんだよ。』

『どんな出産になるんだろうねえ！』

それまでずっと、部屋のすみで何やらつぶやいていたロベルト・ファン・ハウケが、人を押しのけるようにして、織機のところへ出てきた。

『みんな、頭がおかしくなったのかい？　太陽から子どもをめぐまれたなんてやつがどこにいる？』

『じゃあ、ほかのだれから子どもをめぐまれたって言うんだい？』フィロメーナの母親が、おだやかにきいた。

『おれだよ！』ロベルト・ファン・ハウケがどなった。『おれだ、おれがやった。あそこで。わかったろ。』

ロベルトは、どさっと床にへたりこんだ。

『おれは、この子をおびきよせて、ばかげたことを言った。おれは太陽で、あんたは月、二人は、ふさわしい。どんな本にもそう書いてあるって。おれは、この子を森の小屋へつれていった。そして、おれは……。』ロベルトは、絨毯《じゅうたん》を指さした。

わしらは、ロベルトの指先をなぞるように視線を這《は》わせ、そこに、まばゆいばかりに輝く神を見た。女たちが笑って、言った。

『かわいそうに、ロベルト。その男を見てごらん。その男の筋肉、脚《あし》……よく見てごらんよ。ほら、その男がおまえさんじゃないことは明らかだよ。』

『だが、おれなんだよ。』ロベルトが大きな声で言った。『白状するが、口をつぐんでいなくちゃならなかったこの数か月——それは地獄だった。もう、この子に会えず、話もできなかった。子どもが生まれるってきいて、どうしていいかわからなかった。だが、もう、けっこうだ。もう、だまっていられない。父親は、おれだ。』

フィロメーナの母親がロベルトに近寄った。

『ほんとに、もうけっこうよ、ロベルト。出ていきな。うちの娘に、そんなたぐいの話はけっこうよ。』

フィロメーナは、ロベルトが部屋にいる間じゅうずっと、一度として彼のほうを見なかった。父親がフィロメーナを織機《おりき》からひきはなした。彼女は、髪が短くなって、いつもとちがう、まるで見知らぬ娘のように見えた。フィロメーナは立ちあがると、部屋を歩いて、絨毯のほうへ行った。わしらはみんな、あたりまえのことのように、彼女に場所を空けてやった。

フィロメーナは、絨毯の上に気持ちよさそうに横になって、それをなでると、光り輝く神のくちびるに自分のくちびるを押しつけた。

それを見て、リスケが言った。

『ほら、ごらん、ロベルト。たわごとはやめなさいよ。絨毯《じゅうたん》はうそをつかない。』」

そう、絨毯はうそをつかない。明らかに、おじいちゃんの農場の家はますますきたなくなっている。荒廃《こうはい》して、かろうじて住める状態だ。けれども、ぼくのおじいちゃんは気にしない。

快速列車のドアが開くようすは、ちょっとふしぎだ。両開きのドアが、二十センチメートルほど前に押し出されてから、鳥の翼のようにエレガントにゆっくりと折りたたまれ、車体に添う。この電気じかけのバレエに目をとめる乗客はいない。乗客たちは、一刻も早く降りようと、ドアが開かないうちから、すでにドアの前で押しあいへしあいしている。中には、喫煙《きつえん》時間を一刻も逃すまいと、タバコとライターを手にした人も大勢いる。ぼくのママも、またタバコを吸いはじめた。けれども、ママは、他人と身体《からだ》が触《ふ》れあうのがいやで、大多数の人がプラットホームに降りてしまうまで座席にすわったままだ。

このぶんなら、やっぱり、夏はやってくるんだ、と思わせてくれるような夜だ。ママが、並木道を歩きながら、町の中心地に向かっていると、クロウタドリが、黒いリンゴのように木々にぶらさがり、歌いかける。町は、すっかり、冬眠からさめたようだ。あちらこちらで、人々が笑う姿さえ見える。これは、春の奇跡だ。

ママは、カフェに入る。女の人が一人で入っても、カウンターにいる人にじろじろ見られたりしないカフェだ。新聞を読んだり、買いもののあと、ひと息ついたりできる場所だ。

ママは、テーブル席にすわり、ホワイトマティーニを注文する。女の人は、二人しかいない。その人たちは、幼い子どもにパンケーキを食べさせるのにいそがしい。ママは、ホワイトマティーニを飲んで、グラスをビール用のコースターの上に置くと、それをティーポットの保温台といっしょにテーブルの真ん中に置く。ママは、待つのが苦手だ。一人でいるのが好きじゃない。いつも、人に囲まれて、話し声や喧噪《けんそう》の中にいたいんだ。家ではラジオがついていなければ、テレビがついているか、CDプレーヤーから、ママの若いころの音楽が流れている。

ママがグラスをまわすと、マティーニに入っていたオリーブの実がグラスの縁にそってまわる。まわしつづけていると、オリーブの実は、楽しそうにくるくるまわる。だけど、ママがグラスを置いたとたん、オリーブの実の速度は落ち、悲しそうに底に沈む。ママの隣のテーブルにいる男の人が、ママのようすに目をとめる。男の人の目が、新聞から大きくそれる。ママは、むとんちゃくに、マティーニをちょっとすすって、バッグの中をかきまわす。ぼくは、そのようすを見て、ママはあの男の人に見られていることに気づいているな、と思う。

男の人は、ビールを一気にぐいと飲んで、グラスを空にする。あの人、ゴクンと勇気も飲みこんだのかな？　ハンサムな人だ。もちろん、若くはない。たぶん、三十歳は過ぎてる。だけど、麻のスーツに、真っ白なシャツを着て、きちんとしてる。髪が短くて、鼻がちょっとでかすぎる……少し、パパに似てる。

パパとママって、知りあってどのくらいになるんだろう？　ぼくは、ちっとも知らない。二人は、若いときのことをぜんぜん話さない。まるで、二人とも、親として生まれてきたみたいだ。だけど、パパとママだって、最初はどこかで出会ったはずだろ？　ひょっとしたら、ママが一人でカフェに入ってきて、パパはそこで新聞を読んでいて、政治危機の記事か何かを読みふけっていたはずだったのに、つぎの瞬間、ママの瞳《ひとみ》に夢中になってしまったのかもしれないな。

男の人は、新聞をテーブルに置いて、ときどきママのほうをながめる。ママの視線を捕《とら》えようとしてる。ママは、カフェの中を見まわす。ほかのお客に興味があるかのように。ああ、そして、すごくぐうぜんに、二人の視線が交わる。男の人がうなずく。ママは、ちょっと笑顔を見せる。「こっちにいらっしゃい」という笑顔じゃない。ママは、なかなかうまいんだ。それは、障害のある子どもかだれかにそでを引っぱられたときに、あるいは、バスの中でぐだぐだ言う酔っぱらいと隣りあわせたときに、いつも見せる笑顔だ。やさしいけれど、人を寄せつけない。さしあたって、その笑顔でじゅうぶんだ。男の人は、それ以上はもらえない。ママは、もう一度、マティーニをする。結婚指輪でグラスをカチッとたたく。男の人は、指輪を見ただろうか？　そうだとしても、男の人は、ひるんだようすがない。だって、ママを見つめたままなんだもの。

そのとき、ママが笑い声をあげて、ぱっと立ちあがった。男の人は驚いて、同じく立ちあがり、ママが自分に笑いかけたのではなく、カフェに入ってきた女の人に笑いかけたことに気づく。

「ごめん、ごめん、大遅刻よね。ほんとに、ごめん。」

「だいじょうぶよ、メリンダ。わたし、たいくつしなかったから。」とママ。

メリンダは手をふって、ウェイターを呼ぶ。

「お酒が飲みたい。急いでね。今日のような一日のあとには、それが、唯一の楽しみよ。あなたも、何か頼む？」

ママがうなずく。注文の飲みものが来ないうちから、メリンダが、自分の一日についてしゃべりはじめる。「まさに地獄から出てきたやつよ。」性的欲求不満をますます部下にむけて解消しようとする横暴な上司についての話だ。「それは、まだ許せる。だけど、あのコーヒー臭《くさ》い息、あれは、ひどすぎる。」そしてまた、最近、彼女のところに来る、きみょうな便りについての話。「でも、それが、だれからなのかは推測がついてる。あの人が、わたしとよりをもどせると考えているとしたら、彼は、わたしがポイしたときよりも、さらに、馬鹿《ばか》よ。」それからまた、近所の女の人に通りで会ったとき、何キロかやせたほうがいいと言われた話。「やせてうまくいかないなら、お手あげってことよね。」と。

ママは、つぎつぎとあふれるようなことばの渦のどこかに、なんとか自分が入りこめる場所を探そうとするけれども、メリンダは、そうかんたんには、話を中断しない。隣のテーブルの男の人が立ちあがり、新聞をポケットに差しこみ、カウンターで支払いをすませる前に、ママにちょっと親しげにうなずく。そのときようやく、メリンダが口をつぐむ。

「だれ?」

「知らない。」ママが、無邪気に言う。

「まあまあ、エヴァ、白状なさいよ。」

「白状することなんかないもの。」

「あなたって、黙《もく》して語らず、なのよね。」とメリンダ。「その品行方正さは、演技だって、わたし、ちゃんとわかってたんだから。あなたとヴィレムって、いっしょになって何年になる? 十八年? わたしたち、信じなくちゃならないの? あなたが、これまでに一度もふしだらなふるまいをしたことがないって。」

メリンダは、カフェを出ていく男の人のうしろ姿を目で追った。

「あなたは選べるのよ。わたしなら、もうちょっと若いのがいいわね。すべきことを知らないほど若くはないけれど、まじめに努力する気力がないほど歳《とし》をとっていない人が。」

「誓《ちか》って、ほんとよ。」ママが笑う。「あの男の人には、いままで一度も会ったことがない。たまたま、わたしの隣のテーブルにすわっただけ。」

「けっこうですこと！ わたしは、ダンス・コースに申し込むか、インターネットで、何か魅力的なことを探して、趣味をでっちあげる。それで、カフェにほんの十五分すわっただけで声をかけられる奥さま、あなたの秘密はなんなの？」

「わたしは、絶望していない。」

「わたしは、してる。わたしがあとを追っかけてもかまわない？」

「行きなさいよ、急いで。」

二人はすわったままだ。

「まじめな話、あなたは後悔していない？ これまでの、十八年間の結婚生活を？ いつも同じ男と寝ることを？ 新しい愛人を持とうともせず、べつのやり方も、肌にべつのくちびるを感じることも、まったくなく？」

「後悔してないわ。」ママは言う。

「よかったわ、あなたのために。」とメリンダ。「それに、わたしたちのためにもよかった。まだ希望があるもの。完璧《かんぺき》な関係というものが存在するという希望が。」

ママは、マティーニのグラスを見てから、言った。オリーブの実はつやを失っていた。

「わたし、出たい。」

「いま、ここで会ったばかりじゃないの。どこに行きたいの？」

「ちがうの、ここから出たいんじゃなくて、ヴィレムのところから出たいの。わたし、離婚したい。」

「なんですって？」

ママは、オリーブの実をつまみあげて、ちょっとためらってから、またグラスにもどした。

「もっと何か飲む？」ママがきく。

「そんな爆弾発言をしたあとで？　いいわ。それじゃ、わたしももっと飲みましょ。ヴィレムは、なんて言ってるの？」

「彼はまだ知らない。また、白ワイン？」ママは立ちあがって、カウンターへ行く。飲みものを待ちながら、鏡に笑顔を作り、すっかり驚いているメリンダへ笑いかける。ウェイターとふざけあう。まるで、万事うまくいっているかのようだ。十八年間の結婚生活に終止符《しゅうしふ》を打とうとしているとは思えない。

新しいグラスを持って、ママがもどってくると、メリンダが言う。

「わたし、理解できない。何かあったの？　彼が……。」

「彼が、何か？」

「だれかほかの人を？」

「わたしが知っているかぎりじゃ、そんなことはないわ。」

「あなたに、だれかほかの人ができたの？」

「ちがう。」

「ということは、だれかほかの人の存在はない。」とメリンダ。

「そのとおりよ。彼はわたしを裏切ってはいないし、わたしをぶつこともない。お酒も飲まない。というか、問題となるレベルまでは飲まない。あいかわらず、わたしといるのをよろこんでくれる。善良な夫がしなければならないことをぜんぶしてくれる。」

「じゃあ、どうしたっていうの？」メリンダがきく。

「わたしは彼を愛していない。」

「やめてよ。あなたが彼に夢中だって、わたしたちみんなが知ってるのよ。いま、ちょっとやっかいな時期にいるだけよ。突きすすまなくっちゃ。それだけよ。馬鹿《ばか》なことをすべきじゃない。あなたたち二人は、いままで以上に、おたがいを必要としているのよ。」

「わたし、これまで彼を愛していたことがあったとは思えないの。」ママは、落ちついて言うと、白ワインをすする。

「エヴァ、わたしは、あなたの親友よ。知りあってからの年月は、認める勇気がないほど長いのよ。あなたのためなら、わたしは、なんでもするつもりでいる。それはわかってるでしょ。お金が必要なら、あるいは腎臓《じんぞう》が必要なら、わたしに、そう言ってくれていいのよ。でも、あなたの親友として、わたしは言う。あなたはたわごとを言ってる、って。ここ数か月、あなたは正気じゃない。そのことは、自分でもわかってるでしょう。どうか、そんな思い切った決断をしないでちょうだい。正気にもどるまで待ってちょうだい。ヴィレムは、あなたが大好きだし、あなたも彼が大好きなのに、彼のところから出ていくなんて、いちばんばかげた行動よ。」

「わたしが、なぜ彼と結婚したか、知ってる？」

「ベッドの中で、彼がすばらしかったからでしょ。」メリンダが言った。

「それが理由じゃないの。」ママが答える。

「えっ、ちがうの？　当時、あなたは、すっごく詳しく話してくれたじゃない？」

「彼は、無口だったの。それが、彼の大きな魅力だった。」

「なんのことかわからないわ、エヴァ。」

「あなたは、わたしの出自《しゅつじ》を知ってるでしょう？　それに、わたしの父を知ってるでしょ。相手がうんざりするまで、もくもくとわき出るあのことばの雲。」

「わたし、あなたのお父さんには一度会っただけ。そのときは、とても感じよかったわ。」

「ああ、それはそのとおりよ。あの人の話に耳を傾けているかぎり、父は感じのいい人よ。でも、わたしは、聞くことに飽きあきしてた。あの人は、話す才能があった。それは否定できない。だれかの握手の仕方、あるいは、帽子のかぶり方を見ただけで、父は、その人の生涯について語ることができた。ほんの小さな話の種を与えただけで、父は、それでお城をでっちあげる。まつげ一本から、一族の伝説をくり広げてみせる。一粒の露《つゆ》の中に、世界の七不思議を見る。けれども、自分の目の前に山積みの現実の仕事を、彼は見ないの。

わたしが幼いころ――まだ物心がつかず、父の話に聞きほれ、父のおとぎ話を鵜呑《うの》みにしていたころは、何もかも、それでよかった。でも、当時でさえ、ぜんぶの話が好きだったわけじゃなく、夜、暗闇《くらやみ》の中でわたしを待ちぶせしているものが怖くて、ベッドの中でふるえていたことがあったの。だけど、農場を、一人でぜんぶちゃんとやっていかなくちゃならなくなると、おとぎ話には、すぐに飽きあきする。十二歳のころ、わたしは、父の作り話を、もう聞いていられなかった。それに、そんな時間もなかった。たいていの仕事がわたしの肩にかかってきたから。父が母を捜《さが》しに出かけてしまい、乳牛たちは、搾乳《さくにゅう》されかけたまま、ほったらかし。そして、父は、結局は、母を見つけられずに、夜、カフェで涙を流し、自分を哀れんでいるだけ。ヴィレムと知りあったとき、そんな生活から逃げられると思った。彼は、ばかばかしいことに時間を費やさない。想像できるかぎり、もっともロマンチックじゃない人よ。ああ、わたし、すぐにわかったの、この人こそ、ほんものだって。彼は、わたしのどこに惹《ひ》かれたか、正確に話してくれたの。それは、わたしの目に映った月なんかじゃなかった。それは、わたしの……。ああ、そのことは、いま、関係ないわ。

とにかく、わたしは、父の物語から解放されたのよ。近所の人の話を信じるなら、彼のことばは、このごろ、ますますでたらめになっているらしいの。ぼけはじめてて、もはや思い出せないものだから、あれこれとでっちあげてるんですって。

ヴィレムは、正反対の人。沈黙の人。でも、いま、わたしは、彼がしゃべってくれたらなあ、って思う。でも、彼はしゃべりたがらない。しゃべると、事態はもっと悪くなる、って彼は言うの。状況を変えることができるときにのみ、しゃべることは意味を持つんですって。状況が変えられないとしたら、黙って、これからの人生を歩んだほうがいいって。」

「ヴィレムの言うとおりかもね。」

ママは、ニコチンで黄色くなった人差し指をなでる。

「あの家にいたら、わたし気が変になりそう。静けさで息苦しくなりそう。壁が押しよせてきそう。」

それなのに、だれにもそれを話せない。」ママが言う。

「いつでもわたしに電話していいのよ。昼でも夜でも。」とメリンダ。

「ありがとう。でも、あんなことが、あなたにはわからない。自分の身に起こらなければ、理解できないことなのよ。」

ママが、メリンダの手をにぎって、言う。

「ぜひ、そうしてね。」メリンダが言う。

ママが、弱々しく笑う。

「ねえ、この……。」と言って、ママは、テーブルの上で腕をぐるっとまわす。「このカフェ、ここにいる人たち……それって、無なのよ。存在していない。なんの意味もない。わたしの仕事も、なんの意味がない。気晴らしでしかない。ときどき、物陰から見て、それは意味がない、意味のあるものは何もないんだ、と知る。窓から外を見ると、木や屋根、自転車に乗った人が見える。太陽の裏に、黒い色が見える。メリンダ、わたし、見せかけの裏に腐りはてたものが見えるの。かんたんに鋲で留められる。紙でできてるの。」

「それで、わたし……わたしは存在してる？　わたしは、ほんもの？」メリンダがたずねる。

「大げさすぎるって思うでしょ。もう何か月か経ったのだから、立ち直るべきだって思うでしょ。こんな経験をしたのは、わたしだけじゃないんだからって。ヴィレムは、なんとか気持ちを落ちつけたようだけれど。こんな経験をした人はたくさんいて、その人たちは、ぽっかり空いた黒い穴について泣きさけんだりしていない……。」

「エヴァ、わたし、何も言わない。聞いてるわ。」

「わたしが、トーマスを放してやれるなら……。そうしようとしたけれど、うまくいかない。放したら、わたしは倒れて、深い、黒い海に消える。何千メートルも深いところで、わたしは倒れ、圧力が、ますます強くなり、息ができなくなる。口を開けば、ドドッと黒い水が、わたしののどになだれこむ。息がつまって、わたしは押しつぶされる。トーマスは、わたしの命。トーマスがいなくては、わたしは死んでしまう。」

ママは、一気にワインを飲みほす。

「もしかしたら、ヴィレムの言うとおりかもしれない。何もかもしゃべったって、なんの役にも立たないのよ。ことばは、何かを暴きだすと同様、うまくかくすこともできるから。わたしを待ちぶせする絶望の正体や、わたしを包みこもうとする暗闇《くらやみ》について説明することは、いくらかかってもできない。ことばは、偽りだから。お互いに理解しあっているという印象を与えてくれるだけ。」

ママは、指をパチンと鳴らす。

「わたしたちみんな、自分のことばでしゃべってる。ことばに自分を押しこんで、自分自身を他人に翻訳《ほんやく》しようとする。けれども、翻訳する中で、自分を見失う。ということ、わかる？　いいえ、もちろん、わかってもらえないわね？」

ママは立ちあがる。「もう一杯、持ってくる。」

「わたしが行くわ。」

「ごめんなさい、メリンダ。あなたが期待していたような、楽しい夜にならなくって。」

「わたしには、楽しいことだけしか話せない、と思ってるの？　だったら、わたしって、どんな友だちかしら？」けれども、メリンダは、無意識に、カウンターの上の時計を見る。

「わたしは、いい相手じゃないわね。ヴィレムにとってもね。わたしがいないほうが、彼は、うまく暮らしていける。わたしがいなければ、忘れられるから。」

「さっさと、どこかへ行って！」オルフェーはさけぶ。けれども、彼女がぼくを呼んだのに、どうしてぼくがどこかへ行ってしまうことができるのだろうか？

「もう、あなたを見たくないの。わたしのじゃまをしないで。」オルフェーは、どさっとベッドに倒れて、頭を枕《まくら》の間にかくす。

「トーマス、わたしの人生から出てってほしいの。わたし、あなたのことを思い起こさせるものは、ぜんぶ焼き捨てた。でも、それだけじゃだめだった。あなたは、あいかわらず、わたしの中にいる。もう、いや！　だって、すごくつらいの。ふつうに姿を消してくれない？　このつらさは、終わりにしたいの。」

しばらくして、オルフェーは姿勢を正してすわり、涙をぬぐう。

「あなたは約束したでしょ、覚えてる？　ぼくたちはいつもいっしょにいよう、と約束した。うそつき！」オルフェーは、枕をぼくの頭に投げつける。枕は壁にあたる。

「覚えてるの？」オルフェーが言う。まるで、ぼくが忘れることができるかのように。彼女が忘れられさえすれば、ぼくも忘れられる。だけど、オルフェーが忘れられるとは思えない。たとえ、忘れたくとも……。あまりにも深く心に残っていることだから。陳腐《ちんぷ》な決まり文句をくり返すみたいだけれど、それは、ぼくの人生で、いちばん美しかった日々だった。彼女にとっても、そうだったのかな？　それを、自分の記憶から消してしまいたいのだろうか？　そしたら、ぼくたちの、彼女の、何が残るのか？

移動遊園地に出かけた日のあと、オルフェーは、外出を禁止された。ヴェロニクが、オルフェーをつれずに駅の広場に姿を現したとき、オルフェーのお父さんは、ヴェロニクを問いただし、オルフェーが男の子といっしょにどこかへ行ったことを知った。ぼくはヴェロニクの同級生で、麻薬売買人や大量殺人者じゃないって言ってくれることもできたはずなのに、ヴェロニクは何も言わなかった。しばらくして、オルフェーがそこにやってきて、ぼくの名前も知らないことを認めたとき、オルフェーのお父さんは、ついにがまんの限界に達した。オルフェーのインターネットの時間は禁止、電話料金は制限された。ぼくには二度と会ってはならないし、会わないだろう。

ぼくは、オルフェーのお父さんにすごく感謝しなければならない。だって、オルフェーがぼくに会うつもりがあったかどうか、わからないんだもの。それに、翌日、ぼくが電話をしたときに、オルフエーがとても親しみをこめて話してくれたのも、お父さんに電話を禁止されていたおかげかもしれない。

電話をするのは危険だった。ところが、オルフェーの両親は、最新の通信手段はすべてチェックしたけれども、古めかしい、手紙という通信手段は見落とした。オルフェーは、学校へ行くとちゅうに手紙をポストへ入れ、ぼくは、自分の手紙をヴェロニクに送った。ヴェロニクは、この禁じられた恋にとてもわくわくして、ぼくたちの恋愛物語に、単なる脇役《わきやく》としてではなく関わろうと思ったのだ。それは、ほんとうは、禁じられた恋じゃなかった。ぼくの両親は、オルフェーになんの文句もなかったただろうし、オルフェーの両親は、ぼくを知りもしなかった。だから、ぼくに何か悪い感情を持つなんてことはありえなかったはずだ。けれども、そうした経緯のおかげで、ぼくたちの関係が何かとくべつなものであるように、二人とも感じていた。そして、おそらく、そうだったのだろう。手紙では、ぼくは電話で話すよりもずっとたくさんのことを話すことができたのだから。ぼくは、ついに、読者を得たのだ。

ぼくたちは、なんとか時間をひねりだして、会った。たとえば、オルフェーがレペルヘム村行きのバスに乗る直前に。だけど、そんな瞬間でさえ、危険だった。両親がパン屋をやっているから、彼女は、村の人たちに顔を知られすぎている。だれかがぺらぺらしゃべれば、また、しかられることになる。ある日曜日の午後、ぼくたちは、映画に行くことに成功した。よけいなヴェロニクまでいっしょに来たけれど。それ以上何もなかった。このままじゃいけない。騎士は、何かいい方法を見つけなくっちゃ。プリンセスが百年の眠りに病み、彼のことを忘れてしまわないうちに。

そのつぎの水曜日、ぼくは、いつもよりも早い時間におじいちゃんのところへ行った。

「ずいぶん早いな。」

「またすぐ帰らなくちゃならないんだ。」

「どこかが火事で燃えてでもいるのかね?」おじいちゃんがきいた。

「ぼくの心。」と答えたら、おじいちゃんは笑った。

十分後に、ぼくは、レペルヘム村のパン屋にいた。オルフェーとお母さんが、カウンターの向こうにいた。ドアのベルが鳴ると、オルフェーはちょっと顔をあげた。けれども、ぼくが店に入ってくるのを目にすると、うしろを向いた。ぼくは、自分の顔が赤くなるのを感じた。うまくいきそうにないな。ぼくの計画がうまくいかない可能性は大いにある。そして、うまくいかなければ、うまくいかなくていい。だけど、オルフェーをがっかりさせたくない。そこで、ぼくは、前に進んだ。言うべきことを練習しておいたのだけれど、ぼくの順番が来て、オルフェーのお母さんに「なんにしますか?」ときかれたとき、ぼくは、やっぱり、ことばにつっかえた。

「あなたの娘さんを、ぼくのゆがんだ夢の世界に入れてほしいんですけど。」とは言わなかった。

「注文の品を、隣村にある家に持って帰りたいんです。でも、困ったことがあって……自転車に荷物入れがついていないんです。家に配達してもらえますか?」

「たくさん注文があるのなら。」オルフェーのお母さんが言った。

ぼくたちは、それについては、ちゃんと考えてあった。ぼくのリストには、バケット二十本、サンドイッチ一袋、タルト四個とあった。お母さんは、ドアのほうへ行った。その向こうがパン焼き場になっているらしい。

「ロジェー、あなた、今日の午後は配達する時間がある?」

これは、ぼくたちの計画の弱点だった。ぼくは、オルフェーのお父さんには用がない。

「四時から五時の間なんですが。」とぼく。

パン焼き場からぶつぶついう声が聞こえる。都合のいい時間じゃないらしい。いえ、配達はできませんね、オルフェーのお母さんが首を横にふる。

ぼくは肩をすくめて、言った。「しかたないです。この近くに、パン屋さんはほかにありますか?」

オルフェーが、手紙に書いてくれていてよかった。これは、魔法のことばだった。この村には、確かに、パン屋がもう一軒あった。けれども、オルフェーのお母さんは、お客のぼくを、みすみすライバルのパン屋に行かせるくらいなら、死んだほうがましだと思っていた。

「オルフェー?」お母さんが呼んだ。

「はい。」オルフェーは、何食わぬ顔で答えた。

「おまえ、その注文の品を、四時過ぎにデームスターフェルデ村に配達してくれない?」

オルフェーは、怒った顔でぼくのほうを見た。何キロも遠くまで自転車で配達させる人使いの荒い人をにらむような目で。

「住所は、こちらです。」と言って、ぼくは、一部をママの財布から「借りた」お金で代金を支払った。

ぼくは、自転車で森へ向かった。まだしなくちゃならないことがたくさんあった。

四時きっかりに、ぼくはそわそわしながら、森の外れでオルフェーを待っていた。時間はあまりない。オルフェーは、とちゅうでタイヤがパンクしたという言いわけをするつもりではいたけれど、帰宅時間に遅れるわけにはいかない。二十分待ってもオルフェーは来ず、ぼくは心配になった。道は、めったに混まないけれど、その分、危険だった。どの運転手も、臆《おく》することなくスピードをあげられると思うから。ぼくは、ぼくのオルフェーのことを考えないようにした。どこか道ばたで、自転車はぐちゃぐちゃに曲がった金属のかたまりになり、彼女自身はけがをして……ひょっとしたら、それ以上ひどい状況に、なんて……。

ぼくが、彼女を迎えに行こうと決心したとき、ようやく、曲がり角から、オルフェーが姿を現した。タルトの箱が、彼女の自転車の荷物入れの上でふるえている。

「このタルト、どうしたらいい？」自転車を木に立てかけながら、オルフェーがきいた。

「あとで取りに来るよ。」

「あとで？」

「うん、すぐあと。これから、もっと重要なことをしなくちゃならないんだ。」

ぼくは、うしろのポケットから布をとりだした。

「それ、スカーフなの、トーマス？　あのね、外は暑いのよ。」

「目かくし用の布だよ。」

オルフェーはためらった。

「その布で、わたしにどうしてほしいの？」

「どうしたの？　ぼくを信用してないの？」

「これっぽっちも！」

そう答えて、オルフェーは笑いだした。ぼくが、よっぽど面食らった顔をしたにちがいない。

「わたしをどうするつもり？」と言って、オルフェーは、目かくし布を目にあてて、結んだ。

「きみのお父さんとお母さんは、罪のない少女を森へおびき寄せる、レペルヘム村の怪物について話してくれたことはない？」

ぼくは、目かくし布がしっかりむすばれているかどうか、チェックして、言った。

「そこで少女たちを待ち受けているものが何か、だれも知らない……。」

「わたしが、まもなく、木の根っこにつまずいてころんで、まともに顔を打ったりしたら、あなたを待ち受けてるものがなんなのか、教えてあげられるけど。」

「ぼくの手をにぎって。気をつけて。そう、いいよ。うまく歩いてる。」ぼくは言った。

「すっかり馬鹿《ばか》になっちゃった気分よ。苦労したかいがあるといいんだけど。」

ぼくは、オルフェーをつれて森の奥に入っていった。しばらくすると、開けた場所に出た。

「見ていいよ。」

オルフェーは、目かくし布をはずした。

子どもっぽいと思われるかもしれないと、ぼくは心配した。けれども、彼女は何も言わなかった。ぼくの手をぎゅっときつくにぎっただけだった。

「あなたの食卓の用意ができております、お嬢さま、どうぞ。」

ぼくは、森の中に食卓を引きずってきたわけじゃない。だけど、それ以外は、できるかぎりのことをした。木と木の間の陰《かげ》になったところには、色とりどりのちょうちんがぶらさがっている。開けた場所の真ん中には、敷物《しきもの》が広げられ、その上には、大きな燭台《しょくだい》、お皿、グラス、ポテトチップス、さまざまな種類のチーズ、そして、クーラーに入った白ワインが置かれている。

「あっ、ちょっと待って、まだ忘れものがあった。」と言って、ぼくは、オルフェーの手を離した。

小さなスピーカーをｉＰｏｄにつなぐと、少したってから、ニーナ・シモンの官能的な声が森に広がった。

Birds flying high, you know how I feel,
Sun in the sky, you know how I feel
Breeze drifting on by, you know how I feel
It's a new dawn, it's a new day, it's a new life for me
And I'm feeling good.

(高く飛ぶ鳥よ、ぼくの気持ちがわかるだろ
空の太陽よ、ぼくの気持ちがわかるだろ
吹きゆくそよ風よ、ぼくの気持ちがわかるだろ
新しい夜明け、新しい一日、ぼくにとっての新しい人生
ぼくは、いい気分なのさ)

ぼくは、ミューズのバージョンのほうが好きなんだけれど、今日は、オルフェーの日だから。いや、二人の日だ。

ぼくは、オルフェーの顔を見た。一週間ずっと、ぼくは、これを準備してきた。そして、彼女の反応を見るのを楽しみにしてたんだ。ぼくは、オルフェーがよろこんでさけび声をあげることを期待していた。ひょっとしたら、うれしそうに小躍《こおど》りして……それに、ひょっとしたら、キスをしてもらえるかも、と。ぼくは、ちょっと悲観主義者だけれど、ひどくがっかりしなくちゃならないことになっても、強い気持ちで耐えるつもりだった。ところが、思いもしなかったことに、オルフェーは、何も言わなかった。

ぼくは、無理やり、何か言ってもらおうとは思わなかった。それで、そっと、その場から逃げだして、自転車の所へ行った。バゲットとタルトをもってもどってくると、オルフェーは、まだ同じ場所に立っていた。

「だいじょうぶ?」ぼくはきいた。

オルフェーは、うなずいただけだった。ふしぎだ。手紙では、考えたり感じたりしていることを言うのは、とてもかんたんだった。だから、もういちど会ったら、ずっと順調にいくだろうとばかり考えていた。だけど、そこにオルフェーが立っているのを見たとき、もはや、それは、ぼくが思い描いていたオルフェーではなく、ぼくたちは、見知らぬ者同士のような気がした。その日の午後、ぼくは、初めてオルフェーの両親に会い、そのパン屋を見た。彼女は、毎週水曜日に店番を手伝っているらしかった。パン屋の娘と、移動遊園地でのマイペースで自分勝手なオルフェーとを一致させるのはむずかしい。そしていま、この森でぼくがいっしょにいる少女は、だれなんだろう？　ぼくはわからなくなった。

「タルトは？」ぼくはおろかにも、そうたずねただけだった。ぼくは、その日の午後を飾りたてる準備はしていたけれども、中味を用意していなかった。それで、そのあとどうすればいいのか、わからなくなった。筋書きを二、三、思い描いてはいたものの、タルトは、あんまりそれに関係なかった。敷物《しきもの》の上を転げまわるぼくたちの裸体《らたい》のことを空想したりしていた。その筋書きは、オルフェーがためらうたびに、ますますありえないことに思われた。

いや、彼女はタルトを食べたいんじゃない。まあ、いいや、それはわかった。パン屋で何年も暮らして、おそらく、オルフェーは、タルトを見たくもないのだろう。

「ワイン？」

ぼくは、ワインを持参するかどうか、長い間迷った。森のおしゃれなピクニックにワインは似合うと思ったけれど、ぼくが、彼女を酔っぱらわそうという卑劣《ひれつ》な計画を抱《いだ》いてるって、思われるかもしれないから。だけど、ぼくは、その計画を採用した。

「いらない。」彼女は、ワインも飲みたがらない。

「トーマス。」とだけ、彼女は言った。そんなふうにぼくの名前を言うのは、よくない知らせがあるときの言い方だって、ぼくは知っていた。

「これはいけない。わたしは、ここにふさわしくない。帰らなくっちゃ。」

「だけど、いま、来たばかりだろ？　ぼく、何かまちがったことをしたかな？」

ぼくは、いったい何を言っただろうか？　レペルヘム村の怪物についての冗談《じょうだん》がまずかったのかな？　オルフェーは、怖くなったのだろうか？

「オルフェー、お父さんとお母さんのこと？　二人にうそをついてきたことを後悔してる？」

「それもある。」オルフェーは、すでに暗い木々の下を歩いていた。

ぼくは理解できなかった。なんの説明もせずに、そのまま立ち去るわけにはいかないだろ。タルトを手に持って、彼女のあとを走って追いかけるぼくは、馬鹿《ばか》みたいに見えたにちがいない。

「オルフェー、ぼくが、何かきみの気持ちを傷つけたのなら、ごめん。きみを苦しめたくはない。それよりも……。」それよりも、きみに会いたくて会いたくて……と言いそうになったけれども、さいわいにも、そのことばがぼくの口から飛びでる前に抑えることができた。

「あなたには、何も関係ない。わたしのせいなの。」オルフェーが言った。

そのことばが、ぼくのなぐさめになると考えたのなら、彼女はまちがっていた。ぼくのせいならば、少なくとも、それをちょっとは変えることができるのに。

「ほら、ぼくは、きみに……キスとか、するつもりはない。きみがそれを心配してるんなら……。もう少しいてくれたら、うれしいだけだよ。」

「なぜ？」

なぜだって？　彼女をしっかりと受けとめたいから。よく知りたいから。初めて移動遊園地で会った日から、ぼくはすぐに自分を見失ってしまったから。オルフェーがぼくの頭から出ていかなくなり、あれからずっと、ぼくは、ぼーっと彼女のことばかり考えていたんだ。どうしようもないほど好きになって、よろよろと起きあがる力もほとんどなくなってしまったから。彼女がいやがっても、彼女のそばにいたいから。

ぼくはわからなかった。この前会ったときは、ぜんぜんちがった。オルフェーは、声を立てて笑った。映画館の暗闇《くらやみ》で、ぼくの手が、ぐうぜんオルフェーの髪や、首に、ついには胸に触《ふ》れても、いやがらなかった。あのとき、急ぎすぎたのかな？　それとも、のろますぎた？　気が変わったのかな？　ほかにだれかいるのかな？　だけど、だったら、なぜ、ぼくと会う約束をしてくれたんだろう？　これって、おろかな男の子のぼくにはわからない何か、女の子の気まぐれみたいなものなのか……？

「ちょっとしゃべるために。」ぼくは言った。

オルフェーはためらった。

「五分くらい。無理なお願いかな？」

「わたしわからない、トーマス。」

「ねえ、今日の午後、ぼくは、ずいぶん苦労したんだよ。それなのに、タルト四個とぼくを置いてけぼりにするつもりじゃないだろう？」

オルフェーがほほ笑んだ。

「じゃあ、ちょっとだけ。」とオルフェー。「ここにいないほうがいいと思うけれど。」

オルフェーは、ぼくのあとについて、開けた場所にもどった。そしてぼくたちは、ちょうちんでいっぱいの、森のその場所の真ん中にすわった。

あれこれとくだらないことや将来の夢を書いた手紙を送ったけれど、二人っきりの、初めてのデートらしいデートでひとこともしゃべらず、すぐに帰りたがる相手に、何を話したらいいんだろう？

ぼくの恋慕《れんぼ》(彼女のことを考えるたびに、胃の中がきゅっとする感じが恋慕というものならば)は、少し衰《おとろ》えた。もしかしたら、ぼくは、彼女を帰らせてやるべきだったのかもしれない。だって、その日の午後は台なしになったのだから。けれども、彼女が、自転車に乗ってどんどんぼくから離れていく間に、パーティーの残りものといっしょに一人でここにすわってるなんて思うと……ああ、だめだ、とても耐えられなかった。

ぼくは、オルフェーの顔を見た。映画のあとで帰宅したとき、ぼくは、彼女がどんな顔をしていたのか、すぐに忘れてしまっていた。顔の部分をばらばらにしか思い出せなかった。思い浮かぶあごや耳からは、顔つきをすっかり描くことはできず、ピカソの絵みたいになってしまった。

さあ、よく注意して見てみよう。オルフェーの鼻、頬《ほお》、茶色がかったブロンドの髪を記憶に残そう。すると、髪に黒っぽいものが這《は》っていた。虫のようだ。ぼくがぱっと立ちあがって、それをはらいのけると、オルフェーは驚いた。

「髪に虫がいたよ。」ぼくは、ちょっと馬鹿《ばか》みたいに言った。

ぼくには、たくさん質問があった。今日の午後に、何を期待してたの？　なぜ、ここにいるの？　ぼくのTシャツ、いいかな？　ぼくのこと気に入ってる？　なぜ、ぼくは、きみよりもたくさん手紙を書くんだろう？　ぼくは、脇目《わきめ》もふらずに突きすすんでる？　移動遊園地でのあの夜は、きみにとってよりも、ぼくにとって意味があったのかな？　きみは、単に、どきどきすることをしてみただけ、反抗してみただけだったの？　これまで、何人とつきあった？　やっぱり、ワインを飲む？　だって、ぼくは、もうしゃべれなくなって、ことばで、オルフェーを酔わせることはできなくなった。だから、ワインが彼女を酔わせてくれて、彼女がぼくの腕に飛びこんでくれるといいんだけど。Sex on the brain(セックスのことばかり考えてる)。どうしようもないんだ。ぼくは、ずっと待っていた。彼女は、頭がよくて、気が合いそうだった。少なくとも、最初はそう見えた。なんでも話せる相手、ごまかしたりせず、誠実な人に思えた。それが、いまはこんな状態。気まぐれ。わけのわからない態度。彼女は、望んでいたものを得て、つまり、ぼくの気をひいて、それでじゅうぶんだったのかな？ さっきからずっと、ちょうちんをながめていた。ときどき、虫がちょうちんに飛びこんで、死んだ。

オルフェーは、ぼくのがっかりしたようすを楽しんでいるようには見えなかった。

オルフェーは、敷物《しきもの》に仰向《あおむ》けに寝ころんで、すべるように流れていく雲を見つめた。ぼくのほうは見なかった。それでよかった。おかげで、ぼくが彼女の胸を見つめているのに気づかれなかったから。

「何か話して。」オルフェーが言った。

「何を？」

「だって、話したいんでしょう？ 何か話して。いままで、あなたが、ほかのだれにも話したことがないことを話して。」

何が話せるんだろう？ ムードがなくなったこの雰囲気にもかかわらず、あいかわらず、彼女に飛びかかりたいと思っていることを？ いや、それは秘密じゃない。そのことなら、ぼくの身体《からだ》を見れば、彼女にはすぐにわかってしまう。

「わかった。」ぼくは言った。「これまで、ほかのだれにも話してないことを話すよ。きみが同じくそうしてくれるなら。」

「あなたの秘密をわたしに話してくれたら、わたしがあなたに自分の秘密を話すの？」と言って、オルフェーは、ほほ笑んだ。ほほ笑むと、彼女はとてもかわいい。ほほ笑んでいないときも、同じくらいかわいいんだけど。

「わかった。でも、あなたが先よ。」オルフェーが言った。

何を白状しようか？　ぼくの、夜の罪？　試験中のカンニング？　ママの財布からたまに失敬すること？　そんなことは、どれも、わざわざ話す価値がない。

ぼくには、一つだけ秘密があった。驚かせるようなことではないけれど、白状するくらいなら死ぬほうがましだ、とぼくは思っていた。それについて何か言われたり、笑われたりしたら、耐えられないだろうから。まじめな関心を抱いてくれても、ぼくは、立ち入られすぎたと感じるだろうから。それは、ばかげた夢だから、だれにもそれを知られたくなかった。声に出して話したら、ぼくの夢は色あせてしまうだろうし、ぼくはそれがいやだった。その夢がなかったら、ぼくの存在はなんなのだろうか？

ほかの人たちも、そんな自分だけの夢や、願いを持っているのかどうか、ぼくは知らなかった。だけど、ミュージシャンや俳優、大富豪《だいふごう》、高級娼婦《しょうふ》、陸軍大将、ＤＪ、非情な経営者、写真のモデル、ファッションデザイナーになりたいとひそかに思っている人たちでいっぱいの世界を、ぼくが歩きまわっているということは大いにありうるだろう。ぼくのまわりには、夢を持っているけれども、話せば笑われて、心の奥底で傷つくのを恐れて、口に出せないという人たちがたくさんいるのだろう。だったら、きたない手で腸《はらわた》をえぐられるような思いをするよりも、だまっていたほうがいい。なぜ、ぼくは彼女に秘密をうちあけるのだろうか？　これまで何年も、両親にも友だちにもだまっていたのに。ぼくは、ブラムが彼の父さんからこっそり盗みだしたポルノ雑誌よりも、自分のノートを、気をつけてかくしていた。彼女に打ち明けないほうがいい。たぶん、もっとあとで、二人がなんでも分かちあえるカップルになったら……。だけど、ぼくたちは、カップルにはなれないだろう。ぼくは、彼女にふさわしいほど、利口《りこう》でもなければ、強くもないし、大人でもない。それに、彼女がここにいるのは、ぼくが、「どうか、ここにいて。」と頼んだからだ。もうしばらくだけ、そしたら、彼女は立ち去ってしまう、永遠に。

だからこそ、ぼくは打ち明けるのかな？　二度と彼女に会うことはないだろうし、話しても害はない、とわかっているからだろうか？　それとも、ぼくは、やっぱり、なんとかして秘密をなくしてしまいたいと思っているからなのだろうか？　それとも、一種の攻撃的な行為——彼女に押しつけて、彼女がそれにどう対応するかを見ようとしているのだろうか？　それとも、ただ、自分を印象づけたいと、こっそり願っているだけなのだろうか？

「ぼくは、作家になりたい。」

ああ、とうとう、声に出して言ってしまった。

彼女は、ちょっと頭をこちらに向けた。

「本気？」

「どうして？　そんなにばかげてる？」

「ううん、その反対。」オルフェーは言った。

彼女は、それ以上、何もたずねなかった。ぼくは、ほっとすべきだったのだろう。どんなことばも不適切で、血を呼ぶナイフとなっただろうから。けれども、ぼくは、オルフェーにもっと質問をしてもらいたかった。もう何か書いてるの？　とか、それじゃあ、何を書いたの？　とか、何を目指してるの？　とか。ぼくは、彼女に、ぼくのほんとうの――ぼくだけのものだった――人生をちらっと見せてやった。いや、ちらっと以上だ。ぼくの、少年の部屋のドアをドーンと広くあけてやったのに、オルフェーは、のぞこうともしない。彼女は、ふたたび、雲を見ていた。ぼくは、オルフェーを見た。オルフェーは、両腕を枕《まくら》がわりにして、そこに横たわっていた。日に焼けた茶色のお腹《なか》を少しのぞかせているだけで、Tシャツが、見たことのない光景――それは、ぼくが迷い込みたいと思っている光景だけれど――をかくしていた。あの肌に指で触《ふ》れ、ぼくの舌でなめる……ぼくは、とてもやさしく、そしてまた、そうでなく。ぼくは、自分の刻印を残したかった。肉をつまみたかった。それが、彼女の関心を得る唯一《ゆいいつ》の方法なら……。ぼくは、オルフェーにぼくの秘密を打ち明けた。それなのに、彼女は、ほとんどたいくつしたかのように、ぼくの面前であくびをした。

「こんどは、きみだ。きみの番だよ。」ぼくは、ぶっきらぼうに言った。彼女が何を話したって、かまわないよ。どうせ、ぼくも、同じように、関心を抱かないだろうから。

「わたしの秘密？　ああ。」オルフェーは、フフッと短く笑った。

「あそこの上にいるツバメが見える？」オルフェーは、空を指さした。「見て、すごく高く飛んでるでしょ。つまり、明日は、お天気がいいってことよ。」

「きみは、お天気お姉さんなの？　それが、きみの秘密？」

「わたしは、病気なの。」オルフェーが言った。

「えっ！」ぼくは、関心を持たないつもりだったことを、あっという間に忘れた。ぼくのオルフェーが病気だって？　ありとあらゆる病気や異常、さらに怖《おそ》ろしい、死にいたる病名が、ぼくの頭につぎつぎと浮かんだ。

「心臓。」とオルフェー。

だったら、ぼくは、さっき、彼女の心臓をせき立てようとした。よろこびで飛びあがらせようとした。ぼくから離れようとしたとき、彼女の心臓をこわすところだった。

「ほかの人の心臓とちがうの。」

「どうちがうの？」ぼくは、恐るおそるきいた。

オルフェーは、顔をぼくのほうへ向けていった。

「凍ってるの。」

「えっ？」

「わたしのは、氷の心臓なの。」

ぼくは、怒って、ぱっと立ちあがった。ぼくのいちばんの秘密を、彼女に打ち明けたばかりなのに。それに、オルフェーの病気にすっかり同情して、理解しようといっしょうけんめいだったのに、彼女は、ぼくをからかった。

ぼくは、その場を離れた。もう、たくさんだ。このまま、馬鹿《ばか》にされたくはないぞ。

こんどは、オルフェーがぼくのあとを追いかけてきた。

「トーマス、もどってきて。」

ひざまずいて頼まれたって、いやだ。もう、うんざりだ。オルフェーに、彼女のすてきな笑顔にも、泣き声にも、寡黙《かもく》さにも、偽りの約束やうそにも、うんざりした。

「トーマス。」オルフェーがぼくの腕をつかんだけど、ぼくは、引き離した。

「何?」

「ごめん、少しドラマチックにしたかったの。だけど、真実なの。わたしの心臓は、氷でできてる。」

「ほっといてくれよ。」ぼくは言った。「わかったよ、きみは……。」

きみは、ぼくに何も感じていない。あの手紙はぜんぶ、うそだった。これまでの毎日、ずっと、ぼくは、希望を持ったり、夢見たりしてきたけれど、それはむだだった。

「……きみがここにいたくないということは。」と、ぼくは言い足した。

きみが、ぼくのそばにいたくないということ。究極の冒瀆《ぼうとく》だ。決して、許せない。

「なぜ、ここにいたくないか、知りたくない?」

いやだ、知りたくない。反対のことを言ってほしい。ここにいたい、と言ってほしい。この森での今日の午後を、ずっと楽しみにしていた、と言ってほしい。幾晩も、ぼくのことを夢見ていた、と言ってほしい。ぼくについてあれこれ空想をしていた、と言ってほしい。ぼくは、それを望んでる。それに、まだ、ほんのはじまりにすぎないんだ。

けれども、ぼくはオルフェーのあとについて、開けた場所——燭台《しょくだい》とタルトと空中を舞う虫のいる、ぼくたちの敷物《しきもの》のところ——へもどった。そして、オルフェーは、少し前まで、つきあっていた彼氏がいたと話してくれた。名前は、ケヴィン。バイクとヘルメットの似合う三歳上の人。オルフェーは、心の奥底からほれこんでいたという。ぼくに、それがわかるだろうか？　うん、どんな気持ちなのか、ぼくは、それを思い起こすことができる。だが、彼は、オルフェーを裏切った。彼女を棄《す》てた。

「こうやって話すと、ありふれた話に聞こえるかもしれない。でも、だからって、それで苦しみが収まるわけじゃない。わたしは、だれにも会いたくなかった。外に出たくなかった。ケヴィンにばったり出くわすのが怖かったし、ばったり会わないというのも怖かった。あの移動遊園地は、わたしが、夜、自分の部屋に引きこもらずに、外へ出はじめたばかりのころだった。」

ちょっとでも、ケヴィンのことを考えなくてすんだのは、オルフェーにとって、うれしいことだった。ぼくの手紙や、ぼくが関心を持ってくれることもうれしかったという。ケヴィンを忘れた、と思いこもうとした。

「でも、このちょうちんを見たとき、そうじゃないって、わかったの。わたしは、一つのこと、いや、そうじゃない、二つのことを考えた。最初に思ったのは、わたしは、ここにケヴィンといるべきだったということ。彼が、これをわたしのためにしてくれたのなら、どんなにしあわせだっただろうか！　って思った。そして、つぎに思ったのは、これ以上、あなたに気を持たせて、じらしてはいけないってこと。あなたは、とてもたくさんのことをしてくれた。あなたが本気だってことはわかる。わたしは、こんどは自分が、だれかを傷つけるようなことはしたくない。」

おそすぎた、とぼくは思った。おそすぎた、ぼくの氷の女王さま。

「だから、この場を離れたかったの。わたしは、あなたに手紙を送った。わたし、自分が情けない。ごめんね。」

ぼくは、肩をすくめた。オルフェーが立ち去って、ぼくが一人残されたら、ほんとうの苦しみがはじまることがわかっていた。ぼくを待つ苦しみのこだまが聞こえるようだ。彼女がそばにいてくれるかぎり、目の前に彼女を見ているかぎり、生きがいを感じていられる。

「どう思う？」

ぼくは、そのケヴィンとやらをバイクごと運河に押しこんでやりたい、そう思った。

「わたしのこと、大きらい？」

「いや、大きらいじゃない。」

オルフェーは笑った。オルフェーの、初めてのほんとうの笑いだった。まるで、肩の重荷をおろせて、初めてほっとしたかのようだった。

「あなたって、やさしいのね。」オルフェーは、人差し指で、ぼくのまゆ毛をなぞった。思いもよらない動作で、とてもふしぎな感じがした。ほんとうに電気が走ったみたいだった。ショックは、ぼくの足裏までピリリッと伝わった。

「作家のトーマス、もう何か書いてるの？」

ぼくは、ごちゃごちゃになった脳の断片を拾いあつめようとした。ぼくが、どんなに苦しんでいるか、彼女に見られたくなかった。いま、オルフェーは、ぼくに関心を持ってくれた。いまや、何もかも、なんの意味も持たないのだけど。ぼくが、もう何か書いてるか、だって？

ぼくは、物語を書いている。短編を。オルフェーが住んでいる村についての、まったくばかげた物語を。ぼくのおじいちゃんが自分にまつわる話をしてくれた。ぼくは、それを引き継ぎ、それをふくらませ、変形させ、ぼくの意のままに操る。

「どれか一つ、話してくれない？　それとも、読まなくちゃならない？」オルフェーがきいた。ぼくは、オルフェーの緑色の目に礼儀正しさを見ようとしたけれども、何も見つけられなかった。たぶん、何も見つけたくなかったのだろう。

「いや、読まなくてもいい。どれか一つ話してみるよ。つまらなくなったら、言ってくれていいよ。」

ぼくは、二人のグラスにワインを注いだ。いまや、ぼくに邪念がないことは、はっきりしているのだから、安心して注げる。彼女がどう思ってもかまわない。ぼくは、話しはじめる前に一杯必要だった。

ぼくは、フィロメーナと織機《おりき》の話をした。あの物語は、この森で起きた。ぼくは、おじいちゃんが話してくれた、より現実的なバージョンは彼女に話したくなかった。おじいちゃんの話によると、フィロメーナは、作品に、何度も、何度も、木靴を織りこんだ。だから、彼女をレイプしたのは木靴職人だ、とフィロメーナのお母さんが、ついに気づいたそうだ。そのあとで、フィロメーナのお父さんが、その男に、娘との結婚を無理強《むりじ》いしたという。ぼくには、知恵遅れの娘とその娘をレイプした男との結婚が、ハッピーエンドであるとは思えなかった。それで、オルフェーには、謎《なぞ》に満ちたバージヨン、フィロメーナがどうやって絨毯《じゅうたん》に太陽を織りこんだかについて話した。

オルフェーは、終わりまで聞いていた。

「そのフィロメーナって人、しあわせだったのね。」オルフェーは言った。

「どういうこと？」

「そのとおりの意味よ。彼女は、自分の人生で、いやなやつをかんたんに忘れて、自分に都合のいいファンタジーと取りかえることができたんでしょう。だれにとっても、そんなふうに、かんたんにいくといいんだけれど。」

ぼくは、そんなことを考えもしなかった。

「実は、そんな話を書いてたとは思ってなかった。」とオルフェー。

「じゃあ、どんな話を書いてたと思ってたの？」ぼくはきいた。のどがからからになって、ことばがなかなか出てこない。ぼくは、あわてて、二杯目のワインを注いだ。

「どんな話かって？　わたしが思ってたのは……十五歳の少年についての話、その子がだれにも理解されないことについての話。」

「それもある。」ぼくは言った。「だけど、あんまりおもしろくない。ぼくは、ほかの人たちについて書くほうが楽しい。ずっと、自由に書けるから。ほかの人の身になって考えられるし……。ごめん、ぺらぺらしゃべってばかりいて……。」

「そんなことない。あなたは、自分が重要だと思っていることについて話してる。」

「ぼくは、思いちがいをしている。おじいちゃんの話をいくつか紙に書きとめただけで、とても、作家にはなれない。ほんと言うと、きっと、作家にはなれないって、わかってるんだ。それは夢、空想だよ。空想しているだけなら、その夢をうまくしまいこんで、何か実質的なことをして生きていくことができる。」

「だれが、そう言ったの？」

「たぶん、ぼくのお母さんかな。」

「それで、あなたは、お母さんの言うことをよく聞くのね？」

彼女がそう受けとったのなら、それはちがう。

「あなたは、何か賢明なことをして生きていきたいんでしょう？」

「書くって、賢明なことなのかな？」答えを誘いだすためだけとはいえ、あえて、ぼくがそれを疑問に思うのは、冒瀆《ぼうとく》だ。

「心からするのなら、それは賢明なことでしょう。でなければ、何をして生きていくの？」

わからなかった。じゅうぶんなお金をかせぐこと、とぼくは思った。

「全力を尽くさないうちから、夢をしまいこむことはできないでしょう？　何かをしないで、残りの人生を後悔してすごすの？」

ぼくは、オルフェーを見つめた。急に、饒舌《じょうぜつ》になったんだもの。だって、ぼくが何をして生きていくかが、彼女にとって、どうだっていうんだ？　ケヴィンは、ぼくの夢までぜんぶ、バイクで轢《ひ》いて、めちゃめちゃにしちゃったんじゃないだろうね？

オルフェーの言うとおりだった。ぼくは、夢見ているだけで、実行する勇気がなかった。ぼくは、人生に触《ふ》れるのを怖がっていた。氷の心臓を持っていたのは、オルフェーではなくて、ぼくだったんだ。だから、拒絶されたり、傷ついたりするのを恐れて、心を動かすことがなかったんだ。

「きみの言うとおりだ。いまになって、ぼくは、実行しなかったことをいろいろ、後悔するよ。」

オルフェーの目をのぞきこむと、ぼくは、目まいがした。

「たとえば、移動遊園地での、あのキス。」

「どのキス？」オルフェーがきいた。

「まさに、そのとおりだよ。」ぼくは言った。彼女は、ぼくの言ったことがわからなかったようだ。わかるはずないよね？

「ぼくたちが、あの〈船〉にすわって、たわごとをしゃべっていた。ワインのせいだ。ぼくは、町の上にいたのを覚えてる？」

オルフェーはうなずいた。

「おたがいを見たのを覚えてる？　ぼくは、きみのことをよく知らなかった。だけど……。あのとき、とても気分がよかった。あのとき思ったんだ。いま、彼女がぼくにキスしてくれたら、ぼくが彼女にキスできたら、そしたら、何もいらないって。だけど、ぼくは、その勇気がなかったし、その瞬間は過ぎてしまい、いまでは、おそすぎる。あのときのキスは、それまでのぼくの人生でいちばんすてきなキスになっただろう……。けど、それは、二度ともどってこないし、ほかのキスはどれも、ぼくが逃した、あのキスの、弱々しいバージョンでしかないだろう。」

「もしかしたら、もっといいときに、もっともっとすてきなキスが訪れるかもしれない。」

「だけど、そのときのぼくのキスの相手は、きっと、きみじゃない。」

やれよ、馬鹿者《ばかもの》。やれよ、彼女にキスしろよ。

「そうかな。」とオルフェー。

弱虫、臆病者《おくびょうもの》。失うものはないだろ？　いったい、自尊心に、そんなに価値があるのか？

けれども、ぼくは、キスをしなかった。

音楽が、木々の間に広がった。

I'll try to keep myself open up to you
That's a promise that I made to love
When it was new
"Just like Jericho" I said,
"Let these walls come tumbling down"

（わたしはあなたに心を開きつづけよう
それが、愛するわたしの約束
約束したばかりのころ
「ジェリコのように」と、わたしは言った
「この壁を崩し落とそう」）

ぼくたちは、敷物《しきもの》の上に横になっていた。オルフェーの鼻が、ぼくの鼻にもう少しでくっつきそうだ。ぼくの頬《ほお》に、彼女の息がかかる。

「暗くなってきた。わたし、帰らなくっちゃ。ママは、きっと、もう町のあちらこちらを探しまわってる。」

「もうちょっといて。」

「だめよ。」と言ったけれど、オルフェーは、そのまま横になっていた。

ほんとうに暗くなった。鳥の飛び方が変わってきた。一日が終わったのに、まだパートナーを見つけられずに、あわてふためいているかのようだ。木々の、色とりどりのちょうちんを提げた枝が、ぼくたちのほうにたれてきた。ぼくたちの手の上を、アリがあわてて巣に帰ろうとしている。聞こえるのは、木の葉をゆらす風の音だけ。そして、はるか遠くに町の音、サイレンや、行き交う車の音、どうでもいいべつの世界の音が、こだまのように響いてくるだけ。何もしゃべらず、何も考えず、ただ、ここにいる、できるかぎり自分を忘れて、光のように夜に溶けこみ、こんなふうにだれかといっしょにいるのは、ぼくにとって、新鮮なことだった。ぼくたちは、パンくずとグラスの間に、木の根っこの間に、やわらかな草の中に、もう完全には人間としての存在ではなく、すっぽりと皮膚に閉じこめられてはおらず、鳥やアリのいるこの森の一部となって、横になっていた。一番星が、青紫色の布に針で一刺ししたかのように、空に姿を現すようすをながめた。そして、その瞬間、ぼくは、彼女に触《ふ》れなかったけれども、ぼくたちは一つだった。まるで、ぼくたちの心が、ぼくたちの身体《からだ》からちょっと逃げだして、クロスして、混ぜこぜになったかのようだった。それは、ぼくのでっちあげではない。

ぼくたちの魂が触《ふ》れあった瞬間があったんだ。ひょっとしたら、ぼくたちが何もしゃべらず、ことばが二人を混乱させることがなかったからだろう。オルフェーが、自分で認めようと思っている以上に、自分で気づいている以上に、ぼくに興味を持ってくれていると、ぼくは確信した。それは、幻想を捨てさせられた少年の、勘ちがいした気休めかもしれないけれど……たぶん……。

それ以上はいられない時間になって、オルフェーは立ちあがった。

「わたし、アリだらけになっちゃった。」

オルフェーは、ズボンからアリをはらい落とした。

「明日からうちの両親は、きっと、もっと厳しくなる。何週間も、外に出してもらえない。」

オルフェーは、リュックを拾いあげた。二人で、彼女の自転車のところにもどる。

「わたしは、フィロメーナとあんまり変わらないみたいね。」オルフェーは笑った。「暗い森で、見知らぬ男にかんたんについていくなんて。」

行かないで！　と、ぼくは思った。きみが立ち去ってしまったら、ぼくの命の一部が引き裂かれる。ぼくは、その冷たさをもう感じられる。また会いたい、と言ってよ。電話するか、手紙を書くって、言ってくれよ。ぼくに情けを！　必要ならば、うそを言って。でも、施しは求めさせないで。

「ありがとう、いろいろ。」オルフェーは、森を指さした。「子どものとき、ときどき、ここに遊びに来たの。でも、いまは、心の奥底にあなたの話があって、森が、ちがって見えてくる。」

「それじゃ、いつか、ほかの話も読んでみて。」とぼく。急ぎすぎるかな？　押しつけがましすぎないかな？

「楽しそうね。」と彼女。単に礼儀で言っただけなのかな？　帰る前に何もしないで、ぼくを置き去りにするのだろうか？

「二つ、三つ、物語を送るよ。」ぼくは、むとんちゃくに言った。

オルフェーは、ちょっとためらったようだった。ぼくは、彼女に触《ふ》れなかった。前かがみになって、キスをしようとはしなかった。どんなにすてきでも、がっかりさせるだろうから。いまは、適切な瞬間じゃない。キスは、別れではなく、はじまりでなくっちゃならない。だいじょうぶ、オルフェーとぼくは、まだ、切れてない。

チェックの毛布の下から、おじいちゃんのしわくちゃの顔がのぞく。

「ここは、ひどく寒い。おまえは、寒くないのか?」

よく晴れた、暖かい春の日だった。北側に窓があるこの台所には、日の光が入ってこない。それでも、おじいちゃんが言うほど、寒くはない。

「いやな夢を見た。氷鳥《ひょうちょう》が、わしをつれにきた。」

おじいちゃんは、安楽椅子《あんらくいす》からよろよろと立ちあがり、古い新聞を何枚か、ストーブのふくらんだ部分に入れる。小さな火がつく。おじいちゃんが、これまでこんなに弱々しく見えたことはなかった。

「ほら、見てごらん。氷鳥《ひょうちょう》の翼が窓に触《ふ》れている。あいつが、わしを見つけるまでに、そんなに時間はかからんだろう。」

おじいちゃんは、ふたたび、毛布の下にもぐりこむ。

「あいつは、長いこと、わしを探しておる。」

ぼくは、その話を知っている。それは、ぼくに大きな愛をもたらしてくれた。

「あいつがもどってくるのは、わかっとる。あいつには、とうてい抵抗できん。わしは、村の残りの人たちと同じになる。星は、もう、きらめかなくなるだろう。わしの心臓は、ますます冷たくなる。そのまわりの氷の層が厚くなったら、氷鳥《ひょうちょう》は、わしを、くちばしでついばめばいいだけだ。」

それまでに、もうそれほど長い時間はかからないだろう。それについては、おじいちゃんの言うとおりだ。

「氷鳥《ひょうちょう》がやってきたのは、わしが十歳くらいのときじゃった。はじまりは、どうってことのない吹雪だった。わしは、一人で、家におった。おふくろは、ヴァハター農場に出かけておった。その農場で、いつなんどき、わしの兄さんの嫁さんの出産がはじまるかというときだった。おやじは、おふくろの留守をさいわい、村のカフェに出かけてしまった。

雪は、初めは、まるでためらうように、ひらひらと渦を巻いて降りてきた。だが、あっという間に、どさどさと空から落ちてきはじめた。窓辺にすわっていると、庭が闇《やみ》に消え、ロウソクの明かりに照らされた自分の姿が、窓ガラスに映った。

雪は、窓の高さにまで積もった。新たに落ちてくる雪が、すでに落ちた雪に触《ふ》れる音が聞こえるかのように思った。それほど、しーんと静まりかえっておった。ストーブの中で、薪《まき》がパシッと裂ける音がして、わしは、ぎょっと驚いた。わしは、おやじを待った。だが、おやじは帰ってこなかった。おそらく、村で泊まるんだろう。わしは、れんがを温め、手ぬぐいにそれをくるんで、ベッドに持って行った。足を温めるためだ。」

おじいちゃんは、ちょっと話をやめると、ハンカチをつかむ。咳《せき》がひどくなる。身体《からだ》から肺が飛びだすんじゃないかと思うほど、五分間くらい、ひどい咳をする。おじいちゃんが、とても小さく見える。このままずっと咳をしているんじゃないかと思ったけれど、ようやくまた、ふつうに息ができるようになる。おじいちゃんが、涙っぽい目でぼくを見る。その目は、しわでできた巣の中にある、青いシジュウカラの卵のようだった。ぼくは、その目に、いたずらっぽさを見た。幼い少年のまなざしだ。さらにつづきを話してくれようとするおじいちゃんは、十歳にもどったみたいだ。

「翌朝、わしが目をさますと、家の中は、あいかわらず静かじゃった。わしは、階下へ行った。だれもおらんかった。わしが勝手口のドアを開けると、雪がどどっと中になだれこんできて、ひざの高さまで、ひやっと冷たくなった。その間に、見知らぬネコが二匹、中に入ってきた。いくら追い出そうとしても、追い出せなかった。わしは、ネコたちをそのままにして、石炭用のシャベルで、雪を外に出した。すると、がりがりにやせた犬が、するりと中に入ってきた。ネコたちが、台所のテーブルの下からフウーッと脅《おど》したけれど、犬は、もう何年もこの家に住みついているかのように、静かに火の前で横になった。わしは、肩をすくめた。どうするかは、あとで考えよう。わしは、敷地内の小道の雪をのけた。庭は、見わけがつかなくなっていた。一夜にして、世界から色彩がしたたり落ちてしまったようだった。白い芝生に、白い木が立っておった。白い鳥が、白い枝にぴたりと固定されておった。氷のような冷たさだった。ヒューッと風に吹かれたら、まるで、裸《はだか》で氷のお風呂《ふろ》にすべり落ちたような気がした。牛舎も、状態はあまり変わらなかった。牛たちは、暖《だん》をとろうとして、たがいに身体《からだ》を寄せあっていた。わしが、干し草の大袋に、干し草用のフォークを突きさすと、フォークの歯が一本欠けた。大袋は凍っておったのだ。

わしは、その大袋を引きずって、台所まで運んだ。犬を押しのけて、干し草の大袋を火のそばに押しやった。そのとき、わしは影に驚いて、ふり向いた。ヒツジたちが台所までついてきて、びっくりしたような顔で、壁にかかった『よき牧者《ぼくしゃ》』の絵を見ておった。

ヒツジたちを台所から追い出そうとしたが、追い出せなかった。うちの馬、ブレスも、どうやったのか、馬小屋から逃げだし、台所のテーブルの上のパンの匂《にお》いをクンクンかいでおった。開けっぱなしのドアから、つぎつぎと動物たちが台所に入ってきた。果樹園を通って、雪まで、ふらふらと飛びこんできたようだったが、それは、ガチョウだった。ガアガアおしゃべりしながら、ヒツジの脚《あし》の間を通って中に入ってきた。それだけじゃなかった。ブレスを中に入れ、鍵《かぎ》をかける前に、牛たちと、さらにネコが三匹、モグラ一匹とムクドリの群れが、台所に逃げこんできた。

ドアをたたく音がした。とうとう、おやじが帰ってきたと、わしは思った。おやじなら、この動物たちを家から追い出してくれるだろう。わしがドアを開けると、小型の鹿《しか》が二頭、おどおどとした黒い目でこちらを見た。鹿の脚の間を通って、野ネズミが二匹、さっと台所に飛びこんできた。

わしは、二頭を追い出す勇気がなかった。外に出れば、凍え死んでしまうだろう。

動物たちの内気な態度は、あっという間に消えた。ネコは野ネズミを追いかけ、犬がネコを追う。犬が牛の脚の間をかけぬけると、牛が犬をけとばす。鹿は、暗いすみっこでふるえ、驚いて立ちつくしている。こんなにたくさんの生きものがいてくれるおかげで、台所の中は暖かくなった。わしは、牛を押しのけて、食卓にすわり、生ぬるいコーヒーを飲んだ。

わしは、一日じゅう、おやじを待った。だが、おやじは帰ってこなかった。どうなっておるのか、わからなかった。村でいったい何があったのか、わしは、そのとき、まだ知らなかったのじゃ。ただ、極度の寒さが居すわっていることだけは、わかっておった。わしが、動物たちを家の中に入れておったのはよかった。少しあとには、耳が凍えてちぎれ、赤い布ぎれのように足もとに落ちることを恐れ、わしは、外に出る勇気がなかったろうから。あれは、これまででいちばん寒い冬じゃったし、あれに終わりが来るとは思えんかった。氷のような風は、黒い雲をつれてきた。強い嵐《あらし》に、窓やドアがガタガタ音を立て、雪は、ますます高く壁ぎわに積もった。それで、ついにわしは、ほとんど外に出られんようになった。

すぐには飢《う》え死《じ》にする心配はなかった。貯蔵戸棚には、小麦粉やソーセージ、ドライハム(燻煙《くんえん》せずに、自然乾燥して熟成《じゅくせい》させた生ハム)やコーヒーがじゅうぶんに数週間分はあった。ヒツジたちは、出してやったものをなんでも食べた。ジャガイモの皮、新聞、古い手ぬぐい、わしが気づかぬうちに、目覚まし時計まで食べた。馬と牛は、マットレスのわらを食べた。鳥たちは、牛の食べこぼしや、どこからかわき出るハエを食べて生きていた。犬とネコは、わしが毎日しぼりとる何リットルもの牛乳から勝手に飲んでいた。さらに嵐《あらし》の寸前に家に逃げこんできた動物たちについては、わしは、やきもきしなかった。アナグマの家族は食器棚をかきまわし、ハリネズミは、とげとげのクッションのようにソファで、いびきをかいておった。

おふくろがいなくてさびしかった。ヴァハター農場のようすはどうだろうか？　わしの甥《おい》だか姪《めい》だかは、もう生まれただろうか？　あっちもひどく寒いんだろうか？　村の中のようすはどうだろうか？　どのくらいしたら、おやじが救いだしに来てくれるんだろうか？　わしは、おやじの話をぼんやりと思い出しはじめていた。みんなで火のそばにすわっていた寒い冬の夜、おやじは、氷鳥《ひょうちょう》についての話を何度もしてくれた。それは、村よりも大きな、巨大な鳥で、不毛の北の地方に住んでいる。

だが、ときどき、人の住む世界に降りてくる。氷鳥《ひょうちょう》をおびき寄せるのは、飢《う》えや好奇心ではなく、人間のさけび声、すなわち、地域全体に災いを呼びだす、氷のことばを持った冷たい歌なのだ。絶望した人々――おやじはそう言った――だけが、氷鳥を呼びだすことができる。なぜなら、その人たちは、氷鳥の舞い降りる地域の人たちもみんな、怖《おそ》ろしい氷鳥の餌食《えじき》になるであろう、と知っているからだ。氷鳥の舞い降りる地域に災いあれ！　すると、とつぜんの寒さがまわりに広がる。川は静止し、樹液はかたまり、ほんの少しの風に太い枝が折れる。雪がふり積もり、畑は、寒さの毛布の下で窒息してしまう。人々は、ひっそりと家に閉じこもり、動物は、穴や裂け目に身をかくすが、なんにもならない。なぜなら、寒さが背後から忍びよるから。寒さは、その地域を根こそぎにし、何も残さない。鳥も、野ネズミも、野良犬も、逃れることはできない。農場の人々も逃れられない。寒さは、しんぼう強く待っていて、人々が思い切って食べものや薪《まき》を探しに外へ出てくると、襲《おそ》いかかる。人間には寒すぎて、人々は、その場で凍りつく。寒さは、その口で人々をくわえ、こなごなに砕《くだ》き、凍った骨の折れる音を楽しむ……。村は、氷鳥《ひょうちょう》の餌食になってしまったのだろうか？　その怪鳥を呼びだしたのは、だれだろう？　わしは、頭をふって、ばかげた考えを追い出そうとした。わしがおとぎ話を信じはじめたとき、一人になってから、すでに長すぎるほどの日数が過ぎておった。

数日後、薪がなくなったので、わしは、椅子《いす》や戸棚を火にくべた。毎日、家具をどんどんくべたので、またたく間に、部屋は空っぽになった。気が変にならないうちに、台所を出て、おやじを探さなくちゃならないことは明らかだった。

わしは、ドアから頭をつきだして、外を見た。西の空で、冷たい月が、朝の光の中に溶けようとしていた。あいかわらず、うそのような寒さだった。あるかぎりの服を着こんだ。セーター三枚と、おふくろの厚いコートに身を包むと、もうほとんど腕を動かせんようになった。

屋敷を出ると、寒さで息もできんほどだった。わしは、ふり返った。窓のむこうから、動物たちがわしを見送っておった。わしは、帽子を深くかぶり、うちの農場と村の間にある森への道を歩いた。

子どものころは、ほぼ毎日、その道を歩いた。だが、そのときは、何もかもが変だった。糸のように紡がれたガラスの世界を歩いているみたいだった。原っぱは、氷結して硬くなった白い毛織物におおわれていた。目の前に姿を現した木々は、雪に包まれて巨大だった。そして、あたりは、しーんと静まりかえっていた。ザクザクと硬い雪を踏む、わしの足音は、すぐに地面に吸収された。

葉が落ちたカバノキの枝に、ワタリガラスが一羽とまっておった。わしは、この白い荒野の中に、まだ生きているものがいることに驚いて、そっと近づいた。枝の下に立って、厚い手袋の中でかじかんだ手を用心深くのばしても、それは、飛び去らず、とまったままだった。わしは、その身体《からだ》に触《さわ》った。すると、ワタリガラスは、枝からころがり、黒い羽毛のかたまりのように地面に落ちた。わしは、片足をつまみあげた。だが、それは折れて、わしの指の間でこなごなに砕《くだ》けた。自分に同じ運命が襲《おそ》いかからんうちに、わしは先を急いだ。

村も、森や原っぱと同じように死にたえたようだった。通りには、人の姿はなかった。寒さが、教会の時計の針を凍らせ、時間がとまっていた。

それでも、村の広場にだれかがいた。見まちがいでなければ、あれは、リディ・クーパースだ。わしは、ほっとして、そっちへ行った。ところが彼女は、手を井戸のポンプにかけ、ひざまで雪で埋まっていた。口から、雪のかたまりが突きでていた。わしは、森で見たワタリガラスのことを思い出して、彼女に触《ふ》れなかった。わしは、それからカフェに行った。一歩進むたびに、まるで、氷の中心へ向かっているかのように、さらに寒くなった。

ドアは凍りついていたが、わしがけとばすと、こわれてばらばらになった。そのとつぜんの騒々しい音に、わしは驚いた。まるで、教会で罰あたりなことを言ってしまったかのような気がした。わしは、中に入った。おやじが、カード仲間に囲まれてすわっておった。カードは、テーブルの上に忘られたままになっていた。おやじが新聞を広げていた。みんな、おやじの肩ごしに新聞を見ている。だが、一人として、動かない。とつぜんの寒さが村じゅうを襲《おそ》ったときに、リディと同じように凍りついてしまったのだ。

わしは、おやじのほうへ行って、おやじがここ一週間以上読んでいたと思われる新聞の見出しを見た。

『デームスターフェルデ村の農場で大火』とあった。つづいて、ヴァハター農場の名前が太い活字で書かれていた。『祝宴《しゅくえん》。生まれたばかり。火事。生存者なし。』わしは、読んだことが理解できなかった。寒すぎて頭が働かず、ことばが頭に入ってこなかったんじゃ。

『父さん。』わしは、自分が小声で言った理由がわからん。この凍った静けさの中で、わしのことばが聞こえる人がいるはずもないのに。

『どうしたらいいか、わからないんだ。家は、家畜《かちく》小屋みたいになっちゃった。動物が台所にいる。家に帰ってきてよ、父さん。ずっと待ってたんだよ。』

わしは、おやじの手から新聞を取ろうとしたけれども、おやじは動かなかった。わしが、おやじのそでを引っぱると、上着のポケットから手紙が落ちた。おふくろの字だと、すぐにわかった。わしは、学校でやるみたいに、声を出して読んだ。ことばが、もくもくと、わしの口から出てきて、カフェじゅうに漂《ただよ》った。

『女の子でした。名前はリザ。すてきでしょ、コルデリアが、おばあちゃんの名前をつけてくれたの。

何よりも大切な知らせは、お産がぶじに終わったということです。コルデリアは、ここ数日、どこかに寄りかかっては、うめいてばかりいたの。まるで、この世で初めて子どもを産む女性であるかのように。

カーレルも同じようでした。歩きまわって、タバコを巻くばかりで、ほかのことは何もしなかった。でも、そうよね、それは、うちの家族の特徴ですものね。それとも、カーレルが生まれたとき、産声に驚いて、あなたが逃げだして、果樹園を通って森に行ってしまったことを忘れたかしら？　おまわりさんが、あなたをつれもどしにいったでしょ。わたしは怒ったわ。だって、生まれたばかりの赤ん坊とわたしをほったらかしにしたんだから！　出産に驚いて逃げだす農夫がいったい、どこにいるかしら？　わたしは、笑えばいいのか、泣けばいいのか、わからなかったのよ。

カーレルは逃げだしませんでしたよ。なぜかって？　カーレルは、運のいい子よ。大きな家畜《かちく》小屋があるし、納屋は満杯。彼は、いっしょうけんめい働かなくちゃならないから。でも、わたしたちみんなも同じでしょ。コルデリアは、カーレルにお似合いね。大恋愛じゃないけれど、だからこそ、あの二人は、馬鹿《ばか》なことはしない。一文《いちもん》なしで結婚するようなことはしない。わたしたちが、最初の何年間か住んだヤーハーのみすぼらしい農場というか、納屋みたいなところを覚えてるかしら？

出産がぶじに終わったことを祝って、カーレルとわたしは、ジュネヴァ酒（ジンのはじまりと言われる強いお酒。オランダやベルギー・オランダ語圏でよく飲まれる）で乾杯したの。たぶん、その酔いがまだ残ってるのね。でないと、あの古いあばら屋を思い出したりしないでしょう？　あのころ、わたしは若かった。それに、あなたも。わたしたちは、節約しなくちゃならなかった。いまよりももっとね。それなのになぜ、あのころは楽しかったって思うのかしら？　ここに赤ん坊がしわくちゃの老人みたいな顔で、小さなこぶしを固めて寝ているのを見ると、またむずむずしてくるわ。リッシャルト、あなたがここにいなくてよかった。もう一人ほしいと、あなたに思いこませるかもしれないから。でも、あなたがここにいるとよかったのに。わたしのそばに。

そちらは、まずまずうまくやってる？　セーザルを見守ってね。あの子は、夢見がちだから。木曜日には帰ります。駅に迎えに来なくていいわ。ドゥリーセルケスが牛乳を届けに行くとき、いっしょに乗せてもらうから。しっかり着て、暖かくしてくださいね。寒さがやってきそうだから。』

わしは、顔をあげた。おやじが溶けていた。しずくがおやじの鼻から新聞に垂れて、黒い文字がにじんだ。バリバリと、湖の浮氷《ふひょう》が割れるような大きな音が、村を切りきざむかのように響いた。わしは、外に出た。雪が、ドドッと屋根からすべり落ちた。村は目をさました。

村は、氷鳥《ひょうちょう》から逃れた。だが、おやじは、新聞に赤裸々《せきらら》に書かれていたニュースから逃げだすことはできなかった。妻と、長男と初孫を、一度に炎に飲まれてしまったのだから。あの寒さの一部がおやじの心に居すわり、永遠におやじを凍らせてしまった。わしは、自分も氷鳥から逃れた、と思っておった。だが、自分が楽観的すぎたことがわかる。あれほどの寒さは、決して、身体《からだ》から出ていかんのじゃ。わしの心は老いて冷たく、まわりに氷が張っておる。」

ぼくはうなずく。氷鳥《ひょうちょう》がおじいちゃんをつかまえるまで、それほど時間はかからないだろう。

「少し急げよ。」バスルームからパパの声がする。「フランクとダニエルは、九時にぼくたちを待っている。あの二人のことは、わかってるだろ。」

ひげそり用のカミソリが、小さな雪かき道具のように、パパのあごの、泡の中をすべる。ママは、寝室の大きな鏡の前に立って、ドレスの肩ひもを直している。まだ、化粧をしていない。目じりの小じわ、くすみ、口のまわりの縦じわが見える。

「あの二人にとっては、料理が宗教になってしまってる。」パパが言った。でも、パパは、いま、上くちびるをきゅっとのばして、鼻の下を剃《そ》っているから、ママには、パパがなんと言っているのか、ほとんど聞きとれない。「あの二人は、食事の批評をしてもらいたいためだけに、ぼくたちを招待してくれるんじゃないかと思うことがあるよ。昔のように、単に、友だちといっしょに過ごす、というんじゃやなくなってる。」

ママは、答えない。ママは、寝室を出て、ぼくの部屋に入る。カーテンは閉まっている。だから、ママが、後ろ手にドアを閉めると、部屋は、真っ暗になる。でも、ママは、見えなくとも、この部屋で何がどこにあるか心得ている。ママの手が、ぼくの机の上のペンや紙をなでる。それから、CDを。ぼくが、いつも一か月に一度、アルファベット順にならべなおしていたCDだ。いまは、ぼくがならべなおすことはないから、ずっとこのまま、無秩序《むちつじょ》なまま、ここにあるだろう。

数か月前に、ぼくが急いで放り投げたズボンは、片っぽの脚部を椅子《いす》の背に引っかけたまま――それはまるで、どうにかして水から浮かび上がろうとする溺《おぼ》れる者の片腕のようだが――あいかわらずそこにある。そのズボンをたたんだり、洗濯かごに放りこんだりすることは、ママにはできない。ズボンは、手を触《ふ》れてはならないものになった。一センチメートルたりとも、動かしてはならない。ペンや、ベッドの下の靴や、ぼくのiPodの充電器やサングラスと同じように、場所を変えてはならない。

ママは、ぼくの洋服だんすを開ける。Tシャツが、セーターの横に、きちんと積んである。その積みあげたTシャツに、ママは、そっと顔をうずめ、深く息を吸う。ぼくの匂《にお》いを吸いこんでいるんだ。たっぷり五分ほど、ママはそうやっていた。すると、パパが部屋に入ってきて、明かりをつけた。

「エヴァ。」とパパ。

パパは、準備ができている。顔を洗い、ひげを剃《そ》り、新しいシャツとそれに合うネクタイと靴を左手に持っている。

「覚えてる?」ママが言う。「わたしたちが、あなたの妹の結婚式に行かなくちゃならなくて、あの子を近所の人に預けていったときのことを? あのとき、あの子いくつだったかしら? 三歳くらい? わたしたちが立ち去るとき、あの子が声をあげて泣いたのを、覚えてる? 『すぐに泣きやむよ。ぼくたちが出かけてしまえば、すぐに、ぼくたちのことを忘れるさ。』と、あなたは言ったのよ。覚えてる?」

パパは、何も言わない。

「翌朝、預けた人に言われたことを覚えてる？　あの子は、一晩じゅう泣いてて、わたしたちが帰ってくると言っても、ぜんぜん聞きいれてくれなかったって。それでも、わたしたちに電話できないでいたら、あの子は泣き疲れて、とうとう眠ってしまったって。」

「エヴァ、出かけなくちゃならないんだよ。」

「ばかげた結婚披露宴《ひろうえん》に行くために、わたし、どうして、かんたんにあの子を置いていけたのかしら？」

「ぼくは、妹になんと言えばよかったんだ？　『ぼくたちは、きみの結婚式に行かれない。三歳の息子を一人にしておけないから。』とでも？」

「なぜ言えなかったの？」

「そんなことを考えるんじゃない。」

「あなたは、わかっていない。」

「このままにしておいてはいけない。ここの、この部屋は……。こんなことをしていては、きみの人生はだめになる。」

ママは、いちばん上に置いてあるセーターをなでる。

「あなたの言うとおりね。」と言うママに、パパは驚く。

「そうよ、これをこのままにしておいちゃいけない。わたし、あの子の服を真空パック包装しなくっちゃ。あの子の匂《にお》いが消えないように。」

「エヴァ。」

「写真は、じゅうぶんじゃない。あの子が近くにいると感じさせてくれるのは、匂《にお》いなのよ。それは、匂い以上のもの、彼の魂よ。わたしは、それを感じるの。」

「ねえ、きみ、そろそろ出かけなくちゃならないよ。」パパが言う。けれども、いらいらした気持ちや不満や怒りを抑えて、その声が自然に響くようにするために、パパはずいぶん苦労してるにちがいない。

「なぜ？」ママは、あいかわらず、手をセーターの上にのせたまま、たずねる。

「約束したからだよ。二人は、ぼくたちを待ってる。」

「いつだって、電話で断ることができるでしょ。ほかにもお客さんが来るんだし。わたしたちがいなくても、さびしく思うことはないわ。」

「断る理由がないだろ。」パパが言う。

「そうかしら？　断る理由がないかしら？」とママ。

「ないよ。今回は、残していく子はいないしね。」

「ひどい人ね！」とママ。

「さあ。」パパは、ママに手を差しだす。「さあ、この部屋から出て。」

ママは、立ったまま動かない。

「あなたは、ここにいるのが怖いの？　自分の息子を恐れてるの？」ママがたずねる。

「ぼくは、きみが心配なんだ。こんなことが長引けば長引くほど、事態は悪くなる。」

「わたしにどうしてほしいの、ヴィレム？」

「自分の人生を再開してほしいんだ。この部屋から離れてほしいんだ。」

「これを見て。」と言って、ママは、自分の人差し指の火ぶくれを見せる。「三日前に、オーブン料理のお皿でやけどしたの。軟膏《なんこう》を塗ったけれど、ひどくなるだけ。」

「エヴァ、ぼくは……。」

ママが、パパのことばをさえぎる。

「しばらくしたら痛みがひく、と思うでしょうけど、まだずっと、じんじんしてるの。昨日の晩は、痛くて眠れなかった。オーブン用のミトンに、穴が開いてたこと、それと、一瞬の不注意――その結果がこれよ。」

「お医者に行ったほうがいいかもしれんな。」

「いやよ、わたしは、お医者には行かない。あなたが行かせたいと思っても。」ママは、怒った声で言う。

階下で、電話のベルが鳴る。パパは腕時計を見る。

「九時十分だ。きっと、ダニエルだよ。」電話のベルは、十数回鳴って、まるで傷つけられたかのように、そっけなく切れる。

「ヴィレム、わたしは行かない。行かれないの。」

「気分が変わるよ。」

「もうなんの意味もないもの。」

「二人は、ぼくたちの友だちなんだよ。」

「わたしは、そんな気がしない。あの人たちが笑ってしゃべってるのを見ても、何も心に響かない。あの人たちは、ペチャクチャさえずる鳥よ。わたしは、もう、あの人たちの言ってることがわからない。頭が痛くなるだけ。あの人たちの話、世界で起きたこと、起きなかったことについての議論……そんなことは、わたしにはどうでもいいの。わたしに関係ない。」

「少しは、努力しろよ。無理にでも、身のまわりのできごとに関心を持つようにしてごらん。」

「努力？　わたしは、もうとっくに努力してるのよ。立ちあがって、なんとか、自分の身体《からだ》を保っていようと努力してる。自分は身体を持ってるんだと思い出す努力を、精いっぱいしていないと、ある瞬間に、わたしの腕は落ちてしまいそうなの……。ヴィレム、あなたにはわからないでしょう。わたしは、存在していないも同然なの。世界は死んだ。そして、わたしは死にかけてる。それなのに、あなたは、わたしを、あのミイラたちと彼らの自家製ガカモーレ（メキシコ料理のアボガドを使ったソース）とスプリングボック（ウシ科の動物）の食卓につかせたがってる。」

「きみは、喪の悲しみにくれてばかりいる。」

「そうしないために、わたしがどんなにたいへんな思いをしているか、あなたが少しでもわかってくれたら。」

「ぼくがまちがっていた。こんなことをさせるんじゃなかった。甘やかしすぎた。だが、もうたくさんだ。この〈ミュージアム〉は、おしまいにしなくちゃ。」

「本気じゃないでしょうね。」

「いや、もうとっくにやめさせてなくちゃならなかったんだ。」

「あの子の持ちものには触《ふ》れさせない。」とママ。

パパが苦笑いをする。

「どうやってそうするつもりなんだ、エヴァ？　一日二十四時間じゅう、監視しているわけにはいかないだろ。」

「ヴィレム、あの子を、わたしからとりあげないで。わたしの持ってるすべてなのよ。むりやりとりあげたって、わたしを助けることにはならない。」

「あの子は死んだ、と悟《さと》る時期になったんだ。死んだ、トーマスは死んだんだよ、エヴァ。聞こえてるね？」

ママは首を横にふる。

「トーマスは、もどってこない。たとえ、きみが、いくらたくさんの食器をテーブルにならべても、たとえ、あの子がいまにも帰ってくるかのように部屋をそのままにしておいてやっても、たとえ、きみが、まるでトーマスがすぐそばにいるかのように、空《くう》に向かって話してもね。きみがそうしているのを、ぼくは知ってるし、きみが話しているのを聞いてる。」

「あなたは、わたしの頭がおかしくなるって思っているんでしょうね。そう単純ならいいんだけれど。わたしは、トーマスが死んだことはわかっているのよ、ヴィレム。でも、それは、あの子がもうここにいないということじゃない。」

「死ぬということの意味は、まさにそういうことだ。」

「あなたは、わかっていない。トーマスは、けっして歳《とし》をとらない。あの子が成長する姿を、わたしが見ることはない。それはわかってるの。物語は、ここで終わりで、つづきはない。よい結末はない。でも、だからって、トーマスがいなかったわけじゃない。あなたが、わたしに、あの子の話をさせたくなくても、また、あの子にまつわることすべてを消し去らせようとしても、そんなことは、わたしにはできない。そんなことをしたら、何も残らないから。わたしからオーブン用のミトンをとりあげて、やけどをさせるようなことはやめて。こうやっていると、たやすく、あの子を思い出せるの。どうして、あの子がもういないって言えるの？　ここ何か月か、あの子は、わたしの人生に、昔よりも多く存在した。わたしがあの子を忘れたら、あの子は、ふたたび死んでしまうのよ。」

「あの子を忘れろ、と言っているんじゃない。」

「じゃあ、どうしろ、って言うの？」

「こんなことをやめてほしいんだ。」

「こんなことをはじめないでいられたらよかった。」

二人は突っ立ったままだ。

「選ばなければならないのだとしたら、ヴィレム、わたしは、トーマスを選ぶ。正直にそう言いたい。」

ついに、パパが怒って言う。「そんなばかげた話にはもううんざり、聞きたくもない。よくなる気配がない。きみはやせて、ほとんど外にも出ない。きみにとっても、ぼくにとっても、こんなのは人生じゃない。これからあとどのくらい、この神聖な静けさの中を歩きまわっていなくちゃならんのだ？　ぼくは飽きあきした。ぼくにあの子の服を庭で燃やされたくなかったら、寝室にもどって、化粧をしてこい。」

ママがパパに飛びかかるが、パパは、ママをしっかりつかんで、ベッドに押し倒す。

「だれにさけんでる？　自分の古着を捨てたって、犯罪じゃないだろ？」

「あなたの服じゃないでしょ。トーマスのよ。」とママ。

「もう、あの子が着ることはないんだ。」パパが言う。

ママは、身を引き離して、寝室へ行き、バタンとドアを閉める。

「あと五分。そしたら、出かけるぞ。」

パパは、寝室のドアのそばに立ったまま、そう言ったが、中には入らない。電話が、また鳴った。最初は階下で。それから寝室で、ママの携帯電話が鳴った。けれども、パパもママも、電話に出ようとはしない。

「あと一分。」とパパ。ママの答えがないと、さらに言う。「本気で言ってるんだからな。」

ドアが開く。ママが寝室から出てくる。顔じゅう、白塗りの厚化粧。目には黒い円、口は、真っ赤な口紅がはみ出るほど。ぶきみな道化師のようだ。

「できたわ。」ママが言う。

パパがママに近寄る。ママは、パパの手があがっても縮みあがらず、じっとしている。パパは自分を抑えて、くるりとうしろを向くと、口汚いことばをはきながら階段を降りていった。パパが車を発進させたあと、キーッとタイヤをきしませながら通りを疾走《しっそう》していく音が、ママの耳にとどく。ママは、ぼくの部屋にもどる。

オルフェーは、自分の部屋にいる。昔ながらのひげそり用カミソリをもてあそんでいる。どこから持ちだしたんだろう？　そんなことはどうでもいい。オルフェー、暗がりから出なくては。その部屋から出なくては。

あっちへ行って。ほっといてよ。

いや、ほっとけないよ、ぼくの愛《いと》しい人を。外に出て。今日は、とてもいい日だ。今年初めての夏日。太陽は燃え、大地はうめいている。部屋を出るんだ。きみは覚えてる？　ちょうど一年前、あれは、とてもすばらしい日だった。あの日、きみは、朝、家のパン屋をぬけだした。そして、ぼくは、村の広場できみを待っていた。覚えてるかな、村はとても静かで、まるで、すべての生命が消えたか、凍りついたか、飛び去ったかしたみたいだった。朝とても早くて、まだうす暗く、バラ色の陽光が、恐るおそる地平線を照らそうとしていた。大地は、疲れて眠っていたけど、片目だけ、まぶたを持ちあげた。すると、光の半円が、さっと、暗闇《くらやみ》を照らした。そして、あの日がはじまったのだ。さあ、ぼくのたいせつなオルフェー、部屋を出て、外の世界に踏みだして！

トーマス、わたしは、もうだめ。眠れないし、食べられない。部屋の壁が縮んでいくみたい。壁に貼《は》ったポスターの男女が、ありきたりのしあわせを見せつけて、わたしをからかう。口笛をふいて、わたしをやじり、悲しみが支配していない場所があるよ、と告げる。わたしは、彼らのポスターを引きはがすけれど、その声は、わたしの耳に鳴りひびいたまま。これは、人生じゃない。ねえ、お願い、わたしは、これに決着をつけたいの。

大好きなオルフェー、あのとき、ぼくは、病気にかかっていたんだ。恋わずらいという病気に。あんなに朝早く起きるのに慣れていなかった。そして、緊張で吐きそうになるほどだった。だって、二か月ぶりにきみに会うんだから。その間、きみは、ぼくの手紙を受けとってくれたし、返事をくれたし、電話までしてくれた。だけど、そのために、ぼくがどんなに苦しんだか、きみには、とうていわからないだろうね。きみの声を耳にして、ぼくは、自分がつまらないことばかり言って、二人の貴重な時間をつぶしてしまうのではないかと心配だった。そうなるのは目に見えていた。だって、ぼくは緊張しすぎていて、きみに電話を切られて、自分が静けさの中に取り残されることしか考えられなかったんだもの。

それじゃあ、いま、あなたがいなくなって、これからもずっといないんだというときになって、あなたは、わたしの気持ちがわかったのね。

きみは、電話をしてくれたし、手紙を書いてくれた。それは、ぼくが読みたいと思っていたことばではなかった。愛の告白ではなかったもの。でも、しだいに、行間からケヴィンのことが消えていくのが読みとれて、それはなぐさめになった。どの手紙も、ぼくは、手で触《ふ》れ、紙に書かれたことばに口づけし、悲しみが減るのを感じて、期待とよろこびを味わった。手紙は、ぼくの生命線だったし、ことばは肉となった。きみはぼくを見捨ててない、きみは、単にバイクに乗ったジョニーの身代わりとしてではなく、ぼくに会いたがっている、と思える勇気を得た。立ちあがって、愛《いと》しい人、ほら、冬は過ぎた。原っぱは、花でいっぱいだ。木々の中から、ハトの声が聞こえるだろう？

あなたの言うとおりよ。わたしは、ここを出なくっちゃ。この中では、もう息ができない。わたしは、ここにいるのを見つけられたくない。肌に感じる暖かさ、目に映る太陽。どうだっていいの。わたしを温められるものは、まだ何もない。

さあ、ドアのそばでためらわないで。きみを見たら、みんながきみを呼ぶ。さあ、この家から走り出て。この村から出て。ぼくたちは、息が切れるまで走る。そして、最初のカーブ――一列にならんだポプラの木が視界をさえぎるところ――に着く。覚えてる？　去年、ぼくたちがここで犬を見つけて、立ちどまったときのようすを？

あれは、警告だったのね。

かわいそうなやつ。不注意な車に轢《ひ》かれたんだ。自分で這《は》うようにして道ばたまで行ったのだろうか？　足が、不自然に身体《からだ》の下になっていて、身体は、骨と腸の袋のようでしかなかった。口を開けていた。きみがカメラをとりだしたときには驚いたよ。そして、すでにいやな匂《にお》いがしていたのに、きみがあいつのそばにひざまずいたのにびっくりした。あそこに、いったいどんな、写真を撮る価値のあるものがあったんだ？

乾ききった目に露《つゆ》があったの。そして、とがめられもせずに、犬の口に入ろうとしているハエが一匹いたの。黒い洞窟《どうくつ》への旅行者よ。

ぼくは、あの犬を横目でちらっと見ることしかできなかった。だけど、あの血や腸《はらわた》にも、きみはひるまなかった。死んだ犬の口の中を、きみは恐れずに見た。

わたしは死を恐れなかった。なぜって、それがわたしを傷つけることはないと思っていたから。それは、わたしではなく、べつの何か、べつのだれかに降りかかるものだと思っていた。けっして、わたしには降りかからないと。わたしは若かった。

まだ、朝の五時半だった。きみが、腐敗《ふはい》していく犬のそばでぐずぐずしていたので、ぼくの胃袋は変になりそうだったけれど、ぼくはわくわくしていた。きみが何もかも写真に撮ろうとしていることに、ぼくは興味を持った。その日は、果てしなくつぎつぎと、いろいろなことが起こりそうだった。

あの犬が倒れていたのは、だいたい、この辺だった。ここよ、道の、このカーブ。場所を示す十字架は立っていない。あなたの十字架が立っているところからそう遠くないのよ、トーマス。わたしが避けている場所。そこには、意に反して、一度だけ行った。長くはいなかった。十字架の前に、花が置いてあった。カードもあったけれども、わたしは、読まなかった。そこには、ここと同じように、わたしのためのものは何もなかったから。たぶん、路肩《ろかた》をさがせば、まだ何か、頭蓋骨《ずがいこつ》とか足の骨とかが見つかるかもしれない。大地が骨を朽《く》ちさせるのに、どのくらいかかるのかしら？

きみが写真を撮ったときに、フラッシュがぱっと光ったのを思い出す。とつぜん、ぼくたちが、探偵もののシリーズに出ている俳優で、新しい死体のそばに立っているような気がした。けれども、まもなく夜のとばりが巻きあげられた。赤い夜明けだった。ぼくたちは二人とも、ロマンチックに日の出に見とれたい気分だった。きみがぼくの腕をとると、赤い炎がぼくの身体《からだ》を走ったかのようだった。

今日、世界は真実の顔を見せている。やさしさは、天空からむしりとられ、ナイフの形をした大きな長い雲が一つだけ、空を渡り、空を二つに切る。わたしに必要なのは、だれにも見つからないような静かな場所だけ。

どこへ行くの、オルフェー？　どこだっていい。ぼくはきみについていくからね。ああ、あのときぼくたちが朝食を食べたあの丘か。うん、あそこは、畑の、めくるめくような一日の変化を見るのにいい場所だ。

それは、ぼくがゆっくり休める場所の一つだった。森の開けた場所は、考えるための場所だった。木々が、ほかの人たちを遠ざけ、だれにもじゃまされずに内向的になれる。だけど、ここ、サンダース農場の廃墟《はいきょ》に囲まれた丘——いまなおまっすぐに立っているのは大きな暖炉だけで、足もとには村が見える——では、自分を忘れて、のんびりできる。ここでは、雲の影が、ぞくっと冷たいおののきのようにつぎからつぎへと畑の上を通っていくのが見えた。

完璧《かんぺき》な日だった。寒すぎはしなかったけれど、やはり、けっこう寒くて、朝日が広がっていくようすを見る間、きみは、ぼくにそっと寄りかかってきた。町の騒音は、愛のない、くだらない生活のこだまのようだった。ぼくは、きみの心臓の鼓動《こどう》を感じた。丘をかけあがってきたから、きみの心臓は、野生の動物のように鼓動していた。あれは、氷じゃなかったよ、ぼくの愛《いと》しい人。あれは、生き生きと温かかった。

これは、神さまの無慈悲《むじひ》な冗談《じょうだん》かしら？　いちばんすてきな思い出がいちばんつらい思い出になることを、神さまは冗談だと思うのかしら？　自分をしあわせにしてくれるものすべてを手放さなくてはならないことを？　洋服だんすからいちばんすてきな服を投げすてて、残りの耐えがたい服とともに残ることを？　かつては、この丘ほどわたしが必要としたものはなかったのに……。いまや、この丘は重い悲しみの場所。生きるのはつらい。わたしはこれからずっと、この丘の陰で生きる……。丘がわたしを埋めるまで。

ここで、きみの胸がぼくの胸に寄りかかった……それは、あとになってぼくが何度も思い出した瞬間だった。寒いからって、ぼくが、自分の上着を二人の上にかけようとして、きみの身体《からだ》に腕をまわしたら、きみがそれを受け入れてくれたときのようす……。ぼくは、あんなに近く、人のそばにいたことはなかったし、ぼくの望みを絶つようなことばは、きみの口から出てこなかった。

きみの髪の香りが、ぼくをどきっとさせた。きみはぼくの前にすわっていた。陽光がきみの耳に透けて見えた。ぼくは、きみのうなじに、くちびるを押しつけないように、精いっぱい努力しなくちゃならなかった。ぼくの血は身体じゅうをかけめぐるようだった。ぼくの、酸素不足の脳は、早朝にはうまく働かない。だけど、オルフェーがそんなに朝早くこっそりと家を出たのは、単に、気まぐれな彼女の、向こう見ずな行動ではない、両親をいらいらさせるためだけではないとわかっていた。背後にはもっと何かがある。ぼくは、希望を失わなかった。ぼくは、きみに腕をまわした。それは希望があるということだ。きみの頭が、ぼくの胸に寄りかかっていた。ぼくの心臓がどんなに強く鼓動《こどう》していたか、きみは、感じただろう？　けれども、きみはすわったままだった。そして、ぼくたちは、時の過ぎゆくままにまかせた。

おじいちゃんが言っていたとおり、これは、ほんとうに奇跡の丘だった。かつて、この丘の上には、巨大な野菜が育ち、丘の下には、ふしぎな生きものが住んでいたという。あのとき、その生きものたちは、ぼくの心臓の鼓動が聞こえたにちがいない。この丘では、なんでもありだ。きみがぼくに会いたがっているってことも、ありえないことじゃない。ただ、ぼくは、賢くも、そんなことは声に出してたずねなかったけれども。この丘にずっとすわっていられたらなあ。

わたしは、この丘を立ち去らなくっちゃ。ここに一人っきりでいられたら、って思ったんだけれど。ここには公営住宅が建つの。それで、掘削《くっさく》がはじまってる。トラクターが、丘の一部を食いつくしてしまった。ここに宮殿がかくれていなかったことは確かよ。土と石と、目の見えない虫たちしかいなかった。

「お腹《なか》がすいた」ときみが言ったんで、ぼくは、きみから手をはなした。ぼくは、魔法びんにコーヒーを用意してきていて、きみはクロワッサンを持ってきていた。あんなに朝早く、外で朝食をとるのは初めてだった。

「お父さんとお母さんが心配してない？」

「メモを置いてきた。」

両親にどんなメモを残したのか、きみは言おうとしなかった。そんなことはどうでもよかった。ぼくたちは、ここにいたんだ。あのとき。重要だったのは、ぼくたちが、プラスチックのカップで手を温めようとし、二人の息が、小さな白い雲となったこと、そして、朝の光が、田園に広がり、あっという間に村を照らし、丘をあがっていったこと。ぼくは立ちあがって、足をたたいてしびれを追い出そうとした。けれども、きみは、静かにして、という動作をした。ぼくは、きみのそばにひざまずいて、きみが示す指先を追って、丘のふもとの小さな湖のほうを見た。

「あそこよ、見える？　茂みのあいだに。」

「なんだったの?」ぼくは、きみに寄りかかる。

「キツネよ。」

そのとき、ぼくにも見えた。枝の間に、赤っぽい影が。キツネは、慎重に湖のほうに忍びよっている。かがむ前に、ちょっとあたりを見まわしてから、水を飲みはじめた。

きみの右手がリュックをつかんだ。キツネと同じようにゆっくりとリュックからカメラをとりだして、焦点を合わせた。どちらがとくべつなことなんだろう? まさに寓話《ぐうわ》から出てきたような野生の動物が、ぼくたちの下、百メートルくらいのところにいることのほうか? それとも、きみが、ぼくのすぐそばにいて、まつげに陽光を受けて、きみの頰《ほお》のうぶ毛が見えることのほうか? ぼくにはわからなかった。

「うまく入らない。もっと近づかなくっちゃ。」と言って、きみは腹ばいになって、朝露《あさつゆ》に湿った草の上を這《は》ってすすみ、ぼくも、きみのあとを追って這いすすんだ。だけど、ぼくは、不注意すぎた。キツネはハッとしたようだった。ぼくたちに気づいたかどうかわからないけれども、キツネは、安全策をとって麦畑に走った。

「どうもありがとう、逃げちゃったじゃないの。」きみは、ぼくをコツンとたたいた。ふざけてだったけれど、かなりきつく。

「しかたなかっただろう?」

「ええ、でも、あなたががさつだったからよ。」

「きみが、のろのろしてたからだろ。」

「どうしてそんなこと言えるの？」きみは、また、ぼくの肩をコツンとたたいた。ぼくは、きみの手をぎゅっとつかんだ。

「はなしてよ。」

ぼくはきみの上にすわって、もう一方の手もつかんで、両手を地面に押しつけた。きみは、もがいて、逃れようとしたけれど、ぼくは、しっかりと押さえつけていた。

「ぼくは、がさつだろ？」

「とびきり、ね。」

「ほかには？」

「はなしてよ。」

ぼくは、きみの上になっていた。ぼくの顔が、きみの顔におおいかぶさるようになって、望みさえすれば、かんたんにキスできそうだった。

「それで、ほかには？」

「声が大きい。田舎者。コーヒーを入れるのがへた。それに、朝の六時には、機嫌が悪そうに見える。」

「きみは、とてもすてきだよ。」ぼくは言った。

「えっ、そう？」

「まるで……まるで高山植物の花のように。」

きみは、思わず笑った。

「あなたって、自分が思ってるほど、いい作家じゃないわね。」

さあ、いまだ。

「ああ、それじゃ、もう一つ。」

「えっ？」

「これだ！」

ぼくがあっと思う間もなく、きみは、ぼくをどんと押して、つきはなした。ぼくが、きみにつかまろうとしたら、きみは、じたばた抵抗し、二人とも、丘をころげおちた。きみは、キャーッとさけび、ぼくも悲鳴をあげた。どんどん速くなった。二人の若い身体《からだ》は、りんごのようにころころと、かぼちゃのようにごろごろと、丘をころげおちていった。世界が、くるくると、青と緑の線の連続のように見えた。きみの笑い声が聞こえた。それから、とつぜん、あわててぼくはさけんだ。「湖だ！　湖だ！」

手あたりしだいに、まわりにあるものをつかんだけれど、草がぬけただけで、むだだった。どうやったのかわからなかったけれど、ぼくたちは、湖の二、三メートル手前でとまった。

「ああ、あとちょっとで水の中だったじゃない。」きみは、ズボンから草をはらいのけながら言った。

「きっと、そんなに深くないよ。」

「そうね。でも、一日じゅう、びしょぬれの服を着て歩きまわる気はしないもの。」

「服は、いつだって、ぬいで、乾かせるのに。」

「あなたは、そうしたいんでしょ。」

「人に見られるのが心配なら、少し向こうの麦畑にかくれればいい。」

「ずいぶん牧歌的なのね。あなたの、個人的な空想でしょ？」

「そう思う人はたくさんいるよ。」と言って、ぼくは、きみにかけよった。

「わたしから離れてて。」きみは笑った。だけど、きみは、今回は、ぼくがそれを聞くつもりがないのがわかっていた。きみは、キャッとさけんで、向きを変えると、湖のまわりを走りだした。麦畑のそばで、きみは、ちょっと迷った。

「麦畑の中を走りまわったのを、農家の人に見つかったら、わたしたち、殺されちゃう。」

「走りまわっても、このがさつな農夫は、ひどいって思わないよ。」ぼくが大声で言ったら、きみは、麦畑に飛びこんだ。

目をとじて、坂をころがるのは、すっごくおもしろい。かんたんに水の中に落ちてしまいそう。けれど、働いている人たちの目を見て、わたしは凍りつき、自分をとめる。背中に視線を感じながら、向きを変えて、ただおりていくだけ。

きみが麦畑に飛びこんだとき、カラフルなキジが飛び去った。つづいて、たくさんのスズメやムクドリが麦畑の上を、黒いあられのように飛んでいった。ぼくは、すぐにきみに追いついた。きみは、ほとんど姿をかくそうとしていなかったからね。ぼくは、飛びかかった。きみが倒れて、ぼくも倒れた。暗がりの中に。

わたしは、この村から出ていくべきだった。ここでは、どの木も、道のどのカーブも、すべて、思い出を呼び起こす。わたしは、この田舎がきらい。ここでは、まるで、すべてが何ごともなく進んでいくかのように、毎年、くり返される。そんなことはありえないし、許されないはずなのに。昨年、太陽は動きをとめるべきだった。どうして、麦は、芽を出して成長できるの？ どうして、木々は、自己満足して、そこに立っていられるの？ けど、わたしには、そんな力はない。昔の写真に捕《とら》われて、じっとしている。

ぼくのくちびるをなめて、ぼくの愛《いと》しい人。くちびるが赤くなるまで。サクランボのように、ザクロの実のように、赤くなるまで。この麦畑の、麦にかくれた薄明かりの中で、ぼくに見えるのは、炸《さく》裂《れつ》する赤い色だけ。太陽が照りつける中で、麦がカーテンのように、さっとひかれ、ぼくたちをすっぽりとおおいかくし、埋めつくし、ぼくたちは、麦畑の中の小さな生きものたち――イタチや山ウズラ――に見つめられながら、陶然《とうぜん》とする。午後の強烈な青さのあとで、ここに、麦の陰《かげ》にいると、目の前がちらちらしてくる。ぼくは、この瞬間を待ち望んでいた。待ちこがれた夏が十五も、一瞬に、ころげこんできたかのようだ。ぼくは、手探りで進む。ぼくの指が、きみのなだらかな風景を歩く。息を切らせそうになりながら。でも、疲れはしない。この新しい土地に好奇心がいっぱいでどん欲だから。地図を持っていないけれど、冒険への用意が万端《ばんたん》にととのった旅行者。いまや、ぼくは、ここにいるのだから、この土地のようすについての、昔の考えは忘れる。いま、ぼくは、想像ではかぐことのできなかった香りをかぐ。土の、砂の、汗の、そして、深くもぐればもぐるほど、暗闇《くらやみ》に開く見知らぬ花の匂《にお》いを。だが、ぞくっと身ぶるいするとは、予期していなかった。これは、とつぜんの寒さか？ ぼくたちは太陽の世界から姿を消して、大地のすき間にかくれて横たわっているのだから。

いまや笑いは消え、ぼくたちの最後の笑いは、どこか上のほうに漂《ただよ》い、ふらふらと立ち去っていくのだから。いまや、ゆゆしき事態になってきたのだから。これは、ぼくがけっしてもどることのできない道にわけいる緊張感なのか？　これは、愛《いと》しいきみがそばにいるからなのか？　暗闇《くらやみ》は、ぼくにもっと勇気を与えてくれる、暗闇ではきみの視線がぼくに歯どめをかけることはない、と思っていた。けれども、暗くてきみの目が見えないいま、ぼくの下にある、しめっぽいきらめきから推測するしかないいま、ぼくは、とつぜん、ひとりぼっちになった。ただ、暗い考えを持っただけの。いや、それは、もはや、考えではない。近づきすぎると、文はことばに分解し、意味を失った文字に崩壊するように、そして、黒い虫が、くねくねとうねりながら逃げ去るように、きみに近づけば近づくほど、ぼくは理性を失った。ぼくの感覚器官は、もはやあるべきところになく、溶けて、サーチライトのようにぼくの身体《からだ》じゅうをかけめぐる。ぼくの指は匂《にお》いをかぎ、手がものを見る。ぼくの下にあるきみの身体の感触、腰がぼくの身体にくいこみ、ぼくを作りかえ、ぼくの指にからんだきみの手の中で、ぼくは、われを失う。

触《ふ》れて確かめ、キスをするのは、なぜ、ぼくなんだ？　愛しい人、なぜ、きみは求めない？　なぜ、うめかない？　なぜ、ぼくをつかんで、釘《くぎ》づけにしない？　ぼくは、何をまちがえているのか？　何か、ある。ためらいがある。暗闇の中でも、ぼくにはそれがわかる。きみは、ぼくにキスをしない。ぼくは、きみにキスをする。だが、全身全霊を捧《ささ》げる気持ちは消えた。ぼくの舌は、ますます深く進む。そして、ぼくは、自分が地面にキスをし、地を這《は》うウジ虫に舌で触れているという、ばかげた考えを、一瞬、抱く。ぼくの頭に、とつぜん、ある考えがひっかかったからだ。きみは、頭の中で、ぼくを捨て、だれかほかの人のところにいるという考えが……。きみの腕は、ぼくの身体《からだ》にまわされているのではなく、きみはバイクに乗って、その男の身体に腕をまわしているのではないか？　なぜって、ぼくには、きみの震えが感じられないから。きみは恐れていない。目かくしをされて、見知らぬ町につれていかれるという感覚を持っていない。きみにとって、愛を交換することは、いま、ここに、ぼくと横になっていることは、どれほどかんたんなのだろうか？　ぼくは、よろこばなくてはならないんだろうな。これは、ぼくが欲したことだから。きみが、ここにだれかほかの人といたとしても、ぼくは、いやだと思わないだろうか？　いや、いやだと思っちゃいけないことなのかもしれない。だが、それは、まちがいだ。これが、きみにとって、たいして意味のないことなら、とくべつなことでないのなら、だったら、これは、ぼくにとってもとくべつなことではない。きみは、ここでうそをついている。そして、うそをつけないぼくの身体は、真実に硬直し、動けなくなる。そして、野生の動物のように身を守ろうとするぼくの心は、きみの、氷のように冷たい心がそこにある間は、これを望まない。思わず、ぼくは、身体を起こし、黄色い小麦の海に立ち、ふたたび頰《ほお》に太陽を感じる。

おだやかにそよぐこの麦畑、この青空、それは、まったくの偽り。美しさ……ああ、けれども、それをはぎとり、その皮をはげば、にやりと笑う頭蓋骨《ずがいこつ》が見える。生と死、それ以上は、存在しない。そして、生きるものはすべて、他者を犠牲《ぎせい》にして生きている。この畑には、かくれた命がたくさんある。テンは、野ネズミを追う。うんと静かにすると、小さな背骨がポキンと折れる音がする。チーッと最後の鳴き声をあげ、それで終わり。クモは、動けなくなったハエの命を吸いとる。わたしは、彼らの気持ちがわかる。地面のもっと深いところでは、ウジ虫が腐った肉をどんどん食べる。そんな死体すべての上で、穀物が歌う。これが美しい？　これがロマンチック？　穀物だって、茎の上の精子、精子の海にすぎない。そして、水路の中の花は、忍びよりたがる黒い虫に、恥知らずなくちびるをつきだす。

偽りか、赤裸々《せきらら》な真実か、の選択肢しかないこの世界で、だれが、生きたいと思うだろうか？　いったん、真実に気づいたら、偽りを選ぶ人がいるだろうか？　わたしたちみんなが死ぬことは、とり消せないことなのだから。それなのに、なぜ、そんなにどん欲に生きるの？　それにどんな意味があるの？　いえ、偽りの背後に、一度、頭蓋骨《ずがいこつ》を見てしまったら、知りすぎたということ。それではおそすぎる。

「早すぎる。」ときみは言う。それ以上は言わない。それは、もっともだ。それ以上いろいろ言うと、議論になってしまうし、議論してもしかたない。ぼくは、きみに恋しているけれど、きみは、ぼくに恋していない。すごく単純だ。しゃべることで、それが変わることはない。だからって、それで、ぼくは、きみが考えるほど、打ちひしがれてはいない。身体《からだ》が落ちついたいま、ぼくは、精神的にまいってはいない。ぼくは、わかってたんだ。あの日の朝、きみを見た瞬間から、わかっていた。きみは、愛想よく、ちょっと楽しみにして待っていてくれたように見えたけど、それは、ぼくが抑制しなくちゃいけないような、あのどん欲さでも、あるいは、まちがったことを言ったり、したりしてしまうんじゃないかという、あの不安でも、相手に感銘《かんめい》を与えようという、あのおろかな衝動でも、なかった。

ぼくは、麦畑の中をきみについて歩きながら、そのことがわかっていた。ぼくの迷いがさめたのは、自分のおかげなんだ。

ぼくは、きみに恋してる。そしてぼくたちが、いちばんの恋人同士になりうる何かがあるとしたら、それにわらをもすがる思いになるし、ささいなことによろこびを感じるようになる。少しでも希望を感じさせてくれる眼差《まなざ》しの一つ一つ、ことばの一語一語を、頭の中で反芻《はんすう》すると、とうとう、それは、きらきらときらめきはじめ、ぼくたちは、自分が見たいものをその輝きの中に見る。「早すぎる。」と、きみは言う。それは、「だめよ。」と言われるよりもいい。

早すぎるのなら、もはや早すぎないという瞬間が、いつか、やってくる。そうだろ？　ぼくは、待ちさえすればいい。そして、待つこと、ぼくはそれができる。それは、まだしも、恋する人たちが得意とするところだ。待つしか、選択肢はないのだから。

その日のクライマックスは過ぎ去った。ほんとうのクライマックスがないことがはっきりしたいま、その日から、色彩がにじみ出ていく。空は、青さを失い、空気が薄くなる。だから、長い間じっと見ていると、空気をとおして、空っぽの宇宙まで見えるようだ。影は縮み、ぼくの期待は、麦畑の中に消えた。ぼくたちは、目的もなく、畑の中をのろのろと進む。ぼくには、きみは何をするつもりなの？　どこへ行くの？　とたずねる勇気がない。ぼくは恐れてる。きみが同じ質問をし、ぼくは、実は今日、計画してたことがあったんだ、と正直に答え、きみが、それじゃ、もうつきあえないと、はっきりさせてしまうのを。けど、そうじゃなく、いまや、空っぽの日になってしまった。ぼくはきみのそばにいて、きみはぼくのそばにいる。それは、きみのそばにいないということよりも、いいことだ。

そしていま、ぼくたちは、口に出さない会話を終えたのだから、きみは、さほど怖がらずに、ぼくの手をとり、ぼくと手をつないで歩くことができる。きみは、ぼくを引っぱって、イチゴ畑につれていく。イチゴは、朝早くにすでに摘《つ》みとられている。けれども、摘み手が、いつもきちんとぜんぶ摘みとっているとはかぎらないので、ぼくたちは、囲いを這《は》って越え、ネットを持ちあげ、イチゴの列の間を用心深く歩く。イチゴを見つけると、復活祭の朝にタマゴを見つけた子どものように、「わーっ、見つけた！」と大声をあげる。そんなイチゴは、ところどころ砂にまみれていても、これまで食べたことがないほどおいしい。下のほうが腐ってとけた大きなイチゴを見つけると、ぼくは、投げるしかない。それが、きみののどと肩の間にあたって、グシャッとつぶれるようすを見る。ちょうどそこは、ぼくが今朝、あふれるほどの期待でかがみこんで果たせなかった場所、そしていま、キスしたいと思う場所、でも、それはできないとわかっている場所だ。のろすぎて、哀れすぎるぼくだから、きみが投げても、じっとしている。だけど、さいわい、きみの投げ方は、女の子らしくて、イチゴはどれも、あちらこちらへそれる。きみは、投げるのに飽きると、ぼくの写真を撮る。丘を背景に、イチゴ畑の真ん中にいるぼくの写真を。なぜ？　この悲しい眼差《まなざ》しを永遠に残すために？　きみは笑顔に興味のあるカメラマンじゃないのに、「チーズ！」とさけぶ。きみは、自責の念にかられてる。ぼくは、言われたとおり、にやりと笑う。すると、きみは、カメラをちょっと下げる。そして、きみがぼくを見る表情……。いや、それは、ぼくのかすかな希望だろう。待たなくちゃならない。そう思って、ぼくは、イチゴ畑の中をせっせと歩いて、きみのそばへ行く。そこに立っている、輝かしいばかりのきみの姿を、ぼくも写真に撮りたい。前かがみになってカメラを見ようとして、二人の頭が触《ふ》れそうになる。それだけで、ぼくは、ほとんどしあわせな気分だ。ほとんど。

　そして、ぼくたちは、とうぜん、森のあの開けた場所にたどりつく。ぼくは、リュックから、あるものをとりだす。きみに見せるかどうか、ずっと、考えていたんだ。けれども、朝ではまだ早すぎたし、麦畑のあとでは、居心地が悪かった。それを見せるのにふさわしい瞬間でなくてはならなかったし、それは、予期することのできない、時の流れの中のわずかな瞬間だから、待たなくちゃならない。ちょっとした思いつきや、ちょうど言ったり、言わなかったりしたこと、笑い方や、その日がほとんど過ぎてしまったのに、この紙がまだリュックの中に入ったままで、急がないと遅くなりすぎてしまうという心配と関係があるんだ。

　あの日の朝、きみは、まだ用心深かった。だけど、ぼくが、告白や、ふさわしくない感情できみを困らせないとわかって、きみは落ちついた。きみは、ぼくのママがヒステリーを起こしたときの話に笑った。親友のブラムについての話は、ぼくが嫉妬《しっと》したくなるほど、とてもよくきいてくれた。そして、きみは、自分の姉さんのことや、パン屋にやってくる、とんでもない客のことや、カメラマンとしての人生についての夢を語ってくれた。きみは、もう賞をいくつかもらっていた。ぜんぜん大した賞じゃない、ローカルな無意味な賞よ、と言ったけれど、やっぱり、きみに才能があることは明らかだった。「レペルヘム村は、即、ニューヨークって、わけじゃないし、ニューヨークの派手なナイトライフのルポをするのは、まだかなり先のことだとしても、教会の前の広場で、卑猥《ひわい》なことばを投げかけられないうちに、さっと、酔っぱらいの老人を撮るなんて、いつまでやってられる？」ということは、きみは、村を出たいんだ？「でも、あと三年待たなくちゃならない。果てしなく思えてしまう……。三年間、生きたまま葬られているようなものよ。」

きみが写真の話をしてくれたとき、ぼくは、これを見せられる、こんどはぼくの番だと思った。「きみにあげたいものがあるんだ。」それは、指輪とかネックレスとか、きみはぼくのものだと示すようなものじゃなかったし、生涯をとおして身につけておくべきものでもなかった。「前に、きみのために物語を作って、って頼まれただろう。」

「わたしのために？　崇拝《すうはい》されてる気分よ！」

「そのとおりだもの。」とぼく。

「いま読んでもいい？」

いま、ぼくの心を、ぼくのこわれやすい自尊心を、きみの手にとってもいいかって？　もちろん、いいよ。ぼくは、まぬけじゃないから、ここにいて、きみの顔に表れる感情を一つ一つ読みとろうとはしないよ。ぼくは立ちあがって、針金細工のちょうちんを見る。それに貼《は》った色紙が、まだいくらか残っていて、ぶらぶらとたれ下がっている。前回、そこに残した二本目のワインのびんを見つける。ラベルは、雨ではがれているけれども、中味はたぶんだいじょうぶだ。ぼくは自転車のところに急いで行き、タイヤに空気を入れ、ぼくの物語を読むのに、どのくらいの時間がかかるかを推しはかる。自転車の空気入れに、きみょうな羽のある虫がとまる。アリよりも、黒くて大きくて太い。虫をふり落とすと、虫は空に飛びたち、黒い点となり、しだいに小さくなって、とつぜん、見えなくなった。何か食べるものは残っていないかと、リュックの中をさぐる。チョコレートはとけ、リンゴはしなびて、酸《す》っぱいキャンディーの一袋だけが、まずまず食べられそうだった。いつのまにか、もうすぐ四時だ。イチゴをたくさん食べておいてよかった。ひょっとしたら、きみがまだ何か持ってるだろう。空腹と待ちきれなさに導かれ、ばかげた考えに不安になりながら、開けた場所に急いだ。わずか十四回書き直しただけの、ぼくの物語をきみがどう思うのかが、とても気になってきたんだ。きみは、背中をぼくのほうに向けてすわっている。その背中がふるえている。きみが笑っている。きみは、ぼくがもどってきたのを知らずに、ぼくの物語に笑っている。だけど、それは、おもしろい物語じゃない。雪と死に満ちた物語だ。きみが笑っているということは、いい知らせじゃない。

「オルフェー?」

きみがふり返り、ぼくは、きみが泣いているのに気づく。もちろん、ぼくは、きみにかけ寄る。だれよりも愛《いと》しい人、きみを泣かせるつもりはなかった。ぼくは、きみを抱きしめる。きみは、こばまない。

氷鳥《ひょうちょう》の話は、終わりの始まりだった。これはわたしの話だ、とわかった。わたしは、村人たちと同じように凍りついている、と改めて感じて怖かった。だけど、それが、わたしになんの役に立つの? 凍りつく? それとも死? どちらも同じことよ。わたしは死んだ、でも、わたしは溶けることができる、とあなたは言っていた。わたしは、行間を読めたのよ、トーマス。わたしは馬鹿《ばか》じゃない。「ケヴィンとやらのことは忘れて!」と、見えない文字で書いてあった。「閉じこもらないで、生き直す勇気を持って。」というせりふが、凍りついた村人たちの口から、小さな雲のように出てきた。きみの心は、一時的に凍りついているだけだと。溶けて、ほかの人たちや、べつの愛に心を開くときだと。そして、もちろん、新しい愛の対象になるべき人は明らかだった。

心を氷に閉じこめ、壁を建てるのに、わたしがどんな思いをしたのか、あなたにはわからないの？そこへ、あなたが、ちょうちんや手紙、それにあなたの繊細さや物語を持ってやってきて、わたしは、おろかにも壁をこわしはじめる。

きみは、森のあそこで秘密を打ち明ける。そして、その日の午後よりももっと、心を開いてくれる。すべてがあなたのせいじゃない。壁は、とっくにケヴィンの前からあったの。移動遊園地で、あなたは、手に負えないオルフェーと知りあいになりたがった。過干渉の両親の目から逃げだしたオルフェーと。だけど、大声で笑う、恥知らずな、あのオルフェーは、身を守るためのもの、つまり、仮面だったの。その背後には、ある距離をおいてすべてを見る、クールなオルフェーがいた。姉さんや友だちと、なかなか意見が合わないオルフェーが。だれも、あまり近寄らせないオルフェーが。ケヴィンには、近寄ることを許した。そして、ほとんど同時に、その報いを受けた。そんなことは、二度とわたしの身に降りかからせない。

壁は、むだに建っているわけじゃないのよ、トーマス。わたしには抵抗力がない。そのことは、あそこで、あなたに話したでしょ。わたしは、防衛戦線や防御壁なしで、そのまま人生に入っていくには、もろすぎるって。この人生を生き延びようと思ったら、わたしは注意深くなくちゃならない。そんなにかんたんに恋するわけにはいかない。だって、それは、わたしの死を意味することになりうるから。わたしの心は、氷じゃなくて、ガラスなの。すぐにこわれた。あなたの手紙は、魅力的だった。でも、どうして、それを信じられる？　わたしは、まるで、プールか海のふちに立って、飛びこむか飛びこむまいか、迷っているみたいだった。

ぼくには、よくわからない。それは認めるよ。それじゃ、だれかの人生に足を踏みいれることを検討するってことは、可能なのかな？　思い切って飛びこんで、恋愛することを考えてみるのは？　ぼくは、移動遊園地できみに会ってすぐに、手足をバタバタさせてもがいていた。明らかにぼくは、かんたんに恋する人たちの一人だった。風邪をひくみたいに、かんたんに恋の病にかかってしまう。きみは、すごくちがっていて、ぼくは、あとになってようやく完全に、きみの言うことが理解できるようになる……。ぼくは、いま、何よりもすごくうれしい。きみが、ぼくに秘密を打ち明けてくれて。

あなたはわたしのことを理解してくれるって思った。わたしの心の中を見てくれたって思っていた。でないと、どうして、わたしのために氷鳥《ひょうちょう》の話が書けたの？　あなたは、わたしが仮面をはずしていられる、めったにいない人の一人だって思った。わたしの壁の内側を見てもいい、めったにいない一人だって。わたしの幻想を捨てさせない、わたしを見捨てない、数少ない一人だって。


ぼくは、きみの涙をキスでぬぐい、きみは、そうさせてくれる。ぼくには危険すぎるよ、長い間きみのそばにいて、きみの香りをかぎ、きみに触《ふ》れているのは。無作法なふるまいで、今日の午後を台なしにしちゃいけない。ぼくは、ぱっと立ちあがった。ぼくの初めての読者が、ぼくの作品に感動してくれたんだ。お祝いをしなくっちゃ！　ぼくは、ワインのびんをとりあげると、ポケットナイフでなんとかびんを開けた。

きみは、まだ、目に涙を浮かべたまま、ぼくの手からワインのびんをとる。

「あなたの成功を祈って！」と言って、きみは、びんから直接、ワインを飲む。

ぼくの成功——文学的な成功は、まだ少し先のことだろうけれど。もっと緊急な、べつの成功があるように思える。ぼくは、きみの手からびんをとり、ゴクンゴクンと飲む。きみの目に何かある。ひょっとしたら、ぼくが思っているほど長く待つべきではないのか。だけど、何ごとも急ぎすぎちゃいけない。蛇のように用心深く、ハトのようにやさしくなくては。

ぼくたちは、その物語について話す。「この話は真実かしら？　もちろん、氷鳥《ひょうちょう》のことではなく、農場の火事のことだけど。」「それが真実かどうかは、村できいてまわれば、つきとめられると思うよ。」凍らなかったのはおじいちゃんだけ——その理由がよくわからないと、きみは言う。どうして、おじいちゃんは例外なんだろう？

「この手の話では、かならず、愛が勝利を収める。でも、おじいちゃんは、そんな愛には幼すぎるでしょう。」と言って、きみは、物語の書かれた紙をふたたび手に取る。

「無邪気、だからかしら？」きみは言う。

「それも、その一部かもしれないな。」

「なんの？」

「人生の。」

ぼくたちは、さらに飲む。

「きみは、なぜ写真を撮るの？」

「すごく、写真に打ちこんでるおじさんがいるから。」

「ぼくには、浴室を売る仕事をしているおじさんがいる。だからって、ぼくがシャワーをかついで畑を歩くなんてことはないよ。」

「わたし、じょうずだから。」

「はじめたときは、じょうずかどうかわからなかっただろ。」

「わたしが写真を撮るのは、なぜだって思う？」

「美しさ。」彼女を見ていると、そのことばを思いつくのは、かんたんだった。

「それも、その一部よ。」オルフェーは笑った。「わたしは、ものごとが忘れ去られないうちに、しっかりと記録しておきたいの。ときには、わけなく手に入ることがある。いろんな事態の同時発生、ちょっとした思いつき、女の人の視線、開くドア、目の前に現れて、ほんの少しの間つづいてから、永久に消えてしまうような情景。それって、人生よね？」

ぼくたちは、さらに飲んだ。ぼくは、ますますきみに近づく。肩が触《ふ》れあう。

「トーマス？」きみが、ぼくのほうを向く。

「えっ？」

「あなたは……。」

「えっ？」

「わたしをどう思ってる？　正直に言って。」

いまこそ、その瞬間だ。ここで、ぼくは、適切なことばを、きみを納得させる、魔法のようなことばを、見つけなくてはならない。ぼくは、きみが何者かわかっている、ぼくこそが、本来、見られるべき姿のきみを見ている、ぼくこそが、きみを高く評価していると。つきあう価値のあるやつだと、きみに納得してもらえるように、さっと、かっこよく気の利いたことばを言わなくっちゃ。

ことばは見つからなかった。頭でよく考えるより先に、ことばが出てしまった。おそらく、ワインのせいだ。

「きみは、すごくきれいだ。」

悲惨なことばじゃなかったらしい。だって、きみは笑ってるから。それから、ぼくは思った。待つとか、用心深くとか、どうでもいいや。これが、適切な瞬間でないなら、そうなんだろう。とつぜん開くドアとか、女の人の視線とか、ぼくは、待っていられない。人生はあっという間に過ぎる。ぼくは、きみにキスをする。きみは、キスをさせてくれる。ぼくは、きみにキスをする。ああ、なんてすてきなんだ。きみがキスを返してくれた。

あなたは、わたしを置いていった。トーマス、あなたは、わたしを裏切った。守ってくれるものを何も残さずに行ってしまった。わたしは、肉と血ではできていない。わたしは、氷でできている。突風の下で砕《くだ》ける、ひび割れた氷の彫像。こなごなに砕けた破片は、しあわせな思い出のようにくっきりとし、このカミソリのようにするどい。わたしのトーマス、この人生は、もう人生ではないのよ。

きみの口は、甘く、やわらかく、温かくて、ぼくは、ぞくっとする。そして、ぼくの背中から足の裏まで、ふるえが走る。ぼくが目をとじると、世界は暗闇《くらやみ》に消える。もう何もない。ぼくは、息をするのを忘れ、きみが、とてもそっとキスをするから、ぼくは、もはや、きみの気配を感じず、何も聞こえない。それで、ぼくは、目まいがする。ぼくは、両手をのばし、きみの身体《からだ》を感じ、自分に世界を築く。きみの胸を、ぼくの新しい宇宙の礎《いしずえ》に。

ぼくは、目を開ける。近すぎて、きみが見えないほどだ。きみの髪は消え、きみの目は、ぼくからそれる。鼻の一部と口、それにまぶただけしか見えない。なんてきれいな肌だろう。触《ふ》れたくなってしまう。けれども、きみの指がぼくの指とからまりあって、小さな蛇の巣のようにごにょごにょと動く。そして一瞬、ぼくの脳裏を、疑問がかすめる。なぜ、きみは目をとじてる？　ぼくを見たくないの？　あいつのことを考えてるの？　けれども、それは、ほんの一瞬、この暗い新世界で、ちょっと光っただけ。きみに触れたとき、新しい閃光《せんこう》と新しい感覚、電気ショックにおおいかくされた。これなの？　ぼくが、予期していたようではないし、人がぼくに言ったようでもない。しくじり、口ごもり、ぎこちなく、あっという間に過ぎる。ぼくは、自分の指のことを考えればいいだけ、ぼくは指になり、ぼくの感覚器官は、指先へすべり落ちる。ほかはすべて消え、世界は静止し、ぼくだけが動く。どこかにきみがいる。きみのつぶやきとため息が聞こえる。ぼくの耳のすぐ近く、目にまで響く。ぼくがきみに触れられる場所がある。ぼくの指は、架け橋。きみのまつげは、ぼくの頰《ほお》によろこびの線を引く。いま、何千羽もの鳥のさえずりもおよばないほどの、自分のため息も聞こえる。この瞬間は、永遠につづくべきだ。世界は動きをとめよ。太陽よ、とまれ。壁が倒れたのだから、それがふさわしい。犬を放せ。野生の、やさしい犬を放せ。

だめ、壁を築いて。わたしはもどりたい。わたしは、ここに裸《はだか》で立っている。もうだめ、わたしは、もうだめよ、トーマス。おろかにも、わたしは壁をとりこわした。いま、わたしは、すぐにこわれてしまいそう。どの方向からもかんたんに近づかれて。トーマス、わたしは死ぬ。

しばらくのち、ぼくたちの裸《はだか》の身体《からだ》をアリが這《は》う。くすぐったい。小さな、飛ぶアリ。何か月も地面の下にいて、ようやく外に出られ、女王アリを探して、最初で最後の飛行だ。女王アリは、広い空のどこかで、受胎《じゅたい》するのを待っている。このアリの中には、女王アリを見つけられずに、錯乱《さくらん》して飛びまわるものもいる。そして、ただちに鳥に食べられずにすんでも、ついには疲れて、牧場や切り株に、屋根の上やゴミ箱に、落ちてしまう。そんな、一度きりの可能性を求めての一度きりの努力、それを思えば、アリたちを傷つけたり、つぶしたりできやしない。ぼくたちの身体は港、アリたちの発射基地だ。ぼくたちは、笑いながら、アリたちを空へ投げた。

「わたし、家に帰らなくっちゃ。」

「ぼくは帰りたくない。ここにいたい。そばにいて。」ぼくは、きみを引っぱる。けれども、きみは、身体をよじらせて起きる。

「それは、ちょっと無理でしょ。」

「なぜ、ずっとこうしていられない？　家に帰らなくっちゃいけないって、だれが言ってるの？」

「暗くなる。」

「なってもいいよ。もっと、いて。」

「帰らなくっちゃ。」

「いやだ。」

「でも、わたし、また来る。」

「約束して。」

「また来る、って約束する。」

「いつもだよ！」

「いつも。」

「ぼくが、『来て』って言ったら、来るって約束して。」

「トーマス！」

「約束して。ぼくたち、ぜったいに別れないって約束して。いつもいっしょにいるって。」

ぼくは、顔をあげて、きみを見る。きみは、そこに立っている。生きたアリの甲冑《かっちゅう》をつけた、裸《はだか》の女王さま。

「約束して！」

わたしは約束した。あなたについていくって。死ぬまで、と笑いながら言った。あの笑いは度が過ぎて、嫉妬《しっと》深《ぶか》い神々を呼びよせてしまった。

死ぬまで。わたしは、あなたを忘れ去ろうとした。けれども、だめなの。トーマス、わたしを生きさせて。トーマス、わたしから離れて。

それはできない。

だったら、わたしがあなたから離れる。

カミソリが、さっと、きみの静脈に走る。血が、生きもののように吹きだし、手首から、繁《しげ》った緑色の草の上にしたたり落ちる。

「いつもどる?」パパがたずねる。

「わたし、もどらない。」ママが答える。

二人は、カフェのテーブル席にいる。学生たちと酔っぱらいの間で、二人は、ほとんど目立たない。

「ずっと、メリンダのところにいるわけにはいかないだろ。」

「町にアパートを探してる。」

「ばかな。帰ってこい。きみがいないとさびしい。」

ママは、そのことばを無視する。

「さしつかえなければ、十月十日に行くわ。まだいろいろ、取りに行きたいものがあるから。」

「あの子の持ちもののことだろう?」

「まだ置いてあるでしょう?」

ママがとても不安そうにパパを見るので、パパは、テーブルの上に置かれたママの手をにぎる。

ウェイターがやってきて、コーヒーカップを持っていく。

「ほかに何かお持ちしましょうか?」

ママが首を横にふる。

「ウィスキー。」とパパ。

ママは、ウェイターが行ってしまうまで待つ。

「以前、あなたは強いお酒は飲まなかったわ。」

「以前しなかったことは、たくさんある。空っぽの家に帰ることも。空っぽのベッドに眠ることも。」

「飲みすぎてないでしょうね？」

「そんなこと、きみにはどうだっていいだろう。」

ママが、手を引っ込める。

「そんなふうに言わないで、ヴィレム。やっぱり、気になるもの。」

「だったら、帰ってこいよ。」

「意味がないの。」

「なぜない？　きみが、ぜひとも、亡くなった息子に向かって話したいのなら、帰ってくるべきだろ。ぼくは、それについてあれこれ言うつもりはない。」

「あなたは、いつまでそれをがまんできるかしら？　一週間？　きっと、あなたは、いろいろ言わずにはいられない。じっとこらえたとしても、わたしは、あなたの目を見れば、それがわかる。」

「もうわからんよ、エヴァ。」

「わたしがいないほうがいいんじゃないかな。わたしがいなくても、あなたは、これから生きていける。」

「きみなしで生きなくてはならないのなら、これから先、ぼくの人生はいらない。」

ウェイターがウィスキーを持ってくる。

「持ちものは、まだ置いてある。」パパは、ウィスキーをグラスの半分まで一気に飲みほしてから言う。

「よかった。」

「きみは、ぜんぶ持っていくのか？　服、道具、写真、屋根裏部屋に置いてある子どものころの絵、父の日に作ってくれた工作……家じゅうから、トーマスを追い出すのか？」

「あなたのほしいものは、持っていていいのよ、ヴィレム。」

「あの子の身のまわりの品をどうするつもりだ？　メリンダのところから、どこだか知らないが、新しいアパートまで引きずっていくのかい？　だれも着やしない服とともに？」

「じゃあ、十月十日はだいじょうぶなのね。」落ちついて、ママが言う。

パパは、ウィスキーの残りを飲みほす。

「きみを見ていると、だれが思い浮かぶと思う？」

ママは、首を横にふる。

「狂女王フアナ（一四七九－一五五五。現在のスペインにあったカスティーリャ王国の女王）だよ。」

ママは、返事をしない。

「夫が亡くなったとき、彼女がしたことを知ってるか？　遺体に防腐処理《ぼうふしょり》をして、棺《ひつぎ》を馬車に乗せ、国じゅうをまわった。従者たちは、毎晩、ちがう町にとまり、葬儀のミサを行った。女王は、夫を埋葬するのは、それが初めてかのように、毎晩、新たに泣いたという。ときには、棺を開けさせ、夫の遺体を抱きしめようとしたと言われている。」

「それで、わたしが、狂女王ファナみたいに気が変になっていると言うの？」

「それ以上だ。少なくとも、彼女は、夫が死んだことがわかっていたからな。」

「わたしは、あの子が死んだことがわかってるのよ、ヴィレム。ただ、あの子が、まるで存在しなかったかのようにはしたくないの。」

「そんな心配はないよ、エヴァ。彼は、つねに存在している。」

「わたし、わからないの。あの子を、どんどん失っていくような気がして。」と言って、ママは謝るように、ぼくを見る。「朝起きて、そのことをちょっと忘れていることもある。メリンダのところに泊まって、何をしようかしら、と考えて、それから、はっと思い出す。自分がだれなのかがわかるの。でも、その数秒間、あの子のことを忘れてる……それは、裏切りよ。」

「ぼくが口笛を吹きながら起きると思ってるのか？　ぼくにはつらいことじゃないと思ってるのかい？　ぼくが痛みを感じていないと思ってるのか？」

「そんなことは言ってないでしょ。」

「いや、ぼくが何を考え、何を感じているのか、きみはほとんど関心がないんだ。きみは、苦しみを自分に引きよせている。ああ、きみのようには苦しんでいる人はいない。きみには、その独占権がある。きみは、喪の悲しみの上級司祭だよ。」

「出たほうがいいみたいね。」

ママは立ちあがる。けれども、パパがママの腕をつかむ。

「どうか、もうちょっといてくれ。」

ママはためらってから、また腰をおろした。

「ごめん。」とパパ。「喪失感を妻と分かちあえないのがどういうことか、わかるかい？　生きていくのがつらくなる。きみが過去にしがみついていては、ぼくはこの先、ぼくらを二人とも押していく力がじゅうぶんにはない。」

「わかってる。」とママ。「だから、別れるほうがいい。」

「ぼくといっしょに歩もう。ぼくたちの人生は、これで終わりじゃないんだ。」パパが言う。

ママが、首を横にふる。

「なぜだ？」パパが大きい声を出したので、カフェの客たちがちょっと二人のほうを見る。「どうしてだ、エヴァ？　ぼくたちが抱えている痛みは、じゅうぶんじゃないのか？　なぜ、毎日、傷口を改めて開け直さなくちゃならないんだ？　なぜ治りたくないんだ？　一瞬、あの子から解放されることが、そんなにひどいことか？　数秒、しあわせを感じることが？」

「それが、大きな声であの子の名前を言えないということなら、わたしは、やっていけない。一人で泣くしかできないときに、笑うことを強制されたくないの。」

「だから、きみは、ぼくを捨てるんだ。」

「わたしたちは、おたがいを捨てるのよ。」ママが、悲しそうに言った。

「きみは、ちゃんと考えられていないんだ。そんなときに決断しちゃいけない。そうはさせないよ。」

「どうするつもり？」

「万一の場合には、お医者に行って話してみる。妻が、『声が聞こえる、死者が見える』って言ってるんですが、と。」

「説得できるか、やってごらんなさい。」とママ。

「いや、かんたんに説得できるかも。きみの息子の〈ミュージアム〉を、お医者に見せてやればいいだけだ。」

「話は、これでおしまいね。」

ママは立ちあがり、コートをつかむ。

「あっ、そうだ、伝えることがあった。」パパが言う。「きみのお父さんの具合が悪い。」

「えっ？」

「きみのお父さんだよ。具合が悪い。」

「どうして、そんなことを言うの？　何を言いたいの？」

「きみに知らせなくっちゃと思ったから。」

「どうだっていいでしょ。父が野たれ死にしたって、わたしはかまわない。」

「よし、わかった。」とパパ。

「わたしは、あの人に恩義《おんぎ》はない。一度だけ、病気でもう料理ができないと聞いたときには、同情した。それで毎週、水曜日に、トーマスに料理を持って行かせた。それでどうなったか、ご覧なさいよ。わたしの息子が死んだのは、あの人のせいよ。」

ママは、怒った顔でパパを見た。

「具合がよくないって、だれにきいたの？」

「だれにも。自分の目で見たんだ。」

「あの人のところに行ったの？」

「いまはもう、トーマスが食事を運べないし、きみのお父さんは、家に他人を入れたがらないから……。」

「……わたしにかくれて、あの人のところに行ってるなんて。まあ！」

「お父さんは、助けを必要としているよ、エヴァ。」

「あの人の順番は、まだ来ないでしょう。前に、百万人も待ってて。」

「きみは、自分の父親に、どうしてそんなに厳しくできるんだ？　お父さんがどんな悪いことをしでかしたんだ？」

「あの人がわたしにしたことは、すっかりわかってる。わたしをずっとだましてたのよ。」

「うそをつかれるのは、もちろん、つらいことだ。それで、お父さんは、どんな話をしたんだ？　必死で祈れば、死者が生き返るとでも？」

ママが、凍りついた。口をぽかんと開けて、一瞬、なんと言ってよいのか、わからないようだった。

「ヴィレム、ひどい！」と言うと、ママは、人を押しわけて、出ていった。

「別れるしかないかな。」パパはつぶやいて、ウェイターに目くばせした。

おじいちゃんは、自分の夢の世界から出てきて、ぼくがいるのに気づいて、言った。

「トーマス、久しぶりじゃな。これまでずっと、どこにいたんだ？　いや、そんなことはいい。おまえがここに来てくれてうれしいよ。だれもやってこんと、ときには、さびしいからな。そうだ、文句を言っちゃならんよ。この前、おまえの父さんが来た。いい男だ。おまえの母さんは、彼と結婚して、うまくやったよ。父さんは、食べものをたくさん持ってきてくれた。だが、わしが冷凍庫を持っておらんのを知らんらしい。生鮮食品は捨てなくちゃならんかった。だが、缶詰《かんづめ》はありがたい。

わしらは、おまえの母さんの話はしなかった。ふさわしいときではないように思えたからな。父さんは、悲しそうな目をしておった。わしには、よくわかる。おまえの母さんはやさしい女だが、ひどくがんこなときがある。こんなことを、おまえに言う必要はないな。おまえは、母さんのことをわかっているだろうから。

だが、もっとよい母親を望むことはできんぞ、トーマス。おまえの母さんは、おまえのためにはどんなことでもするつもりだ。もっとも、おまえの父さんもそうだが。よい父親でいるのは、いつもかんたんだとはかぎらんぞ。わしは、いま、それがよくわかる。母さんとの関係を直すためには、わしはすべてを投げだすつもりだ。だが、時間を巻きもどすことはできんし、おまえの母さんは、けっして、わしを許さんだろうよ。母さんの心は、これからもずっと、悲しみにうずくことだろう。

わし自身にはよい手本となる人がいなかった、と言ったら、言いわけに聞こえるかな？　わしのおやじは、あまり愛情を示してくれなかった。いや、示せるはずがなかった。子どものころ、わしはおふくろにべったりだったし、おふくろが死んだとき、おやじの心も死んで、おやじは、べつの人間になってしまった。作り話じゃない。あの火事のあと、おやじが、すっかり変わってしまったことには、みんなが気づいた。周囲の人たちにとっても、おやじは、地上の地獄を作り出すような、敵意に満ちた黒い悪魔にとりつかれたように思えたんだ。」

どんな話になるのか、ぼくはわかっていた。この話は、何度も聞いた。最初はおもしろかった。おじいちゃんが話してくれたとき、ぼくは、まだ幼かった。とくに終わりの部分を覚えている。女ものの服を着た少年が、怒った父親に追っかけられて、村の通りを走りまわり、最後に、年の市(年に一度の定期市)の真ん中――絶望へと追い立てられる、しゃべる家畜《かちく》たちの間――に紛れこんだ。のちには、家畜たちがどうしてしゃべるようになったのかも話してくれた。教会の隣に埋葬されている人たちの魂は、司祭の悪魔払いが失敗すると、家畜に乗り移る。そして、年の市の間、しんぼう強く買い手を待つ。遺族は、牛やガチョウを家につれかえり、食卓に席を作ってやらなければならないと考えられていた。たいせつな、亡くなった母親や父親を家畜小屋に置いておくわけにはいかんからな、というわけだ。

話すたびに、内容がいろいろと変わり、初めのころの話では、帰ってきた死者たちについて、とりわけ、笑いを誘うような状況があった。だけど、のちの話では、帰ってきた死者たちが、遺族の利益にならないことまで知りすぎていることがわかってしまう。それで、どの話も、家畜《かちく》たちの抗議にもかかわらず、最後は、村のバーベキュー大会で終わった。

けれども、最近は、話が、ますます暗くなってきた。しゃべる家畜は姿を消した。その部分を語る忍耐がなくなったようだ。話の中の貧しい少年、かつての彼自身である貧しい少年にばかり関心がいった。これから、おじいちゃんがどんなふうに話すのか、楽しみだな。いまや、ぼくを楽しませる必要はないって、おじいちゃんはわかってる。だって、ぼくはどこにも行かないのだから。ぼくには、たっぷり時間があるのだもの。でも、おじいちゃんに残された時間はあまりないけど。


「おふくろが死んでから一週間後、おやじは、おふくろの持ちものを寝室から引きずりだして、屋根裏部屋にしまった。わしは、何もたずねなかった。おふくろについてきくとすぐに、おやじは、わしを力いっぱいなぐった。おやじは、まるで悪魔に忍びこまれたかのように、見聞きすることに、悪意とうそしか見いだせんようになった。

わしは、できるだけ、しゃべらんようにした。何がおやじを怒らせるか、わからんからな。おやじにとって唯一《ゆいいつ》、まだ重要なのは、仕事だった。

夜、わしは、ベッドの中でしょっちゅう泣いた。兄さんがなつかしかった。おふくろがいなくてさびしかった。おふくろの笑顔ややさしいことばがなつかしかった。おふくろがいないと、家は死んだようだった。家は、次第にきたなくなった。おやじに言わせれば、掃除は、むだな仕事だった。家をきちんとするよりも、家畜小屋をきちんとするほうがましだと言う。

わしは、村にもめったに行かなかった。おやじに言わせれば、行けば、金がかかるばかりだ。ほんとうに何か必要なものがあるときだけ、行くことを許された。わしらは、もう、教会のミサにも行かなかった。わしが教会に足を踏みいれたのは、おふくろの埋葬のときが最後じゃ。あそこに行っても何もならんかった、とおやじは言っておった。おやじは、正直な農夫で、いつも約束を守った。ほかの農夫たちがかならずしも自分と同じように正直ではないことを知っておったが、おやじは、約束を守っておれば、自分は神さまにより多くを期待できると思っていたんだ。ところが、いま、神さまは、おやじを裏切った。妻と長男と孫が、同じ日に焼け死ぬとは！　そんな約束じゃなかった。それで、おやじは、神さまに背を向けた。そして、わし、わしもいっしょにそうした。

しかし、わしがいくらいっしょうけんめいやっても、おやじは、わしを苦しめることばかり見つけた。ある日、母さんの首飾りのロケットがなくなっているのに気づいたときには、とんでもないひどいことになった。

世の中には、もっとひどいことがあると思うだろう。だが、わしのおやじは、そうは思わんかった。ロケットがなくなったことに気づいた夜、おやじは家がふるえるほどの大声でどなった。わしは、恐るおそるドアから首をのぞかせた。

『あれはどこだ？』おやじが言った。

わしは、なんの話か、わからんかった。おやじは、わしを引っぱって、部屋に入れた。

『ロケットがない。暖炉の上にあったが、いま、なくなっておる。ああいったものが、ひとりでに消えるわけはない。おまえがとったんだろ。さっさと出せ。』

わしは、とっていないと誓《ちか》った。だが、おやじは、ズボンのベルトをはずした。わしは、どうか信じて、とおやじに頼んだ。なんの話かはわかったが、ロケットがどこにあるのかは、さっぱりわからなかった。あのロケットは、おやじからおふくろへのプレゼントだった。二人がまだ結婚していないころのことだ。ヴァハター農場の焼け跡の中から見つかって、おやじに送られてきたものだった。そのとき、おやじは怒って、それをマントルピースの上に投げた。それなのになぜ、とつぜん、あのロケットがだいじになったんだ？ それに、なんで、わしが盗む？

おやじは、道理にかなう男じゃない。ベルトがビシッとあたって、わしは、悲鳴をあげた。だが、おやじは、自分が疲れるまでやめなかった。

『朝までには、もどしておいたほうがいいぞ。』

わしは、痛みにうめきながら、ベッドへ入った。翌日、わしは、仕事の合間に、台所でロケットを探しまわった。だが、どこにも見つからなかった。その夜は、おやじの機嫌が昨日よりもいいように、と祈った。だが、むだだった。わしがロケットを見せてやれないとわかったら、またベルトが鳴った。

その夜、わしは、おやじが眠るまで待った。それから、苦労してベッドから出た。わしの背中からも手からも血が出ていた。つぎに罰を受けたら、わしは、生きておられんだろう。

わしは、台所へ行った。あのロケットは、これまでずっと、台所のマントルピースの上の、裸《はだか》の羊飼いの少女の像と鐘型《かねがた》のガラスの覆《おお》いがかぶったマリア像の間にあった。わしは、戸棚の中や花びんの中、皿の下を見た。そして、グラスの中まで触《ふ》れて確かめ、戸棚の下やマットの下もさぐってみたが、見つからなかった。

家畜《かちく》小屋を探さなくちゃならんだろうか？　そうなると、とても手に負えない。家畜小屋の裏には、堆肥《たいひ》の山や果樹園、そして畑がある。おやじは、わしに、とうていできるわけのない仕事を与えたんじゃ。

おふくろがしてくれた昔話では、こんなとき、何かよい妖精《ようせい》が現れて、魔法のつえでうまくおさめてくれる。助けになるアリやすずめでもありがたい。だが、細かい仕事をひき受けてくれるアリを、まず見つけなくてはならん。

そのとき、ある考えが、ぱっと、わしの頭に浮かんだ。だが、ひどく動揺《どうよう》して、はじめは、その考えを押しやった。ロケットのありかを、おやじがちゃんと知っているとしたら、どうするだろう？　ロケットを自分でかくしたのだとしたら……？　わしの昔のおやじ、つまり、あの火事の前のおやじなら、けっして、そんなことはしないだろう。だが、いまのおやじは、こうやって、わしを罰することだってやりかねん。

わしは、台所へもどって、おやじのオーバーオールのポケットをさぐった。ロケットはなかったが、ジャガイモ用のナイフ、鼻をかんで硬くなったハンカチ、それと鍵《かぎ》があった。それは、屋根裏部屋の鍵だった。屋根裏部屋には、おふくろの服がぜんぶかかっている。あそこにかくしたのだろうか？

わしは、用心深く、忍び足で屋根裏部屋へ行き、ドアを開けた。とつぜんの突風が、わしが持っていたロウソクの炎を吹き消した。だが、満月が部屋をじゅうぶんに照らしていた。洋服だんすとナイトテーブルとベッドのほかには何もなかった。洋服だんすは、オークの木でできていて、真ん中に鏡がはめこんであり、左右にドアが二つあった。鏡のうしろの真ん中の部分に、おふくろは、すぐには必要ない服をかけていた。たとえば、なんども作り直したワンピースや、二世代前の——ぼろ布にするには惜しい——ブラウスや、葬式のときにだけ日の目を見る黒いスカートだ。たんすを開けると、ふわーっとおふくろの匂《にお》いがした。わしは、それまでずっと、おふくろを自分の頭のすみに閉じこめておった。そしてその間、おふくろはじっとしてくれておった。だが、そのとき、おふくろの匂いが、風のように、ドアをさっと押しあけて、これまでになく、きれいなおふくろが出てきた。おふくろは、わしの頭の屋根裏部屋を歩きまわり、わしの思い出のたんすをかきまわした。

夏だった。おふくろは、熟れすぎたプラムを兄さんとわしに投げつけながら、笑って果樹園を走りまわった。秋には、台所に立って、火にかけた旧式のアイロンをとって、ぬれた指先で温まっているかどうか試した。夜は、わしらがベッドに入っていると、ちょっとやってきてくれた。シーツをのばすと、わしらがちゃんと守られて眠れるように、親指で、わしらの額に小さな十字架を描いてくれた。おふくろは、洋服だんすにはめこまれたこの鏡の前に立って、赤い小さな貝の首飾りを首にかけた。

わしは、すすり泣きの声でおやじが目をさますのが怖くて、自分の手をできるだけ強くかんだ。おふくろにはもう会えない。その日にあったことをおふくろに話すことは、もうできんのだ。それまでわしは、おふくろは死んだんじゃない、ちょっと出かけているだけだ、と思いこもうとしておった。おふくろは、いますぐに、かどを曲がってやってくる。わしが、背筋を伸ばして畑に立つと、おふくろが、手に冷たいビールの小びんを二本持って現れると。だが、そのとき初めて、『おふくろは、二度と帰ってこない』ということばが、そんなうそをばっさりと、骨の髄《ずい》まで切り裂いたんじゃ。

おやじがおふくろの服をかくしたわけがわかった。捨てることができなかったのだ。村のほかの女が、おふくろの服を着て歩きまわることに耐えられなかったんじゃ。だが、毎日、おふくろのことを考え、毎日、気分が悪くなるほど、おふくろを恋しがる……いかん、それは、人生ではない。

わしは、もう少しで屋根裏部屋を出るつもりだった。自分のベッドにもどって、忘れたい、あと二、三時間はあるから、ぐっすり眠ってわれを忘れたいと思った。だが、いま、せっかく、この屋根裏部屋にいるじゃないか。やはり、ロケットを探そう。わしは、そこらじゅうをさぐった。ハンガーにかかったワンピースがかすかにゆれて、楽しそうに、わしの手から逃れようとする。わしは、おやじがロケットをかくせそうなポケットのついた上着やコートを探した。だが、手が触《ふ》れる範囲の服の中には、何も見つからなかった。洋服だんすのもう一つのドアは、家のみんなが知っておるように、ギーッと重々しい音がするので、わしは、開ける勇気がなかった。おふくろが死んで以来、おやじは、眠りが浅かった。火事が怖いから、と自分では言っておったが、おやじは、火事に驚かされることはないだろう。わしらは、もうじゅうぶんに生贄《いけにえ》を差し出したんだから。

たんすの中を這《は》ってすすむしかなかった。左ひざを床につけると、たんすがキューッときしむ音がした。ワンピースの袖《そで》が、わしの顔をなで、安心させるように肩をそっとたたく。おふくろは、服をそれほどたくさん持ってはおらんかった。だが、いま、暗闇《くらやみ》の中を這いすすんでいると、ワンピースの森の中にいるようだった。そして、それが、わしを抱きしめてくれた。わしは、匂《にお》いにうっとりとし、愛撫《あいぶ》されるような感触になぐさめられた。わしは、たんすの奥に入りこみたかった。農場から離れ、ずっとずっと奥へ、おふくろが待つ、べつの国へ、夏の国の女王さまのところへ行きたかった。だが、わしは、あっという間に、たんすの壁に鼻をぶつけた。

わしは脚をあげて、セーターやシャツの上に横になった。やわらかかった。わしのベッドよりもやわらかかった。頭の上で服がゆれる。わしは目を閉じた。たんすの中はとても静かで、とても安全な気がした。おふくろの匂《にお》いを吸いこむ。おふくろに囲まれておった。手を伸ばすと、おふくろを感じた。わしは、横になったままだった。服はサラサラと音を立て、たんすはギーッ、キューッと鳴った。わしは、ますます深く沈みこみそうになった。少し眠りなさい。すぐ近くで、声がした。目を開ければ、おふくろの姿が見えるだろう、と思った。眠りなさい。だが、わしは眠ってはならん。やるべきことがある。待ったなしの任務が……。ロケットを探さなくちゃならん。

ああ、あのロケット、とおふくろがつぶやいた。やきもきしなくていいのよ、あれは、マントルピースの上にあるから。

安全なたんすの中にじっと横になっているのは、じつにうっとりするようだった。だが、眠りこんじゃならん。ここに、おふくろの服の間におるのがおやじに見つかったら、殺されてしまう。わしは、眠らぬようにし、おふくろのやわらかい下着や帽子の羽根の間を通って、這《は》いもどり、たんすからころがり出た。

屋根裏部屋の細い窓から畑が見えた。月の光の中で、それは、わしがそれまでずっとあくせく働いてきた畑ではなく、脅《おびや》かすような森に囲まれた見知らぬ土地のように見えた。

わしは、そっと、屋根裏部屋を出て、ドアを閉め、鍵《かぎ》をおやじのオーバーオールにしまった。自分の意に反して、わしは、台所に入り、マッチをすった。

マントルピースの上に、燭台《しょくだい》が二つと、鐘型《かねがた》のガラスの覆《おお》いをかぶせた、御子《みこ》イエスを抱いたマリアさまの像がある。わしは、そのあたりを触《さわ》って確かめたが、もちろん、ロケットはなかった。わしは、何を期待しとったのだろう？　ところが、ちょうど、マッチが消える寸前に、わしは、マリアさまの足もとに何か光っているものを見つけた。二本目のマッチをすった。すると、そこに、ロケットがあった。不可解な、ありえないことだ。わしはガラスの覆いを持ちあげ、ロケットが消えないうちにさっとつかんだ。

次回は、そうかんたんには引きさがらんぞ、と翌日、おやじが言った。だが、ぶたれることはなくなり、おやじは、前ほどぶっきらぼうではなくなった。ひょっとしたら、それは、わしが、おやじの癇癪《かんしゃく》を引き起こすことが少なくなったせいかもしれん。おやじがわしに触《ふ》れることのできん場所を見つけたからだ。屋根裏部屋を訪れたのは、あれが一回きりではなかった。わしは、耐えられなくなると、夜中にベッドをぬけだし、気持ちの休まる、あの洋服だんすに忍びこんだ。服の間から、ことばがこぼれ出てきた。それは、わしをなぐさめ、翌日を乗り切る力をわしに与えてくれた。そのことばをささやいてくれているのがだれなのか、わしは知っていた。おふくろの姿が鏡に映っている、と思うことがあった。だが、わしが鏡のほうをふりむくと、いつも、おふくろは消えてしまった。

屋根裏部屋を訪れる回数を、できるだけ減らさなくてはならないことは、わかっておった。たんすを開けるたびに、おふくろの匂《にお》いの一部は空中に消え、二度ともどってこない。あんまりたんすの中に入りすぎると、おふくろは、あっという間にすっかり消えてしまうだろう。だが、わしは、自分を抑えることができず、じきに毎晩、屋根裏部屋に行くようになった。モグラのようにせっせと、おふくろの服の間にもぐりこみ、おふくろの持ちものに取り囲まれ、たんすの壁に寄りかかってまるまった。ますます長時間、屋根裏部屋にいるようになった。日の出寸前になって自分の部屋に這《は》うようにしてもどる。そんなふうにおふくろの存在を感じても、もはや完全には気持ちが落ちつかず、疲れはててしまった。ずっと、自分のそばにいてほしかった。もどってきてほしかった。だが、そんなことは起こりえない。その反対だ。毎朝、わしは、おふくろの匂《にお》いを感じなくなるほど、その匂いに慣れてしまう。毎朝、おふくろを失ってしまうようなものだった。おふくろをとりもどしたと思ったときの安心と喜びは、おふくろはいないんだという自覚と幻滅《げんめつ》にかなわない。

毎朝、ここには二度と来ないぞ、と決心した。だが、夜になると、毎日、屋根裏部屋のドアの前に立った。

わしはくたびれ果てた。眠らず、ほとんど食べない。ぼうっとして家の中を歩き、畑へ行く力もほとんどなくなり、思っているのは一つのことばかり。一日ができるだけ早く過ぎて、夜になって、屋根裏部屋に行きたい、ということだけ。毎日、夜になるのにますます時間がかかり、おやじが眠ったと確信できるまでにもますます時間がかかるようになった、と思えた。

ある日、畑を一つ耕しおえたとき、鋤《すき》のチェーンがこわれた。新しいチェーンを探しに、おやじは、わしを家へ帰らせた。

『のらくらしてくるんじゃないぜ。』と、おやじがさけんだときには、わしは、もう、畑を越えて、家の庭のそばまで行っておった。

わしは、ほったらかしにされたままになっている庭で足をとめた。思いがけず、その庭に来て、ひっかかってしまった。屋根裏部屋の細い窓が見えたんだ。やれるかな？　真っ昼間におふくろのところにいられるチャンスだ。ほんの五分だけ。おやじに気づかれはしない。

わしは、家に入り、おやじの古いオーバーオールから鍵《かぎ》をとりだし、すぐに、屋根裏部屋に入った。急いで洋服だんすのドアを開けるとき、手がふるえた。すごくわくわくして、鼻をクンクンさせた。だが、なんの匂《にお》いもしなかった。畑の匂いがわしに染みこんでおって、そのほうが、おふくろの匂いよりも強いんだ。うん、そうにちがいない。そう思って、ハンガーからワンピースを一枚つかみ、それに鼻をつけて、深く息を吸いこんだ。だが、何も匂わない。

陽の光のせいかな？　おふくろは、暗闇《くらやみ》に守られなければ、出てこられないのかな？　それとも、恐れていた日がやってきたのかな？　わしが、なんどもたんすを開けたせいで、おふくろの匂いが、すっかり消えてしまう日が……？　わしは、つぎつぎに服をつかんだ。たんすの奥のほうまで。洋服だんすの鏡に映った自分の姿が見えた。黄色の夏用のワンピースを手に持ち、目には幻滅《げんめつ》を浮かべておった。わしは、おふくろをなくしてしまった。とりもどす方法はないのだろうか？　わしは、そのワンピースを頭からかぶった。

十分経っても、わしがもどってこないので、おやじは、急いで家へ向かった。その日の朝、わしは、公証人さんの池で泳ぎたい、と口にしていた。それで、わしが仕事をさぼって逃げ出したと思ったんだ。庭に立つと、屋根裏部屋の窓に、何か動いているものが見えた。屋根裏部屋にだれかいる。あのワンピースには見覚えがある。

『リザ！』

おやじは庭を走り、大急ぎで階段を上り、屋根裏部屋のドアをバンと開けた。

『リザ、おれだ！』

鏡に、おやじの赤い顔が映って、わしは、ぎょっとしてふりむいた。おやじのあの時の目は、けっして忘れられん。ほとんど忘れかけていたおやじの笑顔、わしが夏じゅういっしょに働いた無愛想な男よりも、十歳は若い男の笑顔だった。だが、その目の輝きは、ゆっくりと消えた。

『なんのまねだ？』

おふくろのワンピースを着て屋根裏部屋で何をしていたかなんぞ、説明できただろうか？　説明するチャンスはなかった。おやじは、最初に手にしたもの——ポケットにあったロケットだった——をつかんで、わしの頭に投げつけた。わしはしゃがみ、鏡がわれた。

よく言われるだろ。鏡をわったら、七年の災難だと。だが、それは、あとになってのことじゃ。あとがあれば、だが。そのあと、わしは、おやじの腕の下をすりぬけた。ワンピースがじゃまになったので、ひざまでたくしあげると、ようやく速く進めるようになった。ふりかえらなくとも、おやじが追いかけてくるのはわかった。おやじが、かんかんに怒って、ののしる声が聞こえてきた。わしは、村へ行こう、とばかり考えた。村へ行けば人がいる。そうすれば、おやじがわしを絞め殺さないように気遣ってくれる人がおるだろうと思った。」

おじいちゃんはことばを切った。

「村は、女もののワンピースを着た少年を、けっして忘れなかった。おやじは、少年をけっして許さなかった。おやじは、一瞬、あえて希望を持とうとしたんだよ。だが、おふくろは、二度もおやじのもとから去っていった。裏切ったんじゃ。おやじは、一人では耐えられんかった。痛みを人にわけ与えなくてはならんかったのさ。わしは、自分のほうが利口だ、と思った。わしは、おまえの母さんがそんな痛みを知らずにすむようにしてやれる、と思っておった。だが、わしの考えは、まちがっておった。」

雨が降り、世界が悲しんでいるようだ。黒い野良犬が、くんくんと、雨に輝く十字架の匂《にお》いをかぐ。オルフェーが歩いてくる。大きな黒い傘をさし、まるで傘が歩いてくるようだ。犬は、トウモロコシの茎の間に逃げる。オルフェーは、十字架のそばで立ちどまる。ぬれて読めなくなったお悔《く》やみのカードを指でなでる。雨で台なしになったお悔やみの文句、ぺちゃんこに踏みつぶされたビールの缶。オルフェーは、十字架の根もとにあった造花のバラをつかんで、ビューンと空中にほうり投げる。まもなく、それは道路に落ちる。オルフェーの手首の真新しい傷跡が、赤いブレスレットのようだ。それは、この偽りの日の、唯一《ゆいいつ》の色彩。

車が一台やってきて、スピードを落とす。運転手は、傘をさした彼女に色目を使うが、相手にされず、走り去る。轢《ひ》かれてつぶれた造花のバラが、水たまりをわびしく漂《ただよ》う。

しばらくして、激しい雨の中を自転車に乗った人が現れる。

「来てくれたのね。」その人が、十字架のところでとまると、オルフェーが言った。

「ご覧のとおり。」

「この天気だから……と思ってたんだけど。」

「おれ、約束したから。」

「傘に入って、ブラム。」

「おれがぬれるのを心配してくれてるの、ひょっとして?」

水滴が細い流れのようになってブラムののどをつたい、服の下に入る。ブラムは、ちょっと身ぶるいして、傘の下に入った。

「わたし、電話でとりけすべきだったわね。」とオルフェー。「一週間待てないほど、緊急じゃなかったし。それか、どこかほかの場所で約束することもできたのにね。」

「おれ、いま、ここに来てる。」ブラムが言う。

「そう、あなたは、いまここにいる。わたしが頼んだから。だれも、わたしを拒否できないのよね。」

「そうなの?」ブラムが笑った。

「そうだって、わかってるでしょ。」と言って、オルフェーは、傷跡を見せる。

「親は、わたしがまたやるんじゃないかと恐れてるから、いちいち両親に外出の許可を求めなくていい。女子の友だちから、意地悪なことばを言われることもない。わたしのしたことを忘れて、わたしに異議を唱える子がいたら、その子は、ほかの子たちから馬鹿《ばか》にされ、仲間はずれにされる。それで、あなたは、なぜここにいるの? たとえ、雨でびしょぬれになっても、わたしをがっかりさせたくないからでしょう。わたしは、急に、全能になったのよ。」

「きみにはいいことじゃないか。」とブラム。

「そう思うでしょうね。みんなにいたわられる、傷つきやすいお姫さま、って。でも、それって、うれしくない。みんなが、ますます距離をとることに気づくの。親も、わたしを怖がってる。親には、とつぜん、わたしがよそ者になってしまったみたいなの。まるで、わたしが、べつのことばを話しているかのように感じてる。よその国からやってきて、自分たちにはわけのわからないものを見てきたらしい……って。」

ブラムは、なんと答えればいいのかわからない。だが、沈黙は重要だ。

「痛い？」ようやく、ブラムが口を開いた。

「うん。」オルフェーは傷跡をなでる。「痛いだろうなんて、考えもしなかった。近くで働いていた建設作業員に、わたしの悲鳴が聞こえたんだと思う。確かなことはわからない。見つけられたときは、もう、ぼうっとしてたから。」オルフェーは肩をすくめる。「その前だって、頭がはっきりしていたわけじゃないけど。」

「それで……またやるつもり？」ブラムがきく。

オルフェーが、ブラムの顔を見つめてから、どっと笑う。

「そんなこと、かんたんにきくの？　それって、タブーの質問でしょ。みんな、ききたがってるけど、答えを恐れて、たずねる勇気がない。」

「その答えは？」

「わたしが薬を飲まなくてよくなってから、もう一度きいてちょうだい。」

雨が、ますます激しく傘を打つ。

「おれ、十字架の上に屋根を作るべきだったな。」ブラムが言う。

「この十字架、あなたが立てたの？」

「うん、事故の直後に。何かしたくて。最初の週は、おれ、ここにしょっちゅう来た。ときには一人で、ときには、友だちといっしょに来て、しゃべったり、麻薬を吸ったり。だけど、結局、しょっちゅう来るには遠すぎた。」

「ここに、来てくれる人がまだいるって、思ってなかった。」とオルフェー。

この色彩のない畑の中で、生きているのは二人だけ。雨の中で、傘にかくれた黒い二人の姿。「悲しみ」というタイトルで、オルフェーの写真の一枚になりそうだ。あるいは、「秘密の出会い」というタイトルでもいいかな。二人とも不安そうだから。まるで、ここにいるのを恥じているかのようだ。

「彼って、ときには、わたしのことを話した？」

「ときには？　しょっちゅう、だよ。」

「どんなことを？」

ブラムは、首をかいた。

「ほんとうのことを言ってくれていいの。わたし、だいじょうぶだから。」オルフェーが言う。

「ぜんぶは、あんまり覚えていないな。」

オルフェーが、ブラムの顔を見る。

「それって、セックスのことなの、ブラム？」

ブラムの顔が首筋まで赤くなる。

「典型的なのね。」とオルフェー。

「ぜんぶは話してくれなかった。あいつは……。」ブラムが言いかける。

「わたし、知る必要ない。もう、けっこうよ。彼が、そんな個人的なことをだれにでも話してたなんて。」とオルフェー。

「だれにでも、じゃないよ。おれは、あいつの親友だった。」ブラムが言うと、オルフェーが肩をすくめる。

「あの手紙や、あの物語、そしてあの夢は、ただの冗談《じょうだん》だったの？　自分たちは何かとくべつなものがあるって、わたしは思いちがいしてたの？　だったら、わたし自身のあやまちよ。わたしがそう思いたかったの。わたしは、自分から進んでだまされたの。」

「たぶん、きみはそういうふうに言ってもらいたいんだ。」とブラム。「だけど、おれは、うそはつけない。あいつは、きみに夢中になっていた。きみのことについて話し出すととまらなかった。きみが、どんなにすばらしいか、どんなに頭がよくて、かっこよくて、感じやすくて、どんなにあいつのことを理解してくれるか、二人がどんなにぴったりか……ときには、こちらがうんざりするくらい話した。疑えることはたくさんあるかもしれないけれど、あいつが、きみを好きだった事実は疑えない。」

オルフェーが泣きだす。

「わかってる。」オルフェーがすすり泣く。

ブラムが、オルフェーの肩に腕をまわす。

「おれも、あいつがいなくなってさびしい。」とブラム。

「いなくなってさびしい、ですって！」オルフェーが、ブラムの腕をはらいのける。「わたしは、彼がいなくってさびしい思いをしてみたいのよ、ブラム。そうなのよ、わたしは、彼を恋しく思いたいの。だけど、彼は、その機会をくれないの。彼は、わたしを離さない。」

「どういうことだ？」ブラムがたずねる。

「あなたには、彼が見えないの？」

オルフェーは、ぼくのほうを見る。ぼくは、一キロメートルごとに立つ杭《くい》の上に静かにすわっている。こっちを向いたオルフェーに、ぼくは手をふる。

ブラムが、ぼくのほうを見る。

「あなたには、彼が見えないの？」

ブラムは首を横にふる。

「きっと、あなたは、わたしの頭がおかしくなってる、って思うでしょうね。」

「いや。」ブラムがためらいながら言う。

「そう言ってくれるのは、あなただけね。」とオルフェー。

ブラムは、もう一度、杭のほうを見る。まるで、そこに、ぼくの影——この暗い午後よりも暗いしみか何か——を見つけようと思っているみたいだ。けれども、ブラムには何も見えない。

「そのことから話さなくっちゃね。」オルフェーが言う。「わたしのママは、すっごく恐れてるの。わたしが、いつでも、どこでも……自分の部屋やパン屋の店や、教室ででも、死んだ彼氏の姿が見えるって、だれかにしゃべるんじゃないかって。そして、そのことをママに話すと、もっと心配する。いまじゃ、そんなことは聞かなかったというふりをしてる。ママには、それが、気分的にいちばん楽だから。そんなことは、自然になくなると思ってる。そうじゃなきゃ、わたしは、もっと、薬物治療《やくぶつちりょう》を受けなくちゃならないかも。おかしいのは、ママ自身が、もう落ちつきをなくしてるってこと。わたしが、ドアや椅子《いす》を長いこと見つめていると、ママは、ぱっと立ちあがって、部屋から出ていくのよ。」

「ほんとに、彼が見えるの？」ブラムがきく。

「あなたを見てるのと同じように。」

「触《さわ》れるの？」

「触る勇気がない。触れたら、どうなる？　触れなかったら、どうなるかしら？」

「ほかの人でだれか、あいつの姿が見える人がいる？」

「いない。いないと思う。」

「きみにしか見えないというのは、どうしてだと思う？」

オルフェーが、またブラムの顔を見る。

「あなたって、わたしのお医者よりもましね。より用心深いもの。でも、私の頭がおかしいって、お医者ほど確信していないわけじゃない。」

「ごめん。」とブラム。

「わたしには、彼がここにいる理由がわかってる。最後に会ったとき、わたしたち、けんかをした。結局、わたしは、二人はいつもいっしょにいようって、約束しなくちゃならなかった。ぜったいに別れないって、誓《ちか》わなければならなかった。」

「いつもそばにいるって、きみが誓《ちか》ったから、あいつがここにいるって思ってるの？　だけど、あいつは、死んだんだよ、オルフェー、あいつは死んだ。」

「それは、彼には問題じゃないみたい。」

ぼくは、にやりと笑う。

「わたしは、彼についていきたかった。だけど、そのことをじゅうぶんには願っていなかったみたい。その願いがじゅうぶんだったら、わたしは、もうここにいないでしょうから。わたしは、長くためらいすぎた。彼は、そのことを知ってる。わたしが裏切ったことを知っているのよ。」

「きみは、自分が生きているんで、罪悪感を抱いているんだよ。それだけだ。わかるよ。ぼくも、同じように感じることがあるから。」

「ええ、でも、あなたは、三晩も眠れなかったあと、ヒステリー女のように畑を走りまわって、なまくらなカミソリで手首を切るなんてまねはしないでしょう。」

「うん、だけど、ぼくは、あいつとすごいセックスをしたことがないからな。」

「彼が、そんなことを言ったの？　すごいって？」

ブラムが顔を赤らめる。

二人は、突っ立ったままだ。ブラムが、腕をオルフェーの身体《からだ》にまわす。オルフェーは、そのままにさせる。

「ぐちを聞いてもらうために、こんな雨の中をここに来させてしまって、ごめんね。」

「平気だよ。」

「ただ、彼を知っている人と話したかったの。彼がどんな人だかを知ってる人と。」

「彼がどんな人だったか。」

「だけど、いま、あなたがここにいると、言いたかったことがわからなくなってしまった。ごめん。」

雨でカードがぐしゃぐしゃになる。二人の足もとに、大きな水たまりができる。

「どこかで、雨宿りしたほうがよさそうだ。」ブラムが言う。

「そうね。」とオルフェー。だが、二人は立ったままだ。

「おれ、二人の関係に嫉妬《しっと》してたんだぜ。だけど、あの事故のことを考えると……。あいつに会わないほうがよかった？」

「いいえ、会ってよかった。そうね、会わないほうがよかった。いいえ、会ったほうが……。わからない。どうやれば時計を巻きもどせる？　わたしは、苦痛から逃げだしたい。でも、この苦痛を感じていたい。わたしが彼からもらった最後のものだから。わかる？　自分でもよくわからない。彼が生きている夢を見ることがある。そして、目をさますと……。まるで、ふたたび、彼を失うような気分になる。でも、夢を見ている間は、しあわせなの。夢をあきらめれば、目をさましたときに、苦痛が消えているのだとしたら、わたしは夢をあきらめたいと思うかしら？　わからない。そうは思わない。」

オルフェーは、ため息をつく。

「あなたはどうするの？　彼を忘れる？」

「わからない。だけど、人生はつづくだろ?」

「あなたにとっては、たぶん。」

「あいつがいなくてさびしい。けど、それをめぐって、あれこれとドラマを作り出す必要はないんだ。友だちといっしょにここに来たとき、死の無意味さ、人生の無意味さについていろんなことをしゃべった。深い会話だった。いっしょに悲しんで、よかったよ。その瞬間、自分が、見かけほどは悲しんでいない、悲しみにうそが入りこんでいる、と見やぶったんだ。」

ブラムが、まっすぐにオルフェーを見る。

「おれは、いちばんの親友が亡くなったのだから、自分は、とくべつだって感じるのを許されるかのような気がしていた。それで、どんなに苦しんでいるか示さなくては、と思っていた。けれども、あの瞬間から、もう、ここには来なくなった。もう悲しみがなくなった、と言いたいんじゃない。それをひけらかす必要はないということだけ。」

「ということは、わたしはひけらかしてる?」

「おれ、きみのことを話してた?」

「わからない。わたしの話をしてる?」

「そうだったら、きみは、本気だってことを、ほかの人たちを納得させるために、じゅうぶんやったよ。自殺未遂はじゅうぶんじゃないかな?」

オルフェーは、しばらく何も言わない。

「わたし、怒るべきなんでしょうね。でも、あなたは善意で言ってくれてるんじゃないかな、って思う。それはともかく、自殺未遂には、ちょっと都合のいいこともあった。傷跡が目立たなくなるまで、パン屋の店に立たなくてもよくなったし。ふしぎなことに、人は、日曜日の朝、バターケーキを買うときに、苦痛や死のことを思い出したくないんですって。」

車が一台、二人の前を通りすぎた。二人とも、思わず、しぶきをあげる水たまりから一歩さがった。ブラムがひざを十字架にぶっつける。十字架が、静かに泥の中に沈む。

メリンダは、服の入った洗濯かごを床におろして、言った。「これでおしまいよ。」

「ありがとう。」窓のそばに立ったママが言う。

「荷物をほどくのを手伝う？」

「そのままにしておいて。もうじゅうぶん手伝ってくれたもの。」

「気にしないで。」と言って、メリンダは、袋や段ボール箱でいっぱいの部屋を見まわす。

「このアパートが家具付きでよかったわね。背中にマットレスをかついで、あの階段をぜんぶ上がってくるなんて、想像つかないもの。」

ママが、ちょっと笑う。

「だいじょうぶなの、エヴァ？　引っ越しって、たいへんだものね。」メリンダは、ママのそばに来て、いっしょに窓から外をながめる。

「だけど、ここは住むのによさそう。町の真ん中ですてきだし、駅からも遠くない。」

「そうね。」とママ。

「ほら、見て、通りにいるあのたくさんの人。郊外に住んでいると、あれがなつかしくなる。わたし、町の中心地に住みたいって、ずっと思ってたの。実現してないけれどね。わびしいキッチンでありきたりのコーンフレークの朝食じゃなくって、毎朝、カフェのテラス席で、焼きたてのクロワッサンを目の前に置いて、出たばかりの新聞を広げて、通りすぎる男どもを品定めする。そんな光景を思い描いてたの。」

「おもしろそう。」ママが言う。

「そうでしょう。でも、結局、それをするのはだれ？　その時間があるのはだれ？」

メリンダは時計を見る。

「もうわたしに用がないのなら、わたしは帰るけど。」とメリンダ。

「いいわよ。」とママ。二人はキスを交わす。メリンダは、床の上の箱や道具の間を通りぬけていき、玄関で、ちょっとふりかえる。

「何かあったら、遠慮なく電話してね。それに、もし、今日、食事を用意する気がなかったら、うちに来てね。それか、二人で食べに出てもいいし。そうしない？　そして、あなたの新しい自立、あなたの新しい人生の門出の日を祝うの。」

「考えてみる。」とママ。

「わかった。」メリンダが、階段の上から大きな声で言う。

まもなく、メリンダは建物を出て、通りを渡る。上を見て、ママが窓辺に立っているのを見ると、かどを曲がる前に、手をふる。

ママは、さらにしばらく商店街にいる人たちを見ているが、床から洗濯かごをとりあげると、寝室へ入る。セーターを洋服だんすの引き出しに入れる前に、人差し指で、ほこりがないか確かめる。それからまた、居間にもどり、いちばん手近にある袋の中を見る。洗面道具だ。ヘアスプレー、電動歯ブラシ、シャワー用ジェル、デンタルフロス、コットン一袋。浴室に行く。寝室の隣の、窓のないせまい空間だ。ライトのスイッチをつけると、洗面台の上の冷たい青い蛍光灯がちかちかと光りはじめる。その青い明かりの中で、自分の顔を見る。手のひらをこめかみに置いて、皮膚をうしろに引っぱる。ママの目が細くなる。皮膚から手をはなす。電動歯ブラシのプラグをさしこもうとするが、蛍光灯がカタカタ、ピシッと音を立てて、暗くなった。ママは、袋を床におろして、居間にもどる。居間のテーブルの上には、積みあげた衣類の山がある。セーター、Tシャツ、靴下、靴、下着。それらは、それぞれ別々に、透明のビニール袋に密封されている。ママは、その衣類の山を客用寝室へ運ぶ。中庭に面したせまくて暗い部屋だ。中庭は、四棟の建物の背面にとり囲まれている。

ママは、客用寝室の洋服だんすを開け、ぼくの衣類を一枚ずつ入れる。この先も変質しないようにビニール袋で保護されたTシャツが、それぞれ、ママの手で置かれる。しみがあったり、ポケットが裂けたり、すそがほつれたりしたジーンズが、用心深く、積み重ねられる。ひきだしには、靴下や下着がつめこまれる。ママは、洋服だんすがいっぱいになるまで、居間と客用寝室を三回行ったり来たりする。机の上には、ノートや教科書をならべる。ベッドの上には、ぼくの羽毛のかけ布団を広げる。壁にポスターを貼《は》る。押しピンが、前に貼ってあったときと同じ穴を通るように、気をつけながら。壁にとりつけられた棚に、ぼくの本を置く。家から持ってきた写真のとおりに、本をならべる。ぼくが残したとおりに。その部屋を、すっかり整理してから、ママは、ようやく、せまい台所に行き、お茶を入れて、立ったまま飲む。

居間にもどり、箱を手にとるが、それをもどして、また、客用寝室に行く。洋服だんすを開けて、

Tシャツを一枚とりだす。まるで、だれかに見られているかのように、こそこそと、数センチだけビニール袋を開ける。その入り口に鼻を押しつけて、深く息を吸う。三回、四回、すると、ママの目からビニール袋の上に涙がしたたり落ち、ママは、袋を閉じる。

そうやって、ママは、Tシャツを手に持って、冷たい床の上にずっと立っている。暗くなる。ときどき、路面電車が通って、部屋がゆれる。買い物客の喧噪《けんそう》が消え、アパートの中は、とうとう静かになる。

夏の終わりの日々だ。自然は、夏の間ずっと夢中になっていた浪費にくたびれている。三月以来、泥んこの中や、石ころと枯れた草の間から這《は》いでてきて以来、ノンストップで働きづめだったんだもの。根っこは、雪解けの大地から水分を吸い、幹や茎は、空に達し、枝は、狂信者の腕のように太陽に向かってのびる。生命が炸裂《さくれつ》する。鳥は、すばやく空を飛び、小川は、苔《こけ》やふるえるトンボでいっぱいになり、野ウサギは、うしろ足でトントンとせわしく地面をたたく。キツネはキュンと鳴き、アリは、どんちゃん騒ぎに夢中になる。世界は、生命がはじける音できしむ。生命は、ベリーやブドウの皮のようにぴんと張り、汗で輝く。だが、いま、戦いは、戦いつくされた。キツネはするりと逃げ去り、キツネの口にくわえられて、ぶらぶらゆれる野ウサギは、もはや、苦痛を楽しむ殉教者の眼差《まなざ》しを持たず、またもおろかな餌食《えじき》となった。鳥が聞かせてくれるのは、もはや約束ではなく、欠乏だ。石や、木に、温かさはない。秋になる。

ぼくのオルフェーは、森の開けた場所にすわっている。彼女は、家にいるのに耐えられなかったんだ。本を一冊持っている。ここにいる口実だ。それは忘れられて、彼女のそばに置かれ、本の頁をちょっとめくるのは、風だけ。ぼくは、その本を知っている。ぼくたちの、終わりのころのデートに、オルフェーは、この本を持ってきていた。今日のような、夏の終わりの、ある日だった。そのとき、オルフェーは、ぼくに写真を見せてくれた。「もっとあとで、わたしもこんなのを撮りたいの。」とオルフェーが言った。ぼくは、写真自体にも、彼女の言ったことにも驚いた。ぼくは、もっとちがうもの、いかにも写真らしい写真を期待していた。はっきりしたテーマのある写真、対象がはっきりし、背景が感じられる写真を。でも、それは、ぼくでも撮れるような写真だった。ときには、ぼけていたし、写真から半分消えた人や、ポーズをとった人や、とっていない人もいた。その人たち自体は、興味をひいた。大都市の若者だ。たぶん、ニューヨークの。どこか、アメリカっぽい感じがした。ドラッグクイーン、半裸《はんら》の男たち、やせすぎの女たち、タトゥーだらけの腕や、注射針のあとだらけの腕。パーティでのハンサムな人、それほどハンサムでない人。路地で吐いている人、しわくちゃのシーツをかけようともしないベッドの中のカップル、床の上のワイングラス。ドーベルマン犬。非常階段の上の、ティアラをつけた少女。

「これのどこがいいの?」そのとき、ぼくはたずねた。それは、批判的に響いた。

オルフェーは、答えられなかった。

オルフェー、いまなら、そのよさがわかる?

オルフェーは首を横にふる。

「そんなことはもういいの。あれは夢だった。」

なぜ、あのときはできると思っていたのに、いまはもう、そうじゃないのか?

「あのときだって、無理だった。だけど、わたしは、素朴だった。かんたんに、世界に入って、歩きまわれると思っていた。」

オルフェーは、手首の傷跡をなでる。

「覚えてる？　あのとき、光がとてもふしぎな感じがして、木々の間から、何か魔法みたいなものが出てきそうだ、って思ったことを？」

もちろん、ぼくは覚えてる。あれは、ぼくたちがいっしょにいた、終わりのころのことだもの。

「あれは冗談《じょうだん》だった。わたしは、ほんとうには信じていなかった。わたし、時代遅れじゃないもの。それでも、あのとき、魔女か、こびとが現れても、びっくりしなかったと思う。」

わかるよ。

「ふしぎなことがいろいろ起こりうるんだって、まだ信じられた。」

オルフェーは、本を指さした。ちょうどそのとき、本がパタンと閉じた。

「これに出てくる人たちも、それを信じてる。たぶん、それで、惹《ひ》きつけられたのね。」

それで、いまは？　ふしぎなことは、もうおしまい？

「いま、木々の間から何かがやってくるとしたら、それは、ナイフを持って、残忍な笑みを浮かべた男。」

うそだろ。そんなことを言うのは、ぼくの知ってるオルフェーじゃない。

オルフェーは傷跡を見せる。

「あなたの知ってるオルフェーは死んだの。」

ぼくたちはすわったままだ。ふしぎだ。ぼくたちがいっしょにいたあのころ、オルフェーは、「帰らなくっちゃ。」と言ってばかりいた。両親が心配しだすのを恐れて、ぼくが、「もうちょっといて。」

と頼んでも、帰りが遅くなるのを恐れていた。ところがいま、オルフェーは、彼女をここにひき留《と》めておくものは何もないのに、長い間、ぐずぐずしている。とうとう、うす暗くなる。

オルフェーは、これを待っていたんだ。光が変わり、まるで、触《ふ》れられそうになるのを。なめられそうになるのを。空は、すぐには空色から暗い青に変化するのではなく、まず、バラ色の光を得る。それから、さらに暗くなるとき、ふしぎなことが、その光に起こる。消えるのではなく、森の中の、わずかなくっきりとした要素にくっつくのだ。ヒナギクの白い頭や、茂みに咲いた花がその光を吸いあげ、濃さを増す暗闇《くらやみ》の中で輝きはじめる。そして、きみが知る世界はひっくり返り、木々の下の黒い影がドアになり、遠い過去からの、あるいは夢の世界からの生きものたちが入ってこられるようになるのだ。

めったにないオルフェー、ロマンチックで繊細なオルフェーが現れるのは、そんな瞬間だ。日暮れと同じようにつかまえがたいオルフェーが。けれども、オルフェーは、ここにいたし、いまもなお、ここにいる。この瞬間だからこそ、オルフェーはここにいるんだろう。

ぼく自身は、この瞬間が好きじゃなかった。それは、その日の終わり、オルフェーに会うまで、少なくとも、一週間は待たなくてはならないということを意味したから。しかも、それは、たびたび引きのばされることになった。だって、タルト作戦実行のためのお金は、そんなすぐには貯《た》まらなかったから。日暮れは、終わりを意味した。このごろ、夏の終わりにはそうだった。太陽が沈むころには、寒くなってきたから、いつまで森でデートできるだろう？　と思った。雨や雪の中で、いつまでつづけられるだろう？　何かほかの方法を考えつかなくちゃならなかったし、ぼくは、ほかの方法はどれもいやだった。ふつうのデートはしたくなかったし、彼女の両親のところに行って、「特定の男友だち」になるのはいやだった。そうすれば、ぼくたちの間の何かが変わると、本能的に知っていた。ぼくたちには、何かとくべつなものがあった。それを手放したくはなかった。けれども、日暮れは、ぼくの目の前に現実をつきつけた。夏は永遠にはつづかない、と。

「ほら。」とオルフェーが言った。

あっという間に、光が変わり、濃厚になった。雑草や花がそれに気づき、最後の香りを、急いで空に放った。木々は、輪郭《りんかく》を失った。何かがわれるような音がして、ぼくたちは、敷物《しきもの》の上で、ぎょっとして飛びあがった。その敷物を、ぼくはあの奇跡の水曜日に、いつも持ってきていた。そう、ぼくたちは二人とも、その音を聞いた。ぼくたちのまわりを囲む暗闇《くらやみ》の輪の中で、何かが動いた。たぶん、ウサギだったのかな？

「レペルヘム村の殺人者だよ。」ぼくは言った。「ぼくたちには、まだ、あと十五分生きる時間が残されてる。どうやって、それを有効に満たすか？」ぼくは、オルフェーを敷物の上にひきもどした。

「ひょっとして、のぞき魔じゃない？」と小声でオルフェー。

「だったら、その人をがっかりさせられないよ。」

オルフェーは、ぼくの手を押しのけた。ぼくたちは、耳をすました。薄闇《うすやみ》の中で、何かが動いていた。

「なんだと思う？」

ぼくはわからなかった。怖くはなかった。怖がる瞬間じゃなかった。開けた場所は、赤く輝き、ぼくたちは魔法円の中に横になっていた。ぼくたちを傷つけられるものは何もなかった。

「ぼくたちをずっとそばに置きたいと思っている、森の精だよ。」ぼくは言った。

「やめて。」とオルフェー。彼女が、ぼくのたわごとのことを言ったのか、彼女をつかんでいる、ぼくの手のことを言ったのか、わからなかった。

「見にいってほしい?」

「いっしょに行こう。」とオルフェー。

ぼくたちは、ふたたび立ちあがり、木々の間の背の高い草の中に、赤い影が消えていくのを見た。

「キツネだ。」

「たぶん、丘で見たのと同じキツネよ。」

「ぼくたちの守護精霊《しゅごせいれい》だ。ぼくたちの見はりをしてくれてる。」

「そうかも。」

「わなから救いだしてやれば、お礼に願いを三つかなえてくれる。」

「きっと、そうね。」

けれども、オルフェーは、また腰をおろした。

ぼくは、オルフェーを見た。ちょうど花と同じように、オルフェーは、最後の光を吸い込んでいるように見えた。彼女は輝いていた。森の上を飛んでいく迷子のワタリガラスが、横になったぼくたち、開けた場所で輝く二人の身体《からだ》を、見ただろう。とても魅惑的だった。ぼくは、指で、彼女のくちびるに触《ふ》れた。

「何を願う？」オルフェーがきいた。

「えっ？」

「願いを一つかなえてもらえるとしたら、何を願う？」

「なんでも？」

「ええ、なんでも。」

「むずかしいな。」と、ぼく。

「ううん、かんたんよ。最初に浮かんだことを言ってみて。」オルフェーが言った。

「そうは、いかないよ。」ぼくは言った。「そんな願いは危険だ。ギリシャ神話に出てくるミダースの話を知ってるだろ。ミダースみたいに、自分が触《さわ》るものがぜんぶ黄金に変わるように、と願ったりしたら、二週間後には、飢《う》えで死んでしまうよ。黄金のパンも、黄金のステーキも、消化できないからね。」

「あの話、わたしは、わからなかった。そんなにたくさん黄金を持っていたら、だれかに食べさせてもらうこともできるでしょう？　大地を触ったら、大地がみんな金になるの？　それに、空気を触ると、その分子は……。」

「しーっ。」ぼくは、指でオルフェーのくちびるを押さえた。「そんなことは、いいよ。きみは、黄金は願わないんだね。」

「ああ、そうね。わたしは何を願うかな？」

「永遠の命もだめだ。それも危険だ。たいてい、永遠の青春は忘れて、よぼよぼの年寄りになって、死ぬことができない。神さまたちのユーモアのセンスって、残酷《ざんこく》なんだ。」

「それじゃ、永遠の青春時代は？」

「それも、よくない。知ってる人はみんな死んでしまって、一人だけ生きつづける。人生は、長く引きのばされたお別れになってしまう。」

「世界平和は？」

「願いごとを十個かなえてもらえるなら、たぶん、入るかも。」

「言ってみて。わたしの願いごとはなんだと思う？」

「それは、シンプルだよ。よい写真家になること。」

「なる？　まだぜんぜんそうじゃない、っていう意味で言ってる？」

オルフェーは、ひどくふざけてという感じじゃなく、ぼくの頭をコツンとたたいた。

「信じられないほどいい、あっけにとられるほどいい、という意味での、『よい』だ。」

「わかった。あたったわね。そんなにむずかしくなかったでしょう。もっとも、あなたも同じでしょ。よい作家になりたい。」

「『よい』を目指すかどうか、わからない。『成功した』のほうがよくないかな？　よくても、評価されないと、人は、つらい。」

「まずは、何か、堂々と紙に書いてみたら？　そしたら、どんな種類の作家になるかわかるでしょう。」

ぼくは、オルフェーのお尻《しり》をぎゅっとつねった。

「痛っ、ひどい！　痛かったじゃない。わたしの願いは、あなたを変身させることにしようかな。たとえば、毛長ビロードの青いサルとかに。」

「きみは、ぜったい、そんなことはしないよ。パン屋の娘は、計算高いから。」

「ということは、わたしたちは、部分的に手にしていることを願うだけね。わたしたちって、冷静なロマンティストなの？」

「ぼくはちがう。」

「ちがう？　じゃあ、あなたは何を願いたいの？」

ぼくは、ほんとうに願っていることを言う勇気がなかった。停止ボタンを押して、この日が永遠につづくようにしたかった。森でのデートをやめたくなかった。これ以上寒くならず、ぼくたちのタルト作戦が見やぶられず、ずっと、いまのまま、このましっかりと、ほとんど凍りついたようになってほしかった。それがこの村で起こったのは、初めてじゃないだろう。

だけど、それが、無理で不可能な願いであることはわかっていた。ぼくは、時間をとめられない。世界は、どんどん進み、ますます速くまわる。気をつけないと、べつべつに道からすべり落ち、おたがいの手からすべって、べつの方向に飛び去り、とり返しがつかないことになってしまう。ぼくたちをしっかりと結びつけるために、何かしなくてはならない。

ぼくは、ポケットからロケットをとりだした。

「はい、どうぞ。毛長ビロードの青いサルからのプレゼントだよ。」

オルフェーは、ぼくの手からそれをとって開けた。ロケットの中には、左半分にオルフェーが、そして、その右には、ぼくが、馬鹿《ばか》みたいににんまりと笑って、二人とも輝いていた。いっしょに撮った写真の一枚を切って、二人の顔をロケットに入れたんだ。国じゅうが汗をかいていたあの暑い日々の、ある日、オルフェーが、セルフタイマーで撮った写真の一枚だ。

「どうやって手に入れたの？」オルフェーがきいた。彼女のことは、もうじゅうぶん知っていたから、喜んで森を踊りまわるようなことはしないと、わかっていた。だけど、ありがとう、って言ってくれたら、よかったのに。

「おじいちゃんから。」ぼくは答えた。

「お話に出てきたロケット？　おじいちゃんがくれたの？」

ぼくはうなずいた。もらった。だいたい、そんなとこだ。古いたんすで見つけた。無造作に入っていた。持っていっても、かまわないだろ。ぼくは、唯一《ゆいいつ》の孫だし。これは、家族に引き継がれるものだから。もう必要とされず、おそらく、とっくに忘れられているものなら、盗みじゃない。そうだろう？

「これは、おじいちゃんのお母さんの、あの大切なロケットでしょう。あなたがわたしにくれたら、おじいちゃんが、とんでもないって思うんじゃない？」

ぼくは、オルフェーの目に疑念を見た。けれども、それと同時に、ほしいと思っている気持ちも見た。

「ほら、見て。」

ぼくは、オルフェーの手からロケットをとった。ぼくたちの写真の下に、ぼくのおじいちゃんとおばあちゃんの写真がある。その下は、ひいおじいちゃんとひいおばあちゃんの写真だ。家族の代々の写真としては、ぼくの両親の写真が欠けていた。

「気に入らないなら……。」

オルフェーは、さっと、ロケットをとり返した。

「すぐに、わたしのものというわけじゃないけれど、」と言って、オルフェーは、銀のロケットをしっかりとにぎった。「でも、これのために、安全な場所があるわ。」

ぼくはだまって、成りゆきを見守った。オルフェーが、ロケットの鎖を首にかけた。ちょうど、首輪に頭をつっこむ、荷物を運ぶ動物か、ガレー船をこぐ奴隷《どれい》のように、頭を下げて。その鎖は、ぼくたちをいつまでも結ぶ、銀のひもだ。ぼくたちは、けっして別れない。聞こえる、オルフェー？　けっして、だよ。

オルフェーは、ロケットがちょうど胸の谷間にくるようにした。

「どう思う？」

「きれいだよ。」

ママは、床にすわっている。ひざの上には、アルバムが開かれている。部屋じゅうに写真がちらばっている。お金の中でのたうつしみったれのように、ママは、そのたくさんの写真の中にすわっている。海水パンツ姿や、ボーイスカウトの制服姿の写真や、肩にスキーを抱えた写真などたくさん。たいていの写真には、ぼくが一人で写ってる。ぼくの肩のまわりの腕は、無視され、笑っているほかの顔は、写真のすみへ、影へと追いやられる。

「とっても明るい子だったのね。」ぼくの写真を手に持ったママが言う。写真には、頭に王冠をかぶり、頰《ほお》をふくらませて、五本のキャンドルを吹きけすぼくが写っている。頭の上の王冠が斜めになって落ちかけている。

「このお誕生日のこと、覚えてる?」

ぼくは、ママが覚えてることは、ぜんぶ覚えてるよ。

「あんたは、『ローラースケート靴がほしい!』って、長いことねだっていて、みんながそのことを知っていた。このとき、十足も、ローラースケート靴をもらったのよね。贈りものを開けるたびに、わたしは息を凝らした。でも、テーブルの下に、ローラースケート靴が積みあがるばかりだったけれど、あんたは、有頂天《うちょうてん》で包みを開けていた。まるで、あんたがほしいのは、これだけだっていうみたいに。」

そうだったんだもの。

「ほかの子なら、がっかりして、泣きだしたでしょうよ。」

そうかな？

「あの近所の男の子、いつもチーズ臭《くさ》い匂《にお》いがしてた……あの子、なんて名前だったかしら？」

ママが忘れたことは、ぼくも忘れてる。

「あんたは、すばらしい子どもだった。お行儀《ぎょうぎ》がよくて、頭がよくて、ぜんぜん手がかからなかった。いつも機嫌がよかった。」

そう思うのは、ぼくが機嫌よくなかったときの写真がないからじゃない？　機嫌が悪かったり、手がかかったり、行儀悪かったり、すばらしくないときの写真がないせいでは？　それとも、そんな瞬間は存在してないの？　ママは、そんな瞬間を忘れちゃったの？　そんな瞬間は、ママが抱いてるぼくのイメージに合わないの？

「そして、これ。それから、これ。」ママは、自分が愚痴《ぐち》をこぼすことになるだろうって、わかってる。穴が開くほど写真を見つめても、ぼくを失ってしまうって愚痴をこぼすことになるんだ。注意して、自分の記憶を大切にとりあつかわないと、結局、ぼくは、写真に撮られたポーズの中にしかいなくなってしまう。それはしかたない。でも、ふたたびぼくをとりもどしたいま、ママには、ぼくの写真を自ら手放す意志の力はない。だって、ここ何年かは、ぼくは、ママから逃げだして、自分の部屋や学校で多くの時間を過ごしていたから。とっくに、居間の、かわいい子どものスターではなくなって、のっぽのよそ者になっていた。だから、ここ近年の写真は、目立って少ない。写真は少なくなり、けんかや緊張関係が増えた。笑顔の五歳児からは、けっして口にされないようなきついことばが部屋に漂《ただよ》い、剣のようにさっと風を切り、悲しみにくれるママの心にまっすぐ突きささりそうだった。ぼくたちがいっしょにいることは、もう二度とないだろう。たくさんの瞬間が失われ、それが、ママを内からさいなむ。まもなく、この古い写真は、ママの苦しみを停止させなくなるだろう。ママが必死でぼくをひきとめたくても、まもなく、ぼくはふたたび姿を消す。そして、こんどは永久に。

「ママのそばにいて。あんたがいないと、寒いの。」

静けさが、ドアを通って部屋に入りこんできて、ママを息苦しくさせる。ママは、写真を集めてぬぐい、ふたたびぼくをアルバムにはさむ。そんなことをしても何もならない。部屋は空っぽだ。

ママは携帯電話をつかむ。

「もしもし？」

「……。」

「エヴァ、きみかな？」

「……。」

「エヴァ、何かあったの？　だったら、言って。」

ママは、電話を切る。パパに電話をしてみたって、解決にはならない。これは、弱さの瞬間だ。けれども、パパの声をちょっとでも聞けたのは、よかった。心配していることがわかったから。

ママが、床からアルバムをつまみあげると、写真が一枚床に落ちた。古い写真だ。モノクロではなく、セピア色だ。あとから、手で色を入れてある。日曜日の晴れ着を着たカップルがカメラに向かって笑っている。目の青色が不自然だ。

それは、ママのおじいちゃんとおばあちゃんだ。ママは、二人に会ったことがない。見知らぬ人たち、けれども関係がある。ママは、その写真をなでた。ボタンがならんだワンピース、首もとまできっちりとボタンをとめて着ている。自分自身にはもちろん、他人にも厳しい女性。ママのおばあちゃんは、そのように見えた。

「おばあちゃんなら、一人で床にすわって泣いたりしないわね。」

けれども、ママが自分の父親の話を信ずるならば、そうじゃない。ママの人生を台なしにした父親、自分の息子が事故にあう原因となった父親。夫のヴィレムの話によれば、病気の父親。いずれ対決すべき時が来るのかもしれない。

「やあ、オルフェー。」

「あら、ブラム。」

「こんなところで何してるんだ？　寒くないか？」

オルフェーは、川のそばのベンチにすわっている。革ジャンのジッパーをあごの下まであげ、毛糸の帽子を耳までおろしている。手に、数枚の写真を持っている。その指が寒さで赤い。

「だいじょうぶ。あなたは、どこに行ってたの？」

ブラムは、背中にかついだギターのバッグをたたく。

「練習してきたところなんだ。」と言って、自転車を手すりに立てかける。

「じゃまかな？」

「ううん。」オルフェーは少しずれて、ベンチの席を空ける。

「ちぇっ、まだ十一月だぜ。それなのにすっごく寒い。来月はどうなるんだろう？　その場で凍りついちゃうかもな。」

「それって、ここでは、初めてじゃないでしょう。」オルフェーが言う。

「それ、なんだ？」

オルフェーは、ブラムに写真をわたす。

「わっ、すげえ。きみが撮ったの？」

オルフェーがうなずく。

「よくわからないけれど、すごくいいじゃないか。」

「そうだといいけど。」

たいていの写真は、日焼けした顔のモノクロの写真だ。顔に悲しみをたたえた年老いた男たち。頬《ほお》がこけ、しょぼしょぼの目をし、筋《すじ》だらけの首が、白いシャツからのぞいている。そして、輪郭《りんかく》のはっきりしなくなったくちびるに、よろよろとふるえる手で口紅をぬったらしい女たち。

「この人たちをどこで見つけたんだ？」

「うちの村よ。」

「かんたんに写真を撮らせてくれたんだ。」

「みんな、わたしを知ってる。だからよ。」

ブラムは、写真をじっと見ている。

「ほんとに、うまいんだな。」

「お手柄は、写真の撮り手というよりも、モデルのおかげよ。さっき、そこのかどの写真屋で、引きのばしを頼んできたの。コンテストに出したいから。だったら、わたしのさびついた引きのばし機でやるよりも、質をよくしなくちゃならないでしょ。」

「これは何？」ブラムは、最後の一枚を見た。

オルフェーは、ブラムの手から、その写真をさっと取りあげた。

「どこで撮ったか、わかるよ。レペルヘム村の森だろ?」ブラムが言う。

「どうして知ってるの?」

「おれ……おれ、あそこに行ったことがある。昔、子どものころ、おれたち、あそこで遊んだ。」

へたなうそだ。ブラムはそれがわかっている。

「オーケー、いまのはうそだ。おれ、今年、ときどきあそこに自転車で行った。」とブラム。

「なぜ?」

「わからない。ほんとにわからない。」

「トーマスとわたしは、いつもあそこに行ってた。そのことは知ってるでしょう。」

「うん、トーマスに聞いた。」

「あそこは、わたしたちの場所よ。」

「あそこは、公共の場所だよ、オルフェー。だれでも行っていい。」

「わたしが言いたいことは、わかるでしょう。」

「そんなにすぐ怒ることないだろ。きみたちがいるときに、のぞきに行ったとかじゃないんだから。事故のあとに自転車で行ったんだ。」

「でも、なぜ?」

「わからない。あそこは、事故のあった場所からそんなに遠くない。一度、あの場所を見たかったんだ。そんなに変かな?」

「ちょっと変よ。」

オルフェーは、写真を封筒にもどして、立ちあがった。

「ほんとに、寒くなっちゃった。」

ブラムも、ベンチからぱっと立ちあがった。

「写真コンテスト、がんばって。」

「ありがとう。」

ブラムは、自転車のほうへ歩く。ためらう。

「オルフェー？」

オルフェーが、ブラムのほうを見る。

「えーと……何か飲みに行かない？」

オルフェーは、ちょっとためらって、ぼくを見る。

「どうしよう。」とオルフェー。「わたし、楽しい相手じゃないもの。」

「一杯だけ。」ブラムが言い、オルフェーがうなずく。


カフェは、暑すぎるくらいだった。テーブルにつくとちゅう、カウンターのところにいた男が、ブラムにうなずく。ぼくのパパだ。ブラムは、恥ずかしそうにうなずき返す。パパは、オルフェーを見つめる。オルフェーがパパを見つめ返す。ブラムは、居心地悪そうだ。だって、ぼくのパパに、パパの死んだ息子の恋人といっしょにカフェにいるのを見られてるんだもの。だけど、パパは、オルフェーを知らない。オルフェーを紹介したことがなかったから。

ブラムが、「カウンターで深刻そうに飲んでいるあの男の人は、トーマスのパパだよ。」と教えると、オルフェーがびっくりする。

「お葬式で会わなかった？」

「わたし、行かなかった。行く気が起きなかった。わたし、彼のおじいさんしか知らない。」

「何か言いにいったほうがいいかな？」

パパは、一人でカウンターにすわっていた。けれども、しゃべる相手を探しているようには見えなかった。

「わたし、なんて言えばいい？」

「息子さんの、仲のいいガールフレンドでした、って。」

オルフェーは笑う。「そうね、それなら言えそう。」

ブラムは、さかんに、ウェイターの注意を引こうとするけれど、結局、あきらめる。

「自分で、取りにいってくるよ。何を飲みたい？」

「温かいココア。身体《からだ》から寒さを追い出すためにね。でも、わたしが行ってくる。あなたはなんにする？」

オルフェーは、スツールからすべりおりて、まもなく、カウンターに立つ。きれいな十六歳の少女のほうが、ブラムよりも、ウェイターの注意を引くのがかんたんだ。注文の品を待っている間、オルフェーは、こっそりとぼくのパパを見る。パパは、元気そうじゃない。まだ夜じゃないけれど、すでに、ちょっと酔ってる。ふつうよりも失礼だと思えるほど長い間、オルフェーを見つめる。酔いにまかせて、彼女に声をかけるつもりかな？　四十の男が、十六歳の少女をナンパしようっていうの？　それとも、パパは、彼女のことをどこかで知ってるのかな？　オルフェーは、注文の飲みものの置かれた場所を見る。でも、ふりかえると、パパが、まだオルフェーを見つめている。オルフェーは、見つめ返さずにはいられない。それじゃ、二十年後のぼくは、あんなふうに見えるのかな。酔っぱらった目をのぞけば、パパは、魅力的じゃないというわけではない。するとそのとき、パパが、オルフェーに話しかけたいかのようなそぶりをみせると、携帯電話が鳴る。

「もしもし？」というパパの声が、オルフェーに聞こえる。

「エヴァ、きみかな？」

「……。」

「エヴァ、何かあったの？　だったら、言って。」

オルフェーは、飲みものを持って、急いで席にもどる。

「あの人、具合悪そう。」とオルフェー。

「おれたち、どこかほかへ移ったほうがいいかも。おれがここにいることで、あの人に、あの人の不幸をあれこれ思い出させてしまうって気がする。」

「彼、わたしたちのことを忘れちゃったみたいよ。」と、オルフェー。ほんとうだ。パパは、電話のあと、スツールからすべりおりると、カフェを出ていく。

「オルフェー。」

「えっ？」

「おれが森へ行った理由は……。」

ブラムは一口飲むと、ビールのグラスを、テーブルの上のぬれた輪に置いた。

「知ってるよね、おれは、きみたちに嫉妬《しっと》していた。」

「嫉妬するって、どうして?」

「馬鹿《ばか》言うなよ。きみたちの恋愛は、完璧《かんぺき》だった。」

オルフェーは、小袋に入った砂糖をぜんぶ、ココアに入れて、溶けるまでかき混ぜる。

「なぜ、そう言うの?」

「そうだったからさ。ものごとの進み方って、ときには、おかしいよな。おれには、たいてい、だれかがいた。トーマスは……トーマスは、そうじゃなかった。トーマスは、ひどく恥ずかしがり屋で、いや、まじめすぎるというのか……わからないけど。とつぜん、きみに会って、おれが求めていたものを、あいつがぜんぶ手に入れた。あいつを理解する人、くつろいでいられる人。あいつが求めていた人。かっこよくて、知的で、おもしろい人。きみたちは、同じ関心を持っていた。同じユーモアを。同じあこがれを。きみたちは、した……いろんなことを。」

二人とも顔を赤らめる。

「ブラム……。それは、トーマスがあなたに言ったことでしょう。」

「それじゃ、ほんとうじゃないの?」

「あなたは、トーマスがどんな人だか、知ってるでしょう。彼は、すべてを、現実よりも美しく表現するのよ。」そう言いながら、オルフェーは、ブラムではなく、ぼくを見る。

「きみたちはずっといっしょにいるって、きみは、トーマスに約束しただろ。死ぬまで。」

「そうよ。そして、ほら、わたしは、その約束をよく守ったでしょう。」

「きみたちには、何かとくべつなところがあったんだ。もちろん、おれは嫉妬《しっと》した。」

「いま、それがどんなふうに終わったかを知っても？」

「いつも、そう終わる必要はない。トーマスがトラックに轢《ひ》かれたのは、どうしようもないぐうぜんだ。」

「わたしはわからない。もしあの事故が起きなくても、何かべつのことが、わたしたちに降りかかったかも。あなたが求めている大恋愛は、時間の経過に耐えられないのよ。それが存在するのかどうかさえ、わたしはわからない。」

ブラムは、オルフェーの手をつかんで、ねじる。すると、オルフェーの手首があらわになる。

「きみは大恋愛の存在を信じないのか？　じゃあ、これはなんだ？」

「わたしは、痛みの存在を信じる。」

オルフェーは、手をひきもどす。

「でも、あなたが、どうしても災難に向かって歩んでいきたいのなら、わたしはとめない。」オルフェーが言う。

「完璧《かんぺき》な恋愛のためには、二人でなくちゃならない。」

「それが問題かしら？　身体《からだ》が先で心はあとでもいいような、頭の悪い女の子を見つけるのは、そんなにむずかしくないかもしれない。」

オルフェーは、カフェの中を見まわす。

「あの子はどう？　二テーブル向こうの、あの金髪の子？　さっきから、あなたのほうを見てる。彼女は準備できてるみたいでしょ。」

「そう思わないよ。」

「幼すぎる？　お馬鹿《ばか》すぎる？」

「おれの望んでる子じゃない。」

「じゃあ、だれか心にあるの？」

「うん。」と言って、ブラムは、目を伏《ふ》せる。

「わたしの知ってる人？」

「うん。」ブラムがつぶやく。

「うーん、わたしの知ってる人ねえ。」

なんだよ、オルフェー。きみは、以前はそんなに馬鹿じゃなかったよ。ぜんぜん、そんなに鈍くなかった。ブラムは、きみの目を見る勇気がない。それで、わからないの？　きみが名前をいくつか挙げても、そわそわとグラスをもてあそんでいるだろ。それじゃ、きみに、綴《つづ》りを一字一字読み上げなくちゃならないの？

「もう、わからない。だれなの？」とオルフェー。

「どうだっていいよ。その子は、ぼくに関心ない。」

「そうなの？　あなたって、人を寄せつけないほどみっともなくないでしょう。」オルフェーは笑う。

「ありがとう。」ブラムは、笑い返さない。

「それにバンドをやってる。それって、たいていの女の子は、セクシーだって思うでしょう?」

「その子は、たいていの女の子みたいじゃないんだ。」

「頭のいい子のようね。」

「頭がよすぎる。」ブラムが言う。

「この道が、こんなに交通量が多いとは思わなかったわ。」ママが言う。ぼくたちは、レペルヘム村に向かっている。信じられないけれど、ほんとうだ。

ママは、クラクションを鳴らして、荒々しく、車を一台追いぬく。その車の運転手が、人差し指で額をコンコンと軽くたたいて、頭がおかしいんじゃないの、という仕草をする。ママもやり返す。いらいらした運転手なんか、ママはぜんぜん気にしない。

「こんなに車が多いと知ってたら、この道を通って、あんたをおじいちゃんのところにやるなんてことはしなかったのに。」

丘のふもとに、黒いパワーシャベルが二台ある。ママはそっちのほうを向いて、そこに立ったボードを、声を出して読む。「ドモ公営住宅三十棟建設予定。」

「昔、あそこには、サンダース農場があったのよ。ママは、子どものとき、いつもあそこで遊んでた。」

村に近づくと、ママがそわそわしだす。

「二十年の間に、ずいぶん変わった。ママは、長い間、この場所を頭の中の箱にかくしておいた。そしていま、ふたを持ちあげてみると、ママが入れたものは、もうなくなってる。」

そうだね、とぼくは思う。たとえば、ちょうどいま、通りすぎてる道ぞいにある十字架だって、そうだよ。あれは、去年はなかったんだ。

ママは、おじいちゃんの農場の前で車をとめるが、車の中にすわったままだ。暗くなる。時間をかけてる。車を出て、おじいちゃんに立ちむかう力を探そうとしているのか、それとも、帰ろうかと考えているのだろうか？　ママがここにいる必要はない。おじいちゃんは、もうとっくに、ママの父親じゃない。ママが帰っても、悪く思う人はいないだろう。ママは、じゅうぶんに悲しんできた。いずれにしても、ほかの人がママのことをどう思おうと、ママにはどうでもいいことだ。ママは、自分の人生を生きている。

年をとった女の人が、自転車で通りすぎながら、スピードを落として、車の中のようすをうかがう。その人は、この辺鄙《へんぴ》な農道にとまっている見知らぬ車に一人でいる女性への好奇心をかくそうとしなかった。

「わたしたち、もう見られてる。」ママが言う。「これだけは、長年、あいかわらず変わらないのね。おたがいになんでも知ってる。そのくせ、どうしても人に知られたくないことについては、何年も秘密にしていられるのよ。」

ママは、急に怒りを感じたせいで、車を降りる元気が出る。さびた門を通って、庭へ入る。自分の生家について抱いていたイメージを、いま目に入る光景に照らして確かめようとする。もう何年も漆《しっ》喰《くい》を塗りかえていない家の正面、青色のペンキがはげ落ちた窓枠、空っぽの家畜《かちく》小屋、庭の真ん中のさびついたポンプ。ママは、落ちつかないようすで、ひび割れたコンクリートの上を歩く。ハイヒールが、家のまわりをとりまく泥んこの砂利道《じゃりみち》に沈む。ママは台所のドアを押しあける。

「こんにちは。」

ママは、人食い巨人の家にでも入るかのように、用心深く、そっと中に忍びこみ、台所に入る。悪臭が、ママの鼻をつく。台所の壁に手で触《ふ》れて、さっと手を引っこめ、指についた汚れと脂をズボンでぬぐう。

部屋のすみで何かが動いて、ママはぎくっと脅《おび》える。自分が、これまでずっと恐れ、憎んでいた男と、毛布の下から這《は》いでてきた、老いて縮んだ小さな男とが同じ人だとは、ほとんど思えない。

「だれかな?」

ママは逃げ帰ることもできる。遅くはない。おじいちゃんには、だれが来たのかわからないのだから。ママは、大きな戦いへの準備がすっかりできていたけれども、敵のほうがずっと利口だった。敵だったはずの男は逃げ去り、代わりに、このこわれそうな老人を残したのだ。ぐったりとして、自分の椅子《いす》から這いでることもほとんどできず、訪問者がだれかもわからないような敵と、どうやって戦えるだろうか?

「レナ、おまえかな?」

おじいちゃんは、これ以上まずいことばはないということばを口にしてしまった。

ママは、レペルヘム村へ来たのはむだだった、と半ば確信し、台所を出ようとしかけていたが、そのことばを聞いて、ふり返った。

「ちがうわ、父さん。レナじゃない。レナはもう帰ってこない。」

そら、言ってしまった。ママは、おじいちゃんをそこのすみで静かに思いわずらわせておくこともできただろうに。古傷に触《さわ》らないように、と決心することだってできただろうに。つぼのふたを閉めたままにしよう、牛たちをそうっと用水路にしずめよう、と決心することができただろうに。だが、そうするには、ママの傷は深すぎる。

「レナは死んだ。父さんが知っているように。」ママが言う。

「エヴァか？」おじいちゃんは、子どものように、こぶしで目をこすりながらたずねる。慣れ親しんだ夢から、新しい不安な夢へとすべりこんでしまったと感じているみたいだ。「ほんとにエヴァか？」

ママは、腰かける前に、椅子《いす》にハンカチを敷いた。

「レナは、どうやって死んだの？　もう何年も経ったんだから、わたしには、母さんがどんなふうにして死んだのか、知る権利があるはずよ。」

おじいちゃんは、椅子から立ちあがろうとする。おじいちゃんの娘である、ぼくのママが、とうとうここに来ているんだから、何か、食べさせ、飲ませてやらなくては。コーヒーか。牛乳もどこかにあった。たぶん、クッキーも。探さなくっちゃ。

ママがおじいちゃんを椅子に押しかえす。おじいちゃんは、骨と皮ばかりだから、かんたんだ。

ママは、クッキーなんかいらない。それに、この台所にあるコーヒーカップに口をつけるくらいなら、農場を流れている、下水のような小川の水を飲むほうがましだと思っている。だけど、おじいちゃんから一つだけ聞きだしたいことがある。それは、真実だ。

を のばす。

「エヴァ、もう一度、おまえに会えてうれしい。」おじいちゃんは、ママの手をにぎろうとして、手をのばす。

遅すぎないうちに、死ぬ前に、もう一度会えてうれしい。いい娘《こ》でいてくれ。死にかけた男に安らぎをいくばくか与えておくれ――おじいちゃんは、そう言いたいのだ。どんよりした記憶の底からいやな思い出をはがすような質問をして、わしを困らせないでくれ。同情してくれ、思いやりを持っておくれ。

ママは、おじいちゃんのことばの背後からのぞく意味を理解する。ママは、ためらう。ためらわずにはいられない。ママは、台所の状況に驚き、自分が、やすやすとこの男を打ち負かせることにショックを受けている。この人は、なんてやせてしまったのだろう。自分の巣の中でだんだん衰弱《すいじゃく》していく動物のようだ。

けれども、ママは、とても長い間、怒りをしまいこんでいたので、それは、身を切るような苦しみとなっていた。ことばがのどを焦がすようだけれども、いまこそ、話さなくてはならない。ママは、とても長い間、子どものころからの消えることのない憎しみをもって、おじいちゃんを憎んでいたので、かんたんに許すことができない。たとえ、おじいちゃんが、もはや、こちらから一方的に話すしかない父親でも、また、おじいちゃんが深い谷間に吸いこまれる前に、ママが最後のよりどころであるかのように、その手をにぎっても、すんなりとは許せない。これまで、ママに同情してくれた人がいただろうか？　ママは、すべて――自分の母親、青春、自分の息子――を取りあげられたではないか？

「わたしに話してくれたことを覚えてる？　母さんは家出したって。」

「かもしれん。」と言って、おじいちゃんは深いため息をつく。だが、それほど深くも、強くもない。フーッと風みたいなもので、ママの横を吹きぬける。ママは、勢いづく。容赦《ようしゃ》せず、おじいちゃんの手を押しのける。

「もう覚えてないの？　わたしは五歳だった。でも、まだよく覚えてる。家に帰ると、父さんが、この台所の、その同じ椅子《いす》にすわって泣いていた。エルネスティンおばさんとロベルトおじさんがいた。テーブルの上にジュネヴァ酒のびんがあったけれど、だれも飲んでいなかった。何かたいへんなことがあったんだとわかったけれど、怖くてきけなかった。わたしは、ママを探した。父さんは、わたしの視線を追っていた。わたしの視線は自動的に、椅子にかかった、母さんのエプロンにむけられた。

『母さんは行ってしまった。わしらを残して。』と、父さんは言った。

どういうことなのか、わたしはわからなかった。だれも説明してくれなかった。エルネスティンおばさんは、わたしの服をいくらかまとめて、わたしの腕をつかんだ。そして、わたしとおばさんは、何も言わずに出ていった。わたしはふり返ったけれど、父さんは、わたしの顔を見てくれもしなかった。

二週間、わたしは、おばさんの肉屋にいた。その二週間、わたしに何か教えてくれる人は一人もいなかった。母さんがどこにいるのか、わたしが、なぜ農場を出なくてはならなかったのか、ひとことも話してくれなかった。二週間、暗い部屋に閉じこめられていた。それが、わたしの記憶。沈黙の二週間だった。」

「そのほうがいいと思ったんじゃ。おまえはまだ幼くて、ぜんぶは理解できんだろうと。」

「母さんが帰ってくるって、わたしがいつまで信じていたか知ってる？　毎日、母さんが台所にいるかもしれないと思って、目をさましていたのを？　さらに何年も経って、もう母さんの姿も、声も忘れて、母さんがただぼんやりとした影、笑っている温かさ、花やパンの香りのようになってしまったときでも、わたしは、母さんが帰ってくるだろうと思っていた。庭の門をだれかが押しあけるたびに、どきっとして、わたしの心は熱くなった。母さんだ、と思った。そうするうちに、わたしは、自分が悪いことをしたんじゃないかと思うようになった。母さんがわたしをほったらかしていくなんて、わたしは、どんなひどいことをしてしまったんだろう？　母さんにかんたんに見捨てられるなんて、わたしは、どんな子どもだったんだろう？　母さんはわたしが好きじゃなくなったのかな？　だけど、わたしは変わる。いい子になる。母さんが帰ってきてくれさえすれば。」

「おまえが大きかったら、もう少し理解できるようだったら、話してやっただろう。」

「それじゃあ、ほんとうに、もう覚えていないの？　ようやく、わたしは、父さんにきく勇気を持った。『母さんはどこにいるの？』って。そしたら、父さんは……父さんは、物語を作りあげていた。鳥だったとか、キツネだったとか、母さんはプリンセスだったとか……。わたしは、その話をすっかり信じた。馬鹿《ばか》な子どもだった。それから夏が来るとずっと、わたしは、あの丘で草むらに耳をつけて過ごした。じっと耳をすましていると、とうとう何か、心臓の鼓動《こどう》や声が聞こえた。そう、丘じゅうに母さんの声がしたの。父さんのでたらめの話のせいで、わたしはそこまでひどい精神的打撃を受けていたの。ついに、エルナー・スフーンアールツが教えてくれたとき、わたしは十二歳だった。母さんは、水死した。自殺だったって。」

「スフーンアールツのやつらは、いつも口が軽い。」とおじいちゃん。

「だれから聞いたって、かまわないでしょう？」ママが大声をあげる。「だれかが面と向かって、わたしにそれを教えてくれるまで、そんなに長い時がかかったなんて、奇跡よ。何年も待ちつづけたあと、それが、どんなにショックだったか、父さんは想像できる？　けっして希望を捨てなかった。捨てたら、裏切りになるだろうって。そしたら、その結果は、自殺だって。」

「あれは事故だった。」

「わたしは、あの池を知ってるのよ、父さん。深さ一メートル足らずよ。あそこで、事故が起こるかしら？」

おじいちゃんは何も言わない。

「ほんとうのことを言って。母さんは、自分で溺《おぼ》れ死《じ》んだの？」

「わしは、わからん、エヴァ。」

「父さん、お願いだから。」

「母さんは、発作を起こすことがあった。それは結婚前からじゃ。そうなると、外へ行きたがった。息苦しくなるんだと、母さんは言っておった。おまえがいなかったら、もっと前にわしを置いて出ていったろうな。だが、やはり、子どもを残して出ていくわけにはいかなかったんだ。」

「だけど、結局は、置いていった。母さんは、ふだん、あの池のそばで何をしていたの？」

「あの丘は、母さんが、農場で耐えられなくなると行く場所の一つだった。あそこで、母さんは何もせずに、雲をながめながら、半日もすわっておることができた。母さんは、ほかの多くの女たちとはちがうと、わしはわかっておった。それが、だれも、母さんと結婚したがらなかった理由だ。みんな怖がっておった。おろかな子どもが、生まれることになるんじゃないかと。自分は不幸だと思うような、夢見がちな子たちが。ほとんど勘定もできないような単純な子たちが。」

「父さんは怖がらなかった？」

「わしは惚《ほ》れとった。」

おじいちゃんは、目をぬぐった。

「母さんは、故意にやったんじゃないと思う。もしそうなら、何をしているのかわからなかったんだ。母さんは、おまえをとてもかわいがっておった。母さんが、おまえを置いていくはずはなかった。」

ママは下くちびるをかむ。もうちょっとで、血が出そう。

「よろこんで話題にするようなことじゃないから、親戚《しんせき》は沈黙した。恥じたんだよ。話題にする人が少なければ少ないほど、早く忘れ去られると思った。それで、おまえは……。」

「それで、わたしが、何？」

「田舎じゃどうなのか、おまえも知っておろう。母親の頭がよくなければ、娘も避けたほうがいい、とすぐに考える。」

「それじゃあ、わたしのために、あんなふうにしてくれたというの？　ひどい！　ほかの人に口をつぐむのは、まあ、いいとしても、わたしにまで……。」

「おまえには知ってほしくなかった。」

「なぜ？」ママがどなる。

「知らなければ、おまえが同じ道をたどることはない。」

ママは、ぱっと立ちあがった。ハンカチが、一瞬いっしょに、ふわっと飛んで、それからまた、ふんわりと静かに、椅子《いす》の上に落ちる。

「父さんは、自分がわたしにしたことがわかっていないのね！」

「そうすることが、わしにとってたやすいことだったと思うのかね？　幼い子を抱えて一人残され、村のうわさにつきまとわれ……。」

「よく言うわね！　話をねじ曲げないで！　同情を買うようなことは言わないで！　父さんは、わたしから母さんを取りさったのよ。」

「そうじゃない、おまえ。そんなふうに言わないでくれ。」おじいちゃんは、ママの手をつかもうとするが、つかめない。「おまえを苦しめたのなら、許してくれ。わしは、わしら二人にとって、いちばんいいと思ったことをしたまでだ。おまえを悲しませたくなかった。」

「わたしには、悲しむ権利があった。」

「そうじゃな。」と言って、おじいちゃんは、また、椅子にどさっと腰をおろす。「たぶん、そうだろう。」

「わたしには、悲しむ権利があった。」ママがもう一度言う。こんどは、さっきよりも小さな声で、おじいちゃんに向かってというよりも、ぼくに向かって。

「あれはうそじゃなかった。」とおじいちゃん。「母さんは死んでなかった。やはり、わしにとっては、死んでなかった。ほんとうに、死んだと信じたら、わしは、耐えられんかった。母さんは、いつか帰ってくるだろうと、わしにはわかっておった。」

「ひどいエゴイストね。母さんが帰ってくるという希望が、わたしに何を与えたか、父さんは、考えたことはないんでしょう！」ママが言う。

「だが、母さんは帰ってきた。ほら、見てくれ。」と言って、おじいちゃんは台所と居間の間のドアを指さしながら、目を輝かせた。ぼくたち——ママは、目におろかな期待を浮かべて——は、おじいちゃんの指先を見る。だが、何もない。

「父さんは、頭がおかしいのよ！」ママが怒って言う。「ここに来たら、何かが解決するって考えたわたしも、父さんと同じくらいおかしいんだわ。」ママは出ていこうとする。

「エヴァ、待ってくれ。」

「あのことでは、わたしは、父さんをけっして許さない。」ドアのところで、ママが言う。「父さんなんて、さっさと野たれ死にすればいいのよ。」

野たれ死に……ママは、本気で言ったんだろうか？　そう、ママは本気で言ったんだ。父さんには、同情を買う権利はないでしょう。わたしに同情してくれた人はいなかったじゃない。わたしを思いやってくれた人はいなかったじゃない。

ママは、すごく腹が立っているので、すぐに車に乗りこんで帰るなんてできない。怒りを追い出さなくっちゃ。農場から村へ行く道を歩く。寒い。ママが着てきた軽い上着じゃ寒すぎる。それに、道も、ママのハイヒールにはやさしくない。けれども、ママは歩きつづける。村の古い知りあいに会う心配はない。通りには、だれもいないから。家々のカーテンのむこうに、青いちらちらする光が見える。暖かい部屋に家族全員集まって、テレビを囲んでいるんだろう。ママは、寒さの中に一人。ふり返ってくれるネコ一匹いない。もし、ママが、ここで出産するとしたら、家畜《かちく》小屋でしなくちゃならないな。パニックに陥《おちい》って玄関のベルを鳴らしても、ここでは、だれも、お気に入りのテレビ番組を見るのをやめて出てきてはくれないだろうから。

ママは、村の広場を歩く。ビニール袋が二枚、風に舞い、清涼飲料水の空き缶がころがる。それ以外は、広場には何もない。パン屋の一階に明かりがついている。窓辺にいた少女が引っこむ。だれもいない広場をながめ、将来を夢見る希望に満ちた人々の一人、幸運な人々の一人なのだろう。わたし自身は、未来を知らなかった。抜けだしたい過去しか知らなかった。

教会墓地の門は閉まっていたが、鍵《かぎ》はかかっていない。ぬすむものなんかないものね。ママは、門をぬける。ここには、死者たちが静かに眠っている。父さんの言うことを信じるなら、かつて、死者たちはお墓から這《は》いでてきた。でも、ママは、もうとっくに、そんなことは信じていない。

ママは思った。母さんが埋葬《まいそう》されているところはわかるわ。教会の建物からずっと離れたところよ。教会墓地のはずれの傾斜《けいしゃ》したところ、神聖な場所ぎりぎりのところよ。自殺は罪だから、教会墓地に埋葬してもらえないけれど、母さんの場合は、自殺かどうか、はっきりしなかったんだから。でも、村のほかの人たちのお墓からはじゅうぶん離れたところ。

けれども、シダレヤナギの木にかくされたその場所にやってきても、墓石は見つからない。移動したのかしら？　それとも、何年も経ったんで、わたしが、その正確な場所を忘れたのかしら？　そうかもしれない。現実についての思い出を順ぐりに思い浮かべてみても、それは、きれいな線になってならびはしない。昔、村は、人生の中心地だった。農場に耐えられなくなると、わたしは、こっそりと村にやってきた。村には、活気があり、人々がいて、音楽があり、カフェや、フライドポテトの屋台や、雑誌があり、想像できないような人生がある町へつれていってくれるバスがあった。けれども、わたしは大きくなり、村は縮んだ。人生は、村から吸いとられ、村は、抜け殻だ。そうなると思っていた。けれども、教会墓地まで記憶から抜けおちるとは思わなかった。教会墓地は変わってないでしょう？　お墓は、徘徊《はいかい》しないでしょう？

ママは探す。好奇心よりも、意地のほうが強くなった。ママはまた怒る。わたしの許可もとらないで、どうして掘り返せたのよ。父さんには、誇りというものがないの？　母さんの遺体を移動するとか、新たに、もっとお金をはらってくれる死者を埋めるとかするのを、父さんはかんたんに許したの？　そうだ、そのせいかしら？　父さんは、母さんをここに長く眠らせておくお金がなかったのかしら？　あの台所が目に浮かぶ。父さんのやせこけた腕。いまはもう、水曜日に食料を届けてもらえなくなって、日々の食料を買うお金もないのかしら？

するとそのとき、ママはお墓を見つける。なくなっていたのは、お墓ではなく、シダレヤナギだった。

マグダレーナ・ソマース。

ママは、指でなぞりながら、緑色がかった文字を読む。マグダレーナ。イエスによって罪を許され、聖人となったマリア・マグダレーナ（マグダラのマリアとも言う）に由来する名前をもつ人が、悲惨な目にあわなければならなかったのはふしぎではない。

「こんにちは、母さん。わたし、ちょっと寄ったの。父さんをたずねたあと、ここに来るしかなかった。」

そう言うと、ママは、草に埋もれかかった、湿った石の上にすわる。「ここは静かね。何か持ってくればよかったわね。でも、ほんと言うと、寄るつもりじゃなかったの。それに、何を持ってくればいいかしら？　母さんは、もう、なんでも持ってるでしょ。墓石を信じるならば、永遠の休息を。こんなことを知らせて、母さんの休息のじゃまをしないといいんだけれど、父さんの具合がよくないの。余命いくばくもない。まもなく、父さんは、母さんのところへ行く。母さんはそれを楽しみにしてる？　そうは思えないけど。」

ズボンに湿り気が伝わってきて、ママは立ちあがる。バッグを石の上に置き、ふたたび腰をおろす。

「逃げだしたくて、わたしも考えたことがあるの。毎日、苦労ばかりで、もはや楽しみに待つものもないのに、これから先もあくせく働きつづけることに、なんの意味があるのかしら？　わたしだったら、溺死《できし》はしない。その勇気がないもの。それにナイフは、冷たくて硬そうだし。お医者さんが処方箋《しょほうせん》を書いてくれる錠剤をためてるの。長い眠り、それは楽しみ。でも、いまは、まだだめ。そんなことをして、ヴィレムに苦しみを与えることはできない。ヴィレムは、乗りこえられると思うけれど。

もっとあとで、彼が新しい人生を築いたら、だれかほかの人を見つけたら。

この母にして、この娘あり、でしょ？　母さんは、自分がしたことを娘が理解してくれてる、って思うでしょう。でも、そうじゃない。わたしには、もうだれもいないの。でも、母さん……母さんには、わたしがいる。」


バイクが一台やってきて、猛烈なスピードで村を駆けぬけていく。村は、去っていくバイクの騒音の中で、よりいっそう静まりかえる。

「母さんが、どうしてわたしを残していけたのか、わたしはわからない。父さんは、言いわけをする。でも、母さんが言えることは何もない。許せない。父さんには、まだ大声で言える。けれども、母さんには、どうすればいいの？　母さんの墓石をけとばしてもいいけれど、わたしの靴がだめになるだけ。母さんのお墓に、つばを吐いてもいいけれど、わたしは、とてもお行儀《ぎょうぎ》よく育ってる。

遅すぎる。母さんは、わたしを捨てた。みんながわたしを捨てたのと同じように。だから、わたしもヴィレムから離れる。ヴィレムがわたしを捨てないうちに、わたしにすっかり愛想をつかさないうちに、わたしが、ヴィレムを捨てる。かわいそうなヴィレム。あの人は、すべてをよくしようとして、何をしていいのかわからないのよ。彼は、とても礼儀正しくて、用心深い。

わたしが出ていった前の週に、だれが訪ねてきたと思う？　トーマスを轢《ひ》き殺した運転手よ。ふつうに、玄関のベルを押して、中に入っていいですか？　ってきいたの。わたしは、だれかわからなくて、うっかりドアを開けてしまった。

お詫《わ》びを言いに来たの。だけど、お詫びは、まずかった。わたしたちに知ってもらいたいと言ったの。自分は、仕事をやめた。もう運転はできないって。それをわたしたちに言うのよ！　わたしたちに！　自分がぺちゃんこに轢《ひ》き殺した子どもの親に！　ちょっと同情してもらいたくて来たのよ。理解を求めて。そして、ヴィレムは、許すつもりよ。それって、なんて言うのか、男のやり方よね？　わたしは、自分が爆発しちゃうかと思った。その男にとびかかった。ああ、自分の子どもの殺人者をなぐったって、それは、ほめるべき行為でしょ。でも、悲しいかな、そんなことで心は埋まらなかった。ヴィレムが、その男を家から送りだしたとき、わたしは一人であとに残った。わたしがひきぬいた一房の髪の毛は、みじめな獲物《えもの》だった。それで、息子が帰ってくるわけじゃない。ヴィレムにどなっても、何もならない。それで、わたしは家を出た。父さんにどなってみても、ほんとうはしかたがなかったのよ。それに、死んだ母さんにあれこれ言ってみるなんて、まったく、よけいなことよね。」

ママは、墓石をこぶしでたたく。

「母さん、そこにいるの？　聞いてる？」

ママは、手についた苔《こけ》をぬぐう。

「母さんの孫も、わたしを置いていこうとしているの。」

ママは、ぼくにうなずく。

「そうよ、ママの愛《いと》しい宝もの。あんたも、いなくなってしまう。夢の中だけで、ママは、昔のままのあんたに出会う。夢の中だけで、一瞬、真実を忘れられる。あんたは、ママに飛びついてくる。夢の中で、あんたがなんて言ったか、知ってる？　ぼくは死んでない、って言ったのよ。あれは、まちがいだった。ぼくは生きてるって。触《さわ》ってよって、あんたは言うの。ねっ、ちょっと、触ってごらん。ぼくは、ほんものだよ、って。うれしかった。あんたが生きてるって確信した、そのわずかの時間ほど、ママがしあわせだった時はなかったと思う。でも、それから目がさめる。

そして、あんたが見える。もう生きてはいない、死んでるあんたが。あんたとママの間には、悲しみがたくさんあって、ママには、もうあんたがはっきり見えない。つらいことを思い出したときだけ、あんたがはっきり見える。ママがあんたを怒ったり、あんたがママにぶっきらぼうに答えたり、誤解やけんかをしたりしたときのことを思い出すと、はっきり見える。あんたを失ったつらさが、べつのつらさを思い出すことで、一瞬とまるの。神さまがいる。そして、その神さまは残酷よ。

ママは、いっしょうけんめいあんたについていこうとしてる。でも、毎日、だんだん、あんたを失う。みんな、ママを置いていった。あんたも行ってしまうのなら、ママには何が残るの？　そしたら、ママは、もう存在しない。苦痛なしで、わたしは消えてしまう。」

ママは、墓石の上で大の字になる。湿気と寒さが、服をとおして伝わる。けれどもママは、じっと横になっている。

「この石をもう少し横にやったほうがよくない？　母さん、石をずらして。あなたの娘が来てるのよ。そうしてくれたら、母さんの腕に抱かれている感じがするかもしれないから。」

ママは、じっと横になっている。しーんと静まりかえっている。村は音を立てない。みんな、部屋の中で凍りついている。動くのは、雲だけ。ゆっくりとすべって、月をかくす。長い間、雲の動きを見ていると、ママは目まいがしてくる。動いているのは、雲ではなくて、自分であるかのよう。教会墓地が、村からはずれて、ぷかぷか浮いてどこかへ行ってしまうような気がしてくる。

茂みの中で、カサカサ音がする。ママはじっと横になっている。たぶん、ハリネズミだ。けれども、垣根をするりと越えて逃げた影は、ハリネズミにしては大きすぎる。一瞬、ママは怖くなる。でも、キツネだ。その姿が、ちらりとママの目に入った。

ママはじっと横になっている。キツネを驚かせたくない。ウサギを探してるのかしら？　それとも、食べ残しとか？　ママにはわからない。ママは町へ出ていったとき、古いドレスのように自然を脱ぎすてたのだ。

キツネは、わたしの匂《にお》いをかぐべきだったのに、とママは思う。それとも、わたしは、この教会墓地の死者たちと同じ匂いがするのかしら？　きれいな動物だ。キツネを見たのは初めて。あのとがった顔、あの歯並び……あれは、あまりよくない話だけど、集団狂犬病になったキツネのことを、ぼんやりと覚えている。わたしが、母さんのお墓の上で狂犬病になって、泡を吹きながら、近寄る人みんなに襲《おそ》いかかったら、見ものよね。まわりの人たちは、ちがいに気づくかしら？　墓石はとても居心地悪く、首筋が寒くなってきても、ママは、動こうとしない。

ママのバッグが鳴りだすと、キツネは驚いてとびあがり、さっと逃げる。ママが携帯電話をつかむ。パパからだ。

すごく寒い。世界からすべての色がしたたり落ちてしまった十一月のある日、きみは、森の開けた場所の木の幹にあぐらをかいてすわっている。タバコを吸うニンフ(ギリシア神話に出てくる山野、河川、樹木などに住む、若くて美しい女性の姿をした精霊《せいれい》)。ぼくの愛《いと》しい人、きみは、二度と森にはもどってきたがらなかったけれど、きみが、今日ここにいてくれて、ぼくはうれしい。

わたしは、外に出なくちゃならなかった。

帰りたければ、帰ってもいいんだよ。

あなたは、どうして、わたしをそっとしておいてくれないの?

ぼくは、何もしない。きみが呼ばなければ、ぼくはここにはいない。

わたしのせいだって、思ってたの。わたしは、あなたをわたしの頭から追い出して、あなたを忘れる方法を見つけなくちゃならないんだって。でも、いまはもう、それを確信できない。わたしをそっとしておいてくれないのは、あなたのほうなんだと思う。

ぼくに何ができる? ぼくは、思い出でしかないんだよ。

あなたは、思い出以上よ。

じゃあ、ぼくはなんなんだ?

悪霊《あくりょう》。

悪魔払いに電話すれば？

悪い考えじゃないわねえ。

森の中じゃ、タバコに気をつけなくちゃ。

わたしが、この森と自分自身を燃やすとでも思ってるの？　あなたに関係ないでしょ？　前に、わたしが腕を切ったとき、あなたはとめなかった。

手首だろ？

どっちでもいいでしょ。そんなにわたしに会いたいんなら、わたしを守ってよ、わたし自身からも。

ぼくに何ができるんだ？　ぼくは、何もできない。きみが、ぼくを忘れさえすれば、ぼくは消えてしまう。ぼくは、きみに何かを禁じることはできない。

うそつき。あなたは、わたしを支配してる。なぜ、わたしはあなたを忘れられないの？　ほかの人たちは、かんたんに離れていくように見えるのに。ブラムは、あなたの親友だった。でも、彼は、あなたの死に困っていない。

ブラムはエゴイストだ。

わたしは、そうは思わない。

もちろん、きみはそう思わない。ブラムの悪口はやめよう。

なぜ、ブラムは別れられて、わたしは別れられないの？

きみは、ぼくに会いたがるけれど、彼は会いたがらないから。

そうじゃない。

じゃあ、なんのせいだと思う？　なぜ、きみはぼくを忘れられないんだろう？
わたしがあなたを殺したからよ。

ママは、そわそわしている。フラットは、快適とは言えないけれど、きちんとしている。それなのに、ママは、さらにみがきたてようとしている。そのようすを見ると、いまにも、王さまがやってくるとでも思いそうだ。だけど、その日のお昼過ぎに、玄関のベルを鳴らして入ってきたのは、パパだけだ。

パパは、部屋を見まわす。

「いいところじゃないか。」とパパ。

ママは、このフラットを住み心地よくするのに、大した努力をしなかった。クッションや、床の絨《じゅう》毯《たん》は、ここが一時的な住居であることをかくせない。

「思ったよりいいわ。すわって。何か飲む？」

「うん。」パパは、何か飲みたいと言う。自分の妻であり、息子の母親である女性を訪ねて、礼儀正しい会話をするのは変な気分だ。

「仕事はどう？」

「あいかわらずよ。」と言って、ママは、台所へ行く。パパは、ぱっと立ちあがって、窓から外を見る。

「町の中心地だね。」と大きな声でパパ。

ママがもどってきて、ワインの入ったグラスをパパにわたす。

「ごめんなさい。これしかないの。」

「いいよ。」

二人とも、また、腰かける。あまりくっつきすぎずにすわる。二人の間には、じゅうぶんにもう一人すわれるくらいの空間がある。

「ところで、」沈黙が長すぎるかなと思われはじめたとき、パパが口を開く。そして、内ポケットから大きな封筒をとりだす。

「この書類は、自分の手で届けたほうがいいと思ったんだ。」

「そんな必要はなかったのに。」

「いや、ぼくはそう思った。ぼくたちはけんかをしているわけじゃないだろ？　おたがい、大人の人間としてつきあえる。」

「とにかく、そんなふりはできるわね。」と言って、ママは封筒を受けとり、ティーテーブルに置く。

「それとも、すぐにサインしてほしい？」

「いや、」パパがためらいながら言う。「その必要はない。だが、離婚すると決めたからには、手続きを引きのばす意味はあまりない。同僚のエルシーが、ちょうど離婚手続きを終えたばかりなんだけれど、彼女は、はっきりさせるほうがいいと言っていた。エルシーは、法律的に離婚していない間は、まだ夫とつながりがあると感じていたけれども、書類にサインしたとたん、かなり気分が晴れたそうだよ。」

「そうね、経験者のエルシーがそう言っているのなら、きっと、そうなんでしょうね。」ママは、そう言ったけれども、書類に触《ふ》れようともしない。

パパは、ワインを一気に飲みほした。

「もう少し飲む？」

「ああ、ぼくが行く。」と言って、パパはグラスを手に持って、ぱっと立ちあがるが、まっすぐ台所へは行かず、ぼくの部屋に入る。そして、壁に貼《は》られたポスターや、かけ布団のかかったベッド、たんすの中の服を見る。何も変わっていない。ちょうど、アラビアの昔話に出てくる宮殿のように、ぼくの部屋は、パパの家から精霊によってつまみあげられ、ほこり一つ場所を変えずに、ここに置かれたかのようだ。

「おい、エヴァ。」とパパ。

「何？」

「これは、ずっと、このままにするのか？」

「いつか、トーマスが生き返るのか、って？」

「そんなことは言ってないだろ。」

ママは、パパの手からワイングラスをとり、台所へ行く。パパがついていく。

「エルシーは、それは意志の力の問題だと言っている。悲しみに身をまかせることはできるが、ほんとうに望めば、それに抵抗することができる、と。」

「エルシーって、なんでもよく知っているのね。そのご忠告は、彼女が自分の息子を亡くしたときに、ずいぶん役立つでしょうね。」

「ひどいな、エヴァ。」

ママは、自分のグラスにワインを注ぐ。

「あなたは、あのエルシーとうまくいってるのね。」

「ぼくと彼女は、似たような状況にある。それに、ぼくは、家に帰っても、だれかに何かを聞いてもらって発散することはできないしね。」

「これまで、あなたは、話して発散しようとはしなかったでしょ。あなたは、沈黙公ヴィレム(一五三三—一五八四。ヴィレム一世。オラニエ公。オランダの初代君主)よ。」

「人は変わる。」

「わたしは変わらない。」

「そう、きみは変わらない。」

パパは、ママの顔を見る。

「元気そうだね。」

ママが、どっと笑いだす。

「それとも、そんなこと言っちゃいけないのかな?」

「みんな、うそをつくのは自由よ。」

「本気だよ。きみは変わった。前より落ちついているように見える。」

「そうかもしれない。先週、わたしは、ある人のところにいたの。」

パパの笑みが消える。

「ぼくが知ってる人？」

ママは、パパの視線に気づかない。グラスを見つめている。

「ええ、これまでもずっといた人よ。行ってよかった。おかげで、過去のものごとに場所を与えることができたから。もしかしたら、あなたが気づいたのは、そのことかも。」

「ぼくは、うれしいよ。きみが、ぼくのところで得られなかったようなやすらぎを与えてくれる人を見つけたとは。」

パパは、バンと音を立ててグラスを封筒の上に置く。

「帰るよ。」とパパ。

ママはパパを見送る。

「書類を送るわ。」玄関で、ママが言う。

「そうしてくれ。」と言って、パパは背を向ける。

オルフェーとブラムは、クリスマスマーケットを歩いている。今回は、ぐうぜんの出会いじゃない。ぼくの恋人が、ぼくの親友に電話をしたんだ。「会いたいの。」とオルフェーは言った。それ以上は言わなかった。もちろん、ブラムはやってきた。

二人はいま、香りのついたキャンドルやグリューワイン、ちかちか光るクリスマス用の明かりや手作りのクリスマス飾りの屋台の間を歩いている。そこにいるのは、二人だけじゃない。がらくたを売っている出店やホットドッグの屋台もあり、それに、日中からアルコールを飲むこともできるので、もう、さまざまな人でいっぱいだ。戸外では子どもたちが騒いでも、それほど癇《かん》に障ることはないだろうと思っている親たち、目的のものを探す夫婦たち、予定のない週末を埋めようとしている人たち、青春の奇跡を求めても得られず、結局は、焼きたてのソーセージをたらふく食べ、踊るサンタクロースとともに家に帰る人たち。この騒ぎを、単に、いっしょにいるための口実とするカップルもいる。そんなカップルは、手をつないでいなければ、少年が、少女の腰に腕をまわしている。乳母車や車椅《くるまい》子《す》をよけなくてはならないときでさえ、二人の視線は、あいかわらずからみあったままだ。

オルフェーとブラムは、身体《からだ》を触《ふ》れあわせない。見つめあいもしない。ときどき、屋台に立ちどまって、トナカイの角の模様を編みこんだ毛糸のソックスを見たりする。二人の手が、同じラップランド製の帽子をつかむと、ブラムが、さっと手を引っこめる。

「これ、わたしに似合うかな？」

オルフェーは帽子をかぶる。ボンボンが、耳の横でゆれる。赤い毛糸で囲まれたオルフェーの顔は、どこかもろそうで、どこか無防備な感じがする。

「似合わない？」オルフェーは、帽子をもどし、二人はさらに先へ進む。オルフェーは、スケートリンクのところで立ちどまる。もちろん、目立ちたがり屋が何人もいる。速すぎるスピードですべり、ぱっと急停止する若者たちだ。親から離れて、ふらふらしながらあっちへ行ったりこっちへ来たりしている幼い子どもたちには危険だ。

「すべる？」とブラム。

オルフェーは首を横にふって、言う。

「ただ、見ていたいだけ。」

目立ちたがり屋たちは、少女の関心をひいたことに気づいて、いっそうスピードをあげて、ぐるぐるとまわる。

「もうクリスマス気分？」ブラムがたずねる。

「偽《にせ》の氷、偽の雪、偽のよろこび、鳴りやまない鐘。ほかに何がいるの？」

「そんなにひどい？」

「そんなにひどくない。パン屋で育ったら、クリスマスは、何よりも仕事をする時期。一日じゅう店に立ってたら、家族のだれも、とくべつな夜にしようなんて気は起こさない。ケータリング業者が持ってきたものを食べて、早くベッドにもぐりこむ。だって、翌日は、また、みんなで七時前に起きなくてはならないんだもの。」

「子どものとき、それがいやだった？」

「ほかを知らないもの。知らなかったことを、ざんねんに思うことはできないでしょう。」

「悲しくなるな。」

「何が？　クリスマスがない、わたしの青春が？」

「それも。」

二人は、ちょっとだまりこむ。

「大恋愛はどう？」オルフェーがたずねる。

「その最中だ。」

厚いコートと帽子にしっかりとつつまれた幼い子どもが、両親にはさまれて氷の上をすべっていく。

二人は、そのようすをながめる。子どもが悲鳴をあげる。でも、よろこんでいるのか、怖がっているのか、わからない。

「写真コンテストはどう？」

「来月にならないとわからない。でも、あまり期待してない。」

「もちろん、そうだろ。」とブラム。

「どういう意味？」

「おれは、きみが写真を出品したことにも驚いてる。だって、入選しないって、自分でわかってるんだろ。だったら、いまから、何か楽しいことが起きるなんて期待できるはずないだろう。そうじゃない？　ごめん。ひどい言い方かな。」

オルフェーは肩をすくめる。

「元旦《がんたん》はどうするの？　夜、町のホールの新年パーティーに行く？」ブラムがきく。

「行かないと思う。」

「だけど、みんな行くよ。」

「あそこに一人で行くのを想像したくない。」

「ということは、家にいる？」

「たくさんの仲間の真ん中にいるよりも、家にいるほうがひとりぼっちじゃない気がする。」

「一人で行くのがいやなら、おれといっしょに行けばいい。」

「あなたと？　そしたら、ブラム、あなたの大恋愛の相手がなんて言うかしら？　嫉妬《しっと》しない？」

「それが、ねらいかも。」

「だったら、あなたは、自殺癖《じさつへき》のある馬鹿《ばか》な女の子よりも、もっとましな子と腕を組んで行かなくちゃね。死者の残りものじゃなくってね。」

「やめろよ。もういいよ。きみがいっしょに行ってくれるなら、光栄だと思うのに。」

「えっ、ブラム、わたしは、あなたの話をいっしょうけんめい聞いてるのに、いらいらしないでよ。そんなこと言うと、わたしは思っちゃうじゃない……。」

オルフェーは口をつぐむ。遠くから、ある考えが忍びよってくる。いや、まだ、はっきりとした考えとまではいかない。ただ、もしや……と思う憶測《おくそく》だ。

「来てくれてありがとう。」オルフェーが言う。「話さなくちゃならないことがあるの。それを、少しでも理解してくれるのはあなただけだから。」

「トーマスのことだな。」ブラムがつらそうに言う。

「もちろん、トーマスのことよ。」オルフェーは、無慈悲《むじひ》にもきっぱりと言う。「わたしは、それをだれかに話さなくちゃならない。たとえ、だれも、わたしを助けてくれないとしても、たとえ、だれも、わたしを許してくれなくても、一度、声に出して言わなくちゃならない。」

「罪の告白みたいだな。」

「たぶん。でも、信仰心を持っていない場合、どこで、罪の告白をすればいい？」

「おれのところでだな、言うまでもなく。」

「そう、あなたのところで。」

「で、なんだ？　何を懺悔《ざんげ》する？」

オルフェーは、ブラムの腕に自分の手をおく。

「わたしは、トーマスを殺した。」

ブラムが、オルフェーの顔を見る。

「なんだって？」

「聞こえたでしょ？　もう一度言わせないで。」

「どういうことだ？　きみが、あいつを押したとか？」

「ちがう。わたしが彼をトラックの下に押したわけじゃない。それよりもひどい。」

「そんな話、おれ聞きたいのかどうか、わからない。」

「わたしだって話したくない。でも、話さないと、気が変になりそう。びっくりさせてごめん。」

オルフェーが、ブラムの腕をぎゅっときつすぎるくらいにつかんだので、ブラムは、オルフェーが本気だとわかる。

「話せよ。きみが、トーマスを殺したって。」ブラムが言う。

「じつは、二、三か月前に話そうと思ってた。十字架のところに立ってたとき、そのつもりだった。通りかかったカップルが、ぎょっとしたようすで二人のほうを見る。けれども、すぐに人ごみに紛れる。

あのときのこと、覚えてる?」

ブラムはうなずく。

「だけど、わたしは怖かった。あなたは、トーマスとわたしのとくべつな絆《きずな》について話してばかりいた。わたしたちが、どんなにとくべつだったかって。」

「そうじゃなかった、って言おうとしてるの?」

「そういうことじゃない。わたしたちはとくべつだった。というか、自分たちはそう考えていた、ってことだけど、同じことね。わたしたち、ずっと、死ぬまでいっしょにいるつもりだった。」

「そう約束しあう人は、たくさんいるさ。」

「話の腰を折らないでよ、ブラム。ただでさえ、話しにくいんだから。」

「わかった。」

「だけど、わたしは、その約束をとりけしたの。」

「ほかに、だれかいたということ？」

「ちがう、ほかにはだれもいない。」

オルフェーは、ため息をついた。

わたしには、ほかにだれもいなかったのよ、トーマス。あなたも知ってるでしょ。

「あなたに話したけど、わたしたち、最後のときにけんかしたの。初めてのけんかじゃなかった。トーマスは、馬鹿《ばか》な考えを抱いていて、自分で不幸な気持ちになっていた。あの最後の日、わたしたちが別れることになるって、彼は心配したの。それは避けられないことだと言って。『頭が変なんじゃないの。』って、わたしはトーマスに言った。二人の関係が終わる理由もないのに、関係の終わりを心配してけんかする人がいるかしら？　ひょっとしたら、将来現れるかもしれないほかの男たちに、いまから嫉妬《しっと》する？　でも、彼は、『きっと、ぼくたちは別れる。』って確信してたの。初恋は、成就《じょうじゅ》しないからって。」

トーマス、あなたは、わたしの初恋の人じゃなかったのよ。

「わたしたちは、だんだん疎遠《そえん》になるだろう。ほんの好奇心からだろうけど、べつの人たちといたいと思うようになるって。その週ずっと、トーマスは、わたしたちの関係の終わりについてばかり考えていたの。一生、わたしなしで生きていかなくてはならないのがどういうことか、想像していた。わたしは、それを笑いとばそうとした。終わりのことばかり思い浮かべていたら、何かをはじめられる？　はじめられないでしょ。どうせ死ぬんだからって、赤ちゃんを、産まれてすぐに溺死《できし》させるなんてことができる？　できないでしょう。おろかな考えで、関係を終わらせることができるのは自分だけだって、トーマスは気づいてなかったのかな？　わたしは、ほかの人を探したりしていなかった。でも、彼が探していたら、わたしは、じゃましなかったと思う。彼が、わたしから離れたかったら、ばかばかしい言いわけをしないで、少なくとも、わたしに面と向かって正直にそのことを言ってもらいたい。けれども、彼は、ほかの人はいらないと、はっきり言った。

だったら、単純でしょう。わたしたちは、初恋を実らせることになる。

トーマスは、まだ、そこまで考えていなかったみたい。でも、そういうことでしょう。わたしたちが初恋を実らせる最初の人になるって。

『そうよ、わたしたちは、じゅうぶんにとくべつで、そうなるのよ。』わたしは言った。

いま思うと、トーマスは、あのけんかを自分で誘いだしたんだと思う。彼が自分のしていることをわかっていたかどうか、わたしはわからない。でも、彼は、知ってか知らずか、悲劇を作り出そうとしてたの。それでわたしたち、興奮してあんなことばを投げあったのよ。

トーマスは言った。『ぼくたちは、いつもいっしょにいよう。』って。わたしは、それを誓《ちか》わなければならなかった。わたしにとって神聖なものすべてにかけて、『いまも、これからも、いっしょにいよう。』と、誓わなければならなかった。

そしたら、わたしはとつぜん、うんざりしたの。ずっと、彼といるかどうか、わからなかった。それに、その誓いを口で言うように強制されて、いやになった。いくらいっしょにいても、じゅうぶんってことはなかった。ぎりぎりの時間までいっしょにいなくちゃならなかった。わたしたちのように愛しあったカップルはいない。わたしたちは、とくべつだった。」

ぼくたちはとくべつだったんだ。

でも、あなたには、それでもじゅうぶんじゃなかったんでしょう。

「どの文字も血で書かなくちゃならないほど深刻《しんこく》だったら、いやになるでしょう。わたしは、ときにはふつうがいいと思った。ごくふつうが。水曜日の午後のたびに、彼のふしぎな物語のヒロインになるつもりはなかった。」

オルフェーは、ブラムの腕をはなした。

「わたしは、誓《ちか》いたくない、と言った。そしたら、彼は怒って、自転車で行ってしまった。五分後、わたしはすごく後悔した。ほんとに、ほんとうよ。」

ほんとに、ほんとうよ。

「だけど、遅すぎた。五分後、彼は死んでしまった。涙で、自転車の行く手が見えなかったの。」

オルフェーは、スケートリンクの塀をこぶしでたたく。

「わたしが、彼を殺したのよ、ブラム。」

ブラムが、オルフェーのこぶしを両手で包む。

「まさか。きみも、ほんとうは、そう思っていないんじゃないかな。」

「だって、そうでしょう。」

「ほんとうはどうだったのか、わからないだろ。」

「トーマスが、わたしにそう言ったの。」

「馬鹿《ばか》な。それは、きみの罪悪感のせいだよ。それだけだ。」ブラムが言う。

「それはあなたの意見よ。」

「そう、ぼくの意見だ。きみと同じく、ぼくも知ってるけど、彼を轢《ひ》いたトラックの運転手は、丸二日、昼夜ぶっとおしで、運転していた。トーマスを轢き殺したのは、そのトラックの運転手だ。きみは、なんの関係もない。トーマスが、泣きながら自転車に乗っていたのか、笑いながら乗っていたのかは、じつは関係ない。どっちにしても、彼は死んでしまったんだから。」

「それは、はっきりわからないでしょ。」

「だけど、きみはわかってるだろ。死人がきみのところに言いに来たんだから。」

オルフェーは、くちびるをかむ。

「オルフェー、おれは、きみを傷つけたくない。きみが、どんなに彼を好きだったか、おれは知ってる。だけど、きみがいま話してくれたことは、ばかげてる。ここ何か月もずっと、そんなことに悩んでたのかい？」

「わたしが、彼を殺したのよ、ブラム。」

「わかった。きみは、彼を殺した。そう言われたいのか？　きみは、自分の彼氏を殺した。きみは殺人者だ。さあ、これで、気分がすっきりした？」

「自分の気分を晴らしたいとは思っていない。なんとか声に出して言いたいの。」

「いま、声に出して言ったじゃないか。きみの聴罪司祭《ちょうざいしさい》が、ちゃんと聞いた。聴罪司祭は、きみが後悔しているとも聞いた。したがって、きみの罪は許された。きみの裁判官は、きみが故意にしたのではなかったと判断し、無罪を言いわたす。」

「そんなに単純にはいかないのよ。」

「うん、わかってる。きみは、罰を受けたいと思っている。」

ブラムは、手に包んだオルフェーのこぶしをこすって温める。

「きみにふさわしい罰がある。」

オルフェーは、ブラムの顔を見る。

「うん、そうだ。かんたんな罰じゃない。大げさな意思表示とか、するどいカミソリとかで、さっとすませることのできる罰ではない。それは、きみが恐れていることだ。ほかの何よりも恐れていることだ。」

「なんのことを言ってるの？」

「これから先、オルフェー、きみは生きなくてはならない。それがきみの罰だ。」

「話がわからない。」

「わかりすぎるほどよくわかっているはずだ。きみは、もう、トーマスの背後にかくれてはいられない。」

オルフェーは、手を引っこめる。

「わたし、ほんとに、なんのことかわからない。」

「完璧《かんぺき》な愛を信じていないという、さっきのあのたわごと。きみは、もちろん、完璧な愛を信じている。きみには完璧な恋人がいる。トーマスは、完璧だ。彼は、もう過ちを犯すことはない。生きていたときに、彼が過ちを犯したとしても、それは、とっくに許され、忘れられた。死者と競えるやつがいるものか。」

オルフェーは、ブラムから離れようとして、うしろを向く。

「だけど、生者《しょうじゃ》は、死者よりもずっと有利だ。」と言って、ブラムは、うしろを向いたオルフェーの肩に腕をかける。「彼らは生きている。」

ママの訪問は、おじいちゃんの身体《からだ》にはよくなかったようだ。それとも、ただ、老衰《ろうすい》が進んでいるだけなのだろうか？　おじいちゃんがずっと何日も横になったままでも、ぼくは、驚かないだろう。白髪《しらが》まじりの不精ひげが、カーテンの下から入ってくる弱い光の中で光る。

おじいちゃんは、ぼくのほうに手をのばす。けれども、すぐに、毛布の上におろす。ぼくがおじいちゃんの手をとることができないことを、おじいちゃんはわかっていて、もはや、それができると思うようなふりをしない。

「わしは、もう長くはない。」おじいちゃんが言う。

それは、よけいなことばだ。おじいちゃんを見れば、余命いくばくもないのがわかる。

「それに、だれもおらん。」

おじいちゃんは泣きだす。それは、大げさな泣き方ではない。ママの、身をゆだねるような激しい発作のような泣き方ではない。ママは、また、思い切り泣いた。それは、少し前のことだ。ママは、アパートの、あの〈ミュージアム〉を避ける。ぼくは、ママにとって、あいかわらず、苦痛を与える箇所《かしょ》、触《ふ》れると、悲しみで突き落とされてしまう穴のようなところ。けれども、ママがまわりを歩ける場所だ。もはや、ママが通るじゃまはしない。どんなにせまくとも、小道がある。ママは、いまにも深い谷間にすべり落ちそうだけれども、当面は、まっすぐ立っている。

オルフェーも、前ほど泣かなくなった。きっと、薬物治療《やくぶつちりょう》のおかげだ。レペルヘム村の牧場での流血騒ぎのあと、オルフェーの両親は、医者やセラピストのところにかけこみ、いま、オルフェーは、一日の半分を、見とおしのいい、危険なものがない世界でさまよっている。

二人がこれから先も歩んでいけることを、ぼくは、よろこばなくちゃならないんだろうな。血が乾いたか、地中にしたたり落ちたことを、よろこばなくちゃならないんだろうな。

おじいちゃんの涙があごに落ちる。おじいちゃんは、年老いて病気だ。何年も会っていない一人娘が、数週間前に訪ねてきて、ののしっていった。おじいちゃんの物語は、もはや、苦痛から距離をおくのに役立ってはくれない。ぼくは無力だ。

おじいちゃんはぼくを見るが、涙で目が曇って見えなくなる。

「あの娘《こ》は、わしを思いやってはくれなかった。あの娘《こ》がきついことはわかっておった。だが、あそこまで情け容赦《ようしゃ》ないとは！　あの娘《こ》のひと言ひと言が、ナイフのように、わしに突きささった。年寄りに、なんの同情もなく。

わしが、わしの物語で、あの娘《こ》の人生をだめにしたと非難した。わしは、あの娘《こ》を助けてやったと思っておった。だが、わしが馬鹿《ばか》じゃった。わしは、あの娘《こ》に苦しみを与え、それに気がつかんかった。わしは、あの娘《こ》にうそをついた。それは、否定できん。あの娘《こ》の母親、おまえのおばあちゃんが死んだとき、わしは、ひどくつらかった。わしは、どうしていいかわからなかった。わしのおやじは、手本にはならんかった。おやじは、苦しみを感じまいとした。それは、苦しみといっしょに愛も捨てることだった。だが、そんなことは、おやじにはどうでもよかった。いや、そう言ってはいかん。おやじは、そうするしかなかったんだと思う。あの苦しみは大きすぎた。おやじは破滅するか、自分をさいなみ、かたくなになるしかなかったんだ。

おまえの母さんには、そんな思いをしてもらいたくなかった。だから、希望を与えた。『母さんは、わしらをおいていったんじゃない。しばらく、丘のふもとの実家にもどっとるんだ。』と言った。そう言うべきではなかった。いま、そう思える。あの娘《こ》は、真実に対処することができんだろうとわしは思っておったが、あの娘《こ》を傷つけたのは、わしの物語だった。だが、あのとき、だれが、そんなふうに考えられただろうか？

おまえの母さんは、性格がきつい。死を直視できる。同情心はない。わしをここに残していった。けっして、わしを許さんだろう。

そして、おまえの母さんのことばは、まだ、わしの耳に鳴りひびいておる。そのことばとともに、まもなく、わしは最後の夜を迎えることになるにちがいないよ、トーマス。できるだけ早く死んでくれ、と、あの娘《こ》は思っておるだろうよ。

だが、まだ、わしがおまえの母さんのためにできることがある。

それを気にかけてくれる人はだれもおらん。トーマス、おまえも、ここにいない。現実には存在しておらん。わしが目を閉じれば、おまえが消えることはわかっておる。残るのは、思い出以外は何も持たずに、死の床にいる年老いた男だけ。

時はどこへ行った？　ひどく不誠実だ。人生はあっという間に過ぎる。ちょっと油断をしておると、すぐに過ぎてしまう。わしは、まだたくさんのことをやりたかった。すべてが、わしの横を通りすぎていったような気がする。それは、わしのせいか？　わしは、自分の物語の中で迷い、それで、人生がわしをかすめて通ろうとしたとき、それをつかまなかったのか？　わしは、何を残す？　崩壊《ほうかい》した農場。わしをののしる娘。たった一人の孫息子は、トラックに轢《ひ》かれて死んだ。無用な人生。べつの人生が可能だったのだろうか？　幸運？　それは、最大のうそか？

おふくろが死んだあと、わしは、あまり幸運に出会わんかった。一度だけ、しあわせになる機会を得たと思った。

十八歳じゃったかなあ。わしらは、畑をたがやし終わって、おやじは、鋤《すき》を持って、馬をつれ、家畜《かちく》小屋にもどった。わしは、おやじのあとについていき、家に帰ろうとしかけたが、とても天気のいい夕方じゃった。わしはまだ帰りたくなかった。おやじが飯をがつがつとかき込んで、残りを、台所のテーブルの下で待ちかまえている犬やニワトリにやる姿を、まだ見たくはなかった。といって、ふんと鼻をそらせてわしを見下す人たちのいる、村にも行きたいとは思わんかった。わしは、かつてサンダース農場のあった丘へ登り、草っぱらに仰向《あおむ》けに寝ころび、ゆっくりと流れる雲をながめた。

毎日働く。これが、わしの人生だろうか？　わしは目を閉じて、祈りに祈った。なんと祈ったらいいのか、よくわからんかった。わしに何かが起こりますようにとか、ついには、いい人生が訪れますようにとかだった。

わしは目を開けた。何もなかった。見えるのは、雲だけだった。それは、わしをおびき寄せる白い手のようだったかと思うと、ふわふわと集まって踊る女たちになり、翼を得た。とうとう、わしは頭がくらくらしだし、丘のふもとにある池のほうに目をそらした。子どものころ、毎年夏にこっそり行った池じゃ。岸辺の葦《あし》の黒っぽいつぼみが、羽毛のようにやさしく頰《ほお》にあたった。丘から池にころがりおちるのは、とても楽しそうだった。

そのとき、白鳥が三羽、畑を越えて飛んできて、池におりようとしていた。三羽は、翼でブレーキをかけると、ぺたんこの足——あんなきれいな生きものにしては、こっけいなしろものだが——が水に触《ふ》れた。沈みゆく太陽の光の中で、三羽は、赤く縁取られて輝き、身体《からだ》をのばした。もはや、鳥ではなく、べつの生きもの——半分動物、半分人間——のように見えた。ひらひらとはためく白い衣服のような翼、水面すれすれに動く風切り羽は、指のよう……。

水の上にいると、エレガントな鳥だ。だが、いったん地面に上がると、葦の間を不器用によたよたと歩き、石の上からすべり落ちそうになった。身体をゆすって、水滴をはらっておった。羽毛が宙に飛び、わしは、目をこすった。というのは、そのとき、わしは、水際の、舞いあがる羽毛と水滴の中に、三人の女を見たからだ。三人の若い女が、ひょいと身をかがめて、羽毛のマントをつまみあげ、笑いながらヤナギの枝にかけた。

わしの胸はどきどきした。待ち望んでいた奇跡がやってきたんだ。その夜は、わしを幻滅《げんめつ》させはしなかった。女たちは美しかった。三人が、まるで、その身を、一日じゅう、小さな白鳥の身体の中に押しこめていたかのように身体をのばしたとき、わしは、どこを見ればいいのかわからなかった。女たちは、ほっそりとして、色が白く、黒い目をしていた。笑っているにもかかわらず、その目は、びくびくしながら周囲を見ていた。女たちの身体から、白鳥が、まだすっかり姿を消したわけではなかった。三人は抱き合い、岸辺で踊り、小石を水に投げ、しぶきにぬれた。太陽はほぼ沈み、風が出てきたが、女たちは気にもせず、裸《はだか》で歩きまわっておった。

一人の、ほかの二人よりも美しい女が、踊りをやめ、池のむこうの、さらに沈みゆく太陽をながめた。暗くなった。わしが、笑い声を聞いたのは、いつのことだったろう？　その女たちの笑い声は、わしの心の部屋を広く開けた。わしは、選ばれたんだ、と思った。それまでに、白鳥の化身である女を見る幸運を得た人間は、ほとんどいなかっただろう。わしは、それを一度に三人も見たんじゃ。それで満足すべきじゃった。だが、そうじゃ、わしは人間だ。人間は、かならず、欲を出す。わしは、這《は》って、丘をおりた。あと少しでおりきるというときに、女たちが、わしの気配に気づいた。わしのまぬけな頭が茂みからのぞくと、女たちは悲鳴をあげた。わしは追っかけた。女たちは、怖がる必要はなかったんだよ。わしに、悪気はなかったから。だが、女たちは、羽毛のマントをつかむと、まもなく姿を消した。コォーコォー、クォッ、クォッと鳴きながら、池へ走る白鳥の姿が三羽あっただけじゃ。わしは、おろかにも、腕を風車の羽根のようにぐるぐるまわしながら追いかけた。それは、白鳥を飛びたたせることになった。三羽のうち、二羽が飛びたった。二羽の白い尾が暗い空にちょっと見えたかと思うと、すぐに何も見えなくなった。三羽目の白鳥は躊躇《ちゅうちょ》していた。長い首の上の頭を、わしのほうに向けた。

『待て！』とどなって、わしは、池に飛びこんだ。にごった水が目に入った。ようやく見えるようになったときには、その白鳥もいなくなっていた。」

おじいちゃんは口をつぐむ。おじいちゃんが、どのくらい空《くう》を見つめているのかわからない。おじいちゃんは、はるか昔、ぬれた服を着て、あの丘にすわった若いころの自分の姿を目の前に見ている。その瞬間は、おじいちゃんの青春と同じように、ずっと前に過ぎてしまった。おじいちゃんが、色彩がもっと強烈で、苦痛もない過去に、できるかぎり頻繁に逃避しようとするのは、ふしぎじゃない。いま、おじいちゃんはだまりこんで、台所といっしょにゆらいで、ぼくの目の前からほとんど消えそうになる。それからまた、とつぜん、くっきりと現れたりする。すると、おじいちゃんの口元に、苦しみのしわが見える。

「わしは病気じゃった。」おじいちゃんが口を開く。「わしは家に帰ると、病気になっておった。おやじは、わしを口汚くしかると、寝るように言った。翌日、熱が出て、白鳥と女たちの夢を見た。わしには、白鳥が飛んでいるのが見えた。

冷たい春の晩にびしょびしょの服を着て歩きまわろうとしたんだから、あたりまえだ、とおやじは言った。おやじは、わしを無理やりベッドに寝かせた。白鳥と女たちについての話には、耳を貸そうとしなかった。白鳥を女だと思った時点で、わしが明らかにうわごとを言っている、春によくある気の病だ、と思ったんだ。そうだとしたら、どこで片づくだろうか？　夜にナイフで、あるいは、家畜《かちく》小屋で縄につるせば……そうすれば片づく。だが、おやじは、有能な労働力を失うつもりはなかった。だったら、農場に女を入れたほうがいいと考えた。だが、だれを？

おやじは、わしにうわごとを言わせ、ベッドの横の椅子《いす》の上に水の入ったつぼを置くと、村へ行った。その間、わしは、ベッドで悶々《もんもん》としていた。

わしは池に行きたかった。だが、その力がなかった。何度も行こうとしてみたが、ベッドの上で倒れるだけだった。手の届く範囲においてあるつぼでさえ、はるか遠くにあるように思えた。まるで、べつの時間のべつの部屋にあるように思えた。

わしは考えた。これからずっとここ——実は、長年の間にわしには小さくなってしまったこのベッド——に、回復の見込みのないまま、いるのだろうか？　骸骨《がいこつ》になるまで、ずっとここにいて、アーチ型のあばら骨の下を、骨の大聖堂であるかのように、ネズミが走るのだろうか？　そんなことはありえない。わしは、わしの、いとしい白鳥を、もう一度見なくちゃならん。わしは、彼女に言わなくちゃならん。わしは、わしは……わしは、なんと言えばいいのか、わからなかった。だが、それは重要じゃない。彼女をしっかりとつかみたい。わしは、魔法にかけられてしまったんだ。すでに何百年もあの丘に住んでいる古い一族が、わしを生《い》け贄《にえ》にしたんだ。そんなことはかまわん。彼女のそばにいられさえするのならば、あの丘にわしを引きずっていって、わしが年老いてひからびて、無になるまで、そこにおいてほしい。わしは、沈む太陽の光の中に、彼女の首や胸がふたたび見えたように思った。そこで、非人間的な力をふりしぼって、わしはベッドから出た。壁紙のよごれた花模様が目の前で踊っているように見えた。だんだん速く、部屋全体が踊る。一歩一歩、わしは足を引きずって進む。千羽の鳥が歌う声が聞こえ、白鳥が部屋でトランペットを吹く。そして、わしはドアのところにたどりつき、おやじが、わしを閉じこめて出ていったことに気づいた。

夕方、おやじは、わしが床の上にぐったりと倒れているのを見つけると、わしを引きずってベッドにつれていき、余分の毛布を投げかけ、わしの足を洗った。水が真っ黒になった。それから、わしに飲みものをくれた。

おやじは村の変化をいろいろ話しはじめた。だれそれが死んだとか、どこそこで赤ん坊が生まれたとか、これこれの新しい店ができたとか、立てつづけに話した。あれこれ見て、カフェでたくさんの男たちと話し、みんなが肩をたたいてくれた。それで、みんなが、『飲め、飲め。』と押しつけてくるビールを断れなかった、と言った。

話しながら、おやじの顔ににんまりとした笑いが広がった。いちばんいいニュースを、最後にとっておいたのだ。おやじは、『おまえに花嫁を見つけてきたぞ。』と言った。

わしは、なんとか身体《からだ》を起こそうとした。

落ちつけ。家には、まだつれてきてないぞ。物ごとは、そうすぐには運ばん。最近の女どもは、男に手間をかけさせたがる。

わしは、相手がだれなのかききかなかった。おやじが自分から教えてくれた。そのカフェで働いていた女だ。片目が見えないが、両目がある人と変わらんほどちゃんと見えると請けあった。そして、歳《とし》は、まあ、そうだな、成熟した女には利点がいっぱいあるぞ……少なくとも、金を湯水のように使う若い女じゃない。トゥレーゼケは、衣服に財産を費やすことはない。醜《みにく》いやつが飾りたてると、よけいに醜くなるからな。だが、あれは、背中のこぶにもかかわらず、よい働き手だし、それがいちばん重要なことだ。

『いやだ。』わしは言った。

おやじは、びっくりした顔で、わしを見た。『それじゃ、おれが、おまえをよろこばせたいばかりに、なんと、平日によそ行きを着て、村へ出かけていったことがわからんのか？　おまえに相手を見つけてきてやったというのに、おれに感謝もせずに、ばっさり断るのか？』

『だったら、自分が結婚すれば！』

『馬鹿《ばか》なこと言うな！　力を蓄えておけ。仕事は待たんからな。それに、彼女が、来週やってくる。』

わしはうめき声をあげて、どさっと布団に身を投げた。すると、ほこりと死んだ虫が宙に舞いあがった。

いま思うと、わしは、そんなにやきもきする必要はなかったんだ。おやじが先走って、醜女《しこめ》を百人つれてきて、わしを脅《おど》しても、自分の意に反して結婚することはなかったんだ。だが、わしはひどい熱のせいで、よく考えられんかった。安心できるはずの寝室でさえ、夜になると、怖《おそ》ろしいささやき声に満ちた部屋に変わってしまったほど、病気は、わしを別人のようにした。おやじに逆らうエネルギーはなく、結婚に飢《う》えた女を押しのけることもできん。女が、ベッドごと、わしを教会へ押していくようすが目に浮かんだ。

三日目、わしは、まずまずよくなった。おやじにはそのことをかくし、一人で畑に行ってもらった。

わしは、ひびの入った鏡で自分の姿を見た。やせこけていた。厚すぎるくちびる、長すぎる髪ときたない爪《つめ》。三年以上着て小さくなった服。まるで、かかしみたいだった。白鳥の化身のような少女と会うには、これは、なんともひどい。わしはロケットを持っていくことにした。これを彼女にやろう。家の中で、唯一《ゆいいつ》、価値のあるものだ。

わしは、ふるえながら池へ歩いた。水面は、葦《あし》が読めない伝言を書いているかのように、小さく波立っていた。ほかには、生命を感じられるものはなかった。わしは、風の吹く中を、長い間じっと、丘の上にすわっておった。ひどい熱から治りかけの時にそんなことをするのは、まともではない。だが、わしは、その場を立ち去ることができんかった。わしは、空を見つめ、白鳥が現れるのを見たいと思った。だが、カラスをちょっと見かけただけだった。カラスは、少し先の茂みの中から出てきた。薄闇《うすやみ》の中に、黒いしみが二つ現れたみたいだった。一羽は、古い靴のひもにとまっているように見えた。わしはそっちのほうへ歩いていき、かがもうとした。すると、カラスは、ぱっと逃げた。わしがもどろうとしたとき、もう一羽のカラスが、ロケットを口にくわえたところだった。わしが、そっちに走ると、カラスはロケットを落とした。そして、冷たい黒い目で、わしの目をじっと見つめ、わしの頭の上をぐるりと飛ぶと、夜の暗闇《くらやみ》の中に消えた。わしは、カラスを二羽とも逃してしまった。

日曜日、ミサのあとに、トゥレーゼケが、両親と姉妹三人といっしょに来ることになった。ということは、わしが幸運をつかむチャンスは、あと一日しかないということだ。おやじは、土曜日に畑に出ないことにした。家をみがきたてることにしたのだ。女は、働く気があるが、初《しょ》っぱなから怖《お》じけづかせることはないだろうと思ったのだ。片づけるのは悪いことじゃない。昨年の食料の残りを堆肥《たいひ》の山に運び、台所の床を水で流した。

ニワトリたちは、おやじとわしが、泥といっしょに外に追いだすと、コーコッコッコッと大きな声で抗議し、わしが台所の窓をふきはじめると、驚いたようすで見ておった。いまさら、そんなことをするのはまちがいじゃった。台所にあふれるように入ってくる光の中で、すべてが、いかに汚れておるか、わしらは、ようやく気づいた。天井から糸となって滴る脂、こびりついた煤《すす》と脂の中に爪《つめ》で名前が書けそうな壁、すき間なくハエやごみがくっついたハエとり紙。

おやじが、『そうだ！』と、額をたたいたとき、わしは、ひざをついて台所の床をごしごしみがいておった。

『台所がどうあろうと、かまわんぞ。お客は、ここに来る必要はないんだから。』

おやじは、わしを、表《おもて》に面した居間に押しやった。わしらは、長い間、台所ばかりで暮らしておったから、半ばよそ者の気分で、居間を見まわした。それは、わしの記憶にある居間ではなかった。記憶にある居間は、ぴかぴかにみがかれた家具があって、その上で、まじめな顔をした祖父母の写真が輝いておった。だが、その家具は、ずいぶん前に燃やされた。

おやじが命令した。『ほかの部屋で、見つけられるかぎりのものを探してこい。テーブルクロス、絨毯《じゅうたん》、何か、壁にかけるもの、椅子《いす》、スツール、チェスト、ちょっとりっぱそうな見かけのものなら、なんでもかまわん。』

『どこへ行くの？』わしはきいた。

『隣のリーケンスのところで、何か借りられるもんがないか、見にいってくる。』

おやじが庭に出ていくと、わしは、しめた！　と思った。隣からは、麻袋をやっと借りたことがあった。おやじが、隣の人たちのところに行って、あの人たちが一度も使ったことのない椅子《いす》や皿を貸してくれと頼んだら、彼らはどう反応するだろう？　村でいちばんきたない小屋に置くことになるのに……。

おふくろが死んだあと、おやじが苦痛から自分を守ろうとしたことを、わしは、悪く思うことはできんかった。それに、おやじが、わしをも守ろうとして、わしが会いたくもないような女との仲を勝手にとりもとうとしたことも、悪くは思えん。愛も、ときめきもなければ、幻滅《げんめつ》することもないのだ。だが、わしはそれを受け入れたいか？　鏡の中の若者は、首を横にふった。その目は、まだ奇跡を信じている少年の目だった。わしは走って、農場を出た。

わしは、ロケットを池の近くの木の枝に結びつけて茂みのうしろにかくれた。今回は前とはちがうだろう。うまくいくにちがいない。アトリが一羽、その枝にとまった。わしの心臓は、ちょっと鎮まった。アトリの視線をとらえようとしたが、あっという間に、空に飛びたった。長い間しーんと静まりかえっておった。アリが一列になって、枝の上を歩いていたが、向きを変えて草の中に入った。ガチョウが一羽、池におりた。あれだろうか？　わしは、ようすを見守った。ガチョウは、水にもぐり、羽毛の生えた尻《しり》をわしのほうに向けた。わしの白鳥娘なら、そんなことはせんだろう。ガチョウは、何かわからないものを口にくわえて、水の中から出てきた。わしは、ガチョウの目を見た。ガチョウは、ぼけーっとした顔でこちらを見かえした。わしの愛する娘は、あれだろうか？　それとも、わしのうしろの茂みにいるクロウタドリの一羽がそうだろうか？

するとそのとき、草むらに赤っぽいキツネのとがった顔が現れた。キツネは、クンクン、あたりの匂《にお》いをかいでいた。だが、さいわい風向きがよく、キツネは、わしに気づかなかった。キツネは、とても用心深く、かくれていた丈の高い草の中から出てきて、ちょこちょことロケットに近づいた。ガチョウは、グァーグァー鳴いて逃げだしたが、キツネは、そちらをほとんど見ようとせずに、ロケットの鎖の匂いをクンクンかいでいた。わしは、どきどきしながら待った。餌《えさ》が気に入ったようだ。だが、嚙《か》みつくだろうか？

キツネは、まさに、こうやったんだ。ロケットに歯をかけ、引っぱった。わしは息をとめた。口にロケットの鎖をくわえて、うしろへさがり、枝が曲がる。わしの目の前で、キツネは、ロケットを口にくわえて、丈の高い草の間に消えようとした。だが、ありがたいことに、枝は折れなかった。キツネはあきらめて、草の中に姿を消した。

わしは、待ちつづけた。待っても仕方がないと思いながらも希望をもって。しばらくして、だれかが草原を歩いてくる気配がした。わしは、茂みの上からそっちを見た。鳥の止まり木のそばに若い娘がいた。わしが待っていた娘だ。その娘がロケットを首にかける前に、その娘の素肌が、わしの目にちらりと見えた。

その娘は、池へ行き、素足で泥んこの水際に立ち、水に映る自分の姿を見た。

わしが近づく気配に気づいて、娘がふり返った。彼女の目が、周囲をさっと見る。野生動物のように、ぱっと逃げだそうとしていた。

『きれいだと思う？　ほしいなら、あげるよ。』わしは言った。

娘は、首からロケットをとった。

『そんなふうに服を着てなくて、寒くないか？』と言って、わしが近づくと、娘は、一歩あとずさりして、水の中に入った。

『わし、何もしない。』と言ったけれど、娘は聞きいれようとせず、わしの横をすりぬけて走って逃げる方法を考えているようだった。

『名前は？』

風が起こり、娘はふるえた。

『そのロケット、ほんとにいらないの？』

娘は、首を横にふった。

『そしたら、これ、』と、わしは、背中にかくした、草むらで見つけたキツネの毛皮をとりだした。

『もう返してやらないよ。』

娘は、わしが手に持った、赤い毛皮を見ると、悲鳴をあげた。茂みから鳥たちが飛びだし、池はふるえ、星は瞬《またた》きをやめた。娘が泥の中にひざをつき、両手をわしにさしのべたとき、わしは、もう少しで、毛皮を返してやるところだった。娘は、目でわしに哀願した。断るのはかんたんじゃなかった。

だが、わしは、気が変になってはおらんかった。

『わしは、これを家に持って帰る。ほしかったら、ついておいで。』

わしは、うしろを向いて、丘をのぼった。

娘は、七年間、家にいた。すばらしい七年間だった。その間に、おまえの母さんが生まれた。だが、いつも楽だったわけじゃない。たいていは、彼女は、わしの白鳥娘だった。そして、わしらは、明るい笑いの日々をすごした。だが、時には、彼女はカラスだった。そうなると、夜が、わしらに訪れた。黒いカーテンがしたたり落ちてきて、農場をゆさぶった。ついには、彼女はキツネじゃった。とらわれているよりも、自分の足をかみ切りたいと思う野生動物じゃった。」

おじいちゃんはため息をついた。

「ある日、わしが家に帰ると、彼女はいなくなっていた。あのキツネの毛皮とともに。それ以来、二度と彼女に会っておらん。」

おじいちゃんは、夢を追いやるように、何度も瞬《まばた》きをする。ナイトテーブルの上の、水の入ったグラスをつかもうとして、ベッドからすべり落ちる。もはや、立ちあがる力はなく、冷たい床に横たわったままだ。

ママが病院の廊下を歩いてくると、パパが、ぱっと立ちあがる。

「ようすはどう?」ママがきく。

「よくなった。ちょうど、検査中だ。いまは会えない。」

パパは、ママを病院のカフェテリアにつれていく。

「どうして、いまごろになってやっと連絡してくれたの?」

「お父さんがベッドの横に倒れているのを、近所の人が発見した。その人たちが救急車を呼んで、うちに電話してくれた。その留守電を、ぼくはやっと今日、聞いたんだ。」

「それじゃあ、父さんは、二日間も一人っきりだったのね。」

ママは、まわりを見る。

「わたし、ここきらい。」

「ここによろこんで来る人はいないよ、エヴァ。」

「前回も……。」

ママは、ぼくを見る。前回も、電話ではじまった。電話の向こうから聞こえてくる声が、どうかまちがいでありますように……あらゆる知らせにもかかわらず、ぼくが、生きて、トラックの下から引っぱりだされていますように……パパとママは、必死でそう祈りながら、ひと言もことばを交わさずに車でここに来た。いま、二人はそのときのことを思い出していた。

「あなたはもう会ったの?」

「ほんのちょっとだけ。だが、弱っている。ぼくのことがわかったかどうか、わからない。」

「わたし、何か手を打つべきだった。あの家で、やせ衰えさせてはいけなかった。」

「きみは、知らなかったんだもの。あんなに容体が悪いとは、だれも知らなかったんだ。」

「わたしが知らなかった? ええ、そうよ。わたしは知らなかった。」ママは、口早に言う。

「きみが来てよかった。来るかな、どうするかな、と思ってたんだ。」

「わたしの父さんよ、ヴィレム。」

二人は黙りこんだ。

「ぼくたち帰ったほうがいいかも。検査がいつ終わるのかわからないし、今晩持ちこたえられないというわけじゃなさそうだし。」

「帰りたかったら、あなたは帰ってもいいわ。でも、わたしはいる。家で何かが待っているわけじゃないし。」ママが言う。

「そうだね。」とパパ。

二人の周囲を、人生の残骸《ざんがい》が足を引きずって歩いている。老人たちの手は、点滴台にしっかりと固定され、ひからびた首がこちらを向き、涙っぽい目で二人を見つめる。

「あの書類を見る時間があったかな?」パパがたずねる。

「その話は、ちょっとやめましょう。」とママ。

パパが、ママの手をにぎり、ママは、にぎらせたままにする。

一時間後、ママは、おじいちゃんの病室のドアのそばに立って、ちょっとためらうが、中に入る。入り口に近いベッドの男が、眠りながら、のどをひどくゼイゼイ言わせている。残り少ない髪が、頭にはりついたようになっている。ママは、その男のほうはほとんど見もせずに、窓のそばのベッドへ行く。そのベッドの重ねた枕《まくら》に寄りかかるようにして横になっている男が、一瞬、見知らぬ人のように思えて、ママは、もう少しで背を向けようとしたけれど、やはり立ちどまる。

ママがベッドの上にかがむと、否応《いやおう》なく、その老人のすえたような息の匂《にお》いがした。老人は、とても年老いて、とても小さくなっていた。いまは、入れ歯が、ナイトテーブルの上のコップの中に入っているので、不精ひげのある頬《ほお》は、げっそりとこけている。

「父さん?」ママがやせ細った手をつかむ。おじいちゃんが目を開けると、暗い部屋で窓が開け放たれたような感じがする。

「レナか?」おじいちゃんは身体《からだ》を起こそうとする。

「いいえ、父さん。エヴァよ。」

「エヴァか。」

おじいちゃんは、枕の上に倒れる。けれども、ママの手をしっかりとにぎっている。

「エヴァ。」

そうやって、二人はしばらく静かにじっとしていた。

「ヴィレムはどうだね？」ようやく、おじいちゃんがたずねる。

「元気よ。」とママ。

「それで、トーマスは？」

「トーマス？」ママは、おじいちゃんの手から自分の手を引っこめる。そして、おじいちゃんのパジャマのえりをなでてなおす。

それから言う。「元気よ。トーマスは元気よ。」

「素直ないい子だな。水曜日は、一度も欠かすことがない。じいちゃんのところに、よう来てくれる。」

「父さんはどう？」ママが、口早にきく。

「わしか？　よくなるだろうさ。」

「疲れたの？　休んだほうがいい？」

おじいちゃんは、また姿勢を正してすわろうとする。

「横になってて、父さん。」

けれども、おじいちゃんがあきらめないので、ママは、片腕をおじいちゃんの首のうしろにあてて、背中に枕《まくら》を入れてやった。おじいちゃんは、何週間も食べていないかのように、骨と皮だけだった。

そして骨は、ママが少し乱暴にあつかえば、折れてしまうだろう。

「必要なものがある？」

「ひげそり道具。下着。だが、急がん。」

「今夜とりに行ってくる。」

「農場に行ったら、ニワトリに古いパンをやってくれないか？」

「心配しないで。動物の世話は、リーケンスの奥さんがしてくれてる。わたしに電話してくれたの。」

ずっと、これまで何年もの間、ママは、こっそりと頭の中でおじいちゃんに向かって、何度、自問自答してきたことだろう？　それがいま、ここにすわって、ニワトリの話をしている。

「リーケンスの女房は、貝殻の混じった餌《えさ》のある場所を知っとるかな？」

「小さい物置でしょ。」

「あの女房は元気かね？」

「まずまずよ。」

「リーケンスが死んで、たいへんだろうな。わしは、マリーテを知っとる。あれは、一人ではおられん。」

「娘さんがよく来るそうよ。」

「人は、子どもがおらんかったら、どうすればいい？」

「父さん、わたし……。」

ママは、ベッドにすわる。

「あのおろかな諍《いさか》い……何年もずっと。わたしは、がんこだった。それに……。」

おじいちゃんは、ママの口に手をあてる。

「それに、わしも同じだったよ。起こるべきことは、起きなくちゃならんかったのさ。だが、それは過ぎ去った。」

そうなの？　そんなにかんたんに終わりにすることができるの？

「わしにはお迎えが来るよ、エヴァ。わしは、それを感じる。もう一度おまえに会えてうれしいよ。」

「そんなふうに言わないで。」ママが怒った声を出す。「父さんに何がわかるの？　お医者じゃないでしょ。」

「自分の身体《からだ》のことは、ようわかる。」とおじいちゃん。

「退院していいって言われたら、わたしのところに住んでちょうだい。」

「ようすを見よう。」

おじいちゃんは、ママの手をにぎる。

「農場に行くなら、わしの青いスーツを持ってきてくれないか？　寝室のたんすにかかっとる。」

「父さんのスーツ？　ひょっとして、どこか行くところがあるの？」と言ってしまってから、ママは、自分のことばに、はっとする。

「わしの結婚式のときのスーツだ。母さんにまた会うときに、見苦しくないようにしたいからな。」

とおじいちゃん。

ママは、目に涙を浮かべて立ちあがる。

「ここで、治してもらえるわよ。」

おじいちゃんは何も言わない。もう一台のベッドにいる男が、のどをゼイゼイ言わせる音が、病室の静けさを、いっそう際立たせる。

「エヴァ、おまえはきれいじゃ。母さんそっくりだ。」

そのとき、病室のドアが開いて、籐製《とうせい》のバスケットを持った年老いた女が入ってくる。

「あら、セーザル、お客さまなのね。」

「わしの娘だよ。」おじいちゃんが言う。

「まあ、いいこと。」と言いながら、年老いた女は、もう一台のベッドのそばに腰をおろすと、バスケットから編みものをとりだす。「人は、どんなときでも、子どもにそばにいてもらいたいのよね。」

そして、ママに、ちょっと笑いかける。

オルフェーは、試着室にいる。水色のブラウスのボタンをとめる。そでを引っぱる。そでは、手首ぎりぎりだ。傷跡は、もうほとんど目立たない。顔をあげると、鏡にぼくが映っているのに気づく。

試着室でぼくの姿を見るとは思っていなかったようだ。

ぼくに笑顔を見せそうになる。これは変化だ。これまで、たいていは、「どこか行ってよ。」と怒ったり、哀願《あいがん》したりしていたから。

そのブラウス、似合ってるよ。

ありがとう。

とくべつなことがあるの？

ちがう。

オルフェー、ぼくはきみの頭の中にいるんだよ。うそは、むだな努力だ。

何もかもわかってるんなら、わたしに、何もきくことはないでしょ。

でも、ぼくはききたい。ブラムと何かはじめるつもり？

わからない。

きみたちうまくいくと思う？　ぼくがそばにいて？

わたしたちだって、ケヴィンを引きずってたでしょ。
あれはべつだ。ケヴィンはろくでなしだった。ぼくたちはとくべつだった。
そうね。わたしたちはとくべつだった。
ぼくたちがいっしょに体験したこと、きみがそれを体験することは、もう二度とない。
そのとおりよ。
どうして二流品で満足できる？
オルフェーは、ブラウスのえりをきちんと折る。
「ちょっといい？」ヴェロニクだ。試着室の外で待ちきれなくなったようだ。
「ええ、いま出る。待ってて。」
きみは、けっしてぼくを忘れられない。
わたしも、忘れたくない。
オルフェーは、試着室のドアを押しあける。
「どうかしら？」オルフェーが、ヴェロニクにきく。
「だいじょうぶ？　すごく顔色が悪い。まるで、幽霊でも見たみたいに真っ青よ。」
「この試着室、息苦しくって。」
オルフェーは、くるりとまわってみせる。
「すてき。ブラムが満足するよ。」とヴェロニク。

パパとママは、農場へ向かっている。パパが運転している。ママは、そわそわと落ちつかなそうだ。一日じゅう、雨が降っている。リズミカルにカタカタと鳴るワイパーの音が、不平を言っているように聞こえる。大きな雨粒が窓にはりつき、窓ガラスをすべる。

「ここは昔、車がほとんど走ってなかったのにね。」

「ラッシュアワーだからな。」パパが言う。

これは、二人が車に乗りこんでから交わした初めてのことばだ。

「ぼくが一人でやってあげたほうがいいのかも。そのほうがいいと思うなら、もどってもいいよ。」

「いいえ、進んで。」

丘の向こうに新しい教会墓地が見えると、ママは顔をそむけ、前方の車を見つめる。

「赤ちゃんが乗っています。」ママが、その車に貼《は》られたステッカーを読む。

「赤ちゃんが運転中、だな。」と言って、パパは、追い越す準備をする。このほとんど手入れされていない道には、あっという間にたくさんの水たまりができていて、パパがスピードをあげると、水しぶきが飛ぶ。危険な天気だ。視界が悪く、スリップの危険性が高い。気づかぬうちに、自転車の人を道連れにしてしまいそう……。

ママは台所を見ると、あとずさりする。この前、ママがここを訪れてから、まだ、三週間足らずだ。それを認めると、ママは、自分の舌をかみ切りたい気分だろうけど。けれども、あのときは、夜だったし、それにママの怒りが、多くのことをおおいかくしたんだ。でもいまは、日の光が、床の上の空き缶や、台所のポンプの下に積みあげられた汚れた食器を、容赦《ようしゃ》なく照らしだす。牛乳びんの口のまわりをハエが這《は》いまわる。ママは、鳩時計《はとどけい》のほうへ歩く。人差し指で、時計の針を進めるが、時計の窓は閉じたままだ。台所を歩くと、靴が脂で汚れた床にくっつく。

「よく、こんなふうにして生活していられたわね。」ママが言う。

「自分では手の施《ほどこ》しようがなかったんだろうし、がんこで、手伝いを頼めなかったんだろうな。」

「でも、これは、おろかよ。」

「がんこな人は、たいてい、そんなに利口じゃない。」パパが言う。

「何を言いたいの？」

「何を持っていけばいいのかな？」パパがたずねる。

「この村の人たちが、わたしのことをなんて思うか、想像できる。父親をごみの中で死なせた娘、って思うに決まってる。」

「ひげそり道具をとってくるよ。」とパパ。

「たぶん、医者を呼んだことだってなかったのよ。あれやこれやのばかげた物語にくるまって、苦しみを笑いとばしたんでしょうよ。そして、ニワトコの実のシロップとか、セイヨウオトギリソウとかの薬草で、どうにかしのいで。おろかな人。真実を直視する勇気があったら、こんなことは、何もかも避けることができたのに。」

「何か言った？」べつの部屋から、パパの大きな声がした。

「なんにも！」

ママは、二階に行く。おじいちゃんの寝室に入り、洋服だんすの、ひびの入った鏡のほこりをぬぐう。

「ここでは、新しいものは何も買わなかった。すべて、まだじゅうぶん役立つ、と言って。わたしは、どうやって、ここで十八年間もがまんできたのかしら？　それに、ここはとてもせまい。ずっと、こんなにせまかったかしら？　息苦しくなりそう。」

ママは、たんすを開ける。匂《にお》いがのどをつく。けれども、台所の悪臭ではない。このたんすの中にずっと留《とど》まっていた、昔の匂いだ。一瞬、ママは子どもにもどり、ぼくのことを忘れる。

ぼくが、ふたたびママを見ると、ママは、たんすの前にしゃがみ込んでいる。いちばん下の引き出しに、まだ包装されたままのパジャマを見つける。これは、ぼくからのクリスマスプレゼントだよ、と言って、おじいちゃんにあげたものだ。だけど、ほんとうは、おじいちゃんもよくわかっていたように、ママからのクリスマスプレゼントだった。

「いつまでとっておくつもりだったのかしら？」ママがつぶやく。

ママは、たんすの中をさらに探して、かびくさいパンツを数枚、パジャマのそばに投げた。

パパが部屋に入ってくる。

「新しい下着を買ったほうがかんたんね。このすり切れた下着を持って、病院へは行けないもの。」

ママは、さらにたんすを開ける。シャツや上着、ママの母さんの服、帽子、キツネのしっぽ、下着……手でつぎつぎとくりながら見ていく。そして、たんすから濃紺のスーツをとりだす。


帰りは、もう暗くなっていた。街灯の明かりに照らされて、雨粒が、一瞬、銀色の小さなさかなのように光り、暗闇《くらやみ》に消えていく。車はほとんどない。みんな、家の中で暖かく過ごしているんだ。

「回復すると思う？」

「ううん、お医者さんの話では、あと何日持つか、ですって。」ママが言う。

パパは、一瞬、右手をハンドルから離して、ママがひざに置いた手をぎゅっとにぎる。

「わたし、農場の家には二度と行かない。」ママが言う。

「家のようすを自分の目で見ただろ。売るつもりなら、改築しなくちゃならないな。」

「あなたが好きなようにして。わたしは、もう、足を踏みいれたくない。」

パパが、手を引っこめる。

「まだ、あの人に怒ったままなのかい、エヴァ？　もう長くはないって、自分で言ったばかりなのに。」

「怒ってはいない。」

パパがママのほうを向く。街灯の明かりがあたって、ママの顔が少し暗闇から浮かびあがる。

「ほんとよ。もう怒っていない。わたし、よく考えてみたの。」

「そうか。」とパパ。

「父さんは、わたしに農場の重労働をさせて、その間に、お金を飲むのに使ってしまった。それはひどい。でも、それは許せる。わたしは、仕事をしたくなければ、しなくてよかった。わたしがいっしょにカフェに行ったら、父さんはよろこんだと思う。けっして、わたしをぶったりしなかったし、最後に残ったパンの皮だって、わたしとわけあったでしょうよ。家にパンの皮しかないのは自分のせいだということは、理解したがらなかったでしょうが。

わたしが、いちばんひどいと思っているのは、母さんについてのばかげた話よ。でも、ひょっとしたら、結局は、そんなに悪いことでもなかったのかも。そんな顔しないで。わたし、本気で言ってるんだから。正直に言うと、わたしは認めなくちゃならないの。母さんが帰ってこないだろうということが、わたしはわかってたって。でも、そう認めることが苦しすぎると、わたしは、その考えを押しのけることができた。父さんのうそは、大きすぎる真実を小さなかけらにまで消化する時間をわたしにくれたのかもしれない。」

ママは、ぼくのほうを見る。「真実が耐えられるものになるまで。」

パパはうなずくだけ。パパは、これまでずっと、ママの過去の地雷原《じらいげん》を踏まないように避けてきた。ママが、とつぜん、そこは危険じゃないって断言しても、すぐにそこに足を踏みいれるほど、パパはおろかじゃない。パパが知るかぎり、パパのがさつなことばが、いまもなお、爆発を引き起こす可能性はあるんだ。パパは、ママをよく知ってる。だから、あまりにもかんたんな和解を信じていない。そんな和解があるといいなとは思っているけれども。そうじゃなければ、もうほとんど元妻となった女と、ぼくは、なぜ車に乗ってるんだろう？　とパパは思う。

パパが、ママのほうをちらっと見る。ママは、道路をじっと見ている。道路はヘッドライトに照らされ、ぐんぐん車に吸いこまれていくようだ。

「お父さんがよくなるとしたら。」パパが言う。

「えっ、なんて言った？」ママは、ほとんど聞いていない。

「お父さんがよくなるとして。」

「気をつけて。」とつぜん、ママがさけんで、パパの手をつかんだ。

車が旋回《せんかい》する。パパが、キーッとブレーキをかける。車はスリップし、道の端の溝《みぞ》につっこんでとまる。

「やれやれ。」

パパは、両手でハンドルをしっかりつかみ、怒った顔でママを見る。

「二人とも死なせるつもりかい？」

ママの実家へのこのドライブが、大きな和解になるはずだったことを、パパは、あっという間に忘れた。ひどく驚いて、息をのんだ。シートベルトが吐きだす空気をおさえた。

「見えなかったの？」ママが言う。

「何が？」

「犬よ。黒い犬が、道路を横切ったのよ。」

ママは、ぼくのほうに向く。あなたも見たでしょう？　その目がたずねる。

パパはドアを押しあけると、ぬれた草やイラクサの横を通って、どうにか外に出る。ママは、自分の側のドアを開けられず、運転席のほうから外に出る。左うしろのタイヤが五十センチくらい宙に突きでている。

「きっと、いますぐに通りかかる車はいないな。」とパパ。

自動車協会の交通パトロールに電話する。

「二十分したら来るって。ということは、運がよければ、三十分ってことだな。」パパが言う。

ママがふるえる。パパは、自分の上着をぬいで、ママの肩にかける。

「ヴィレム、いいわよ。あなたのほうが、わたしよりも寒がりでしょ。」

けれども、ママは、パパの上着をしっかりと身体《からだ》に引きよせる。

パパは、車にもどって、もう何か月も車の椅子《いす》にかけっ放しになっていた安全ベスト(車に乗る人が故障などで外に出るときに着るベスト。ベルギーでは、車に装備することが義務づけられている)を探りだして着る。

「軽率にも、ここでほかの車に轢《ひ》かれたりはしたくないからね。」

「そうね、それはいやね。」とママ。

ママの目は、トウモロコシの茎の間の暗闇《くらやみ》の中を探している。でも、何もない。

「どうした?」

「ぶつかったんじゃないかと思うの。」

「何に?」

「さっきの犬に。」

「犬なんかいなかった。」

ママは、挑戦的な目でパパをちょっと見つめる。わたしがまた何か空想してる、気が変なんだよって声を出して言いたいんでしょ、とでも言いたそうだ。

「ほら、あれは何？」ママは、道を少し先のほうへ歩く。

「エヴァ、ここにいなさい。」

結局、パパがママのあとを追う。ママは、半分泥に埋もれた十字架のそばに立つ。

「これは……？」

「そうだ。」

パパが、その場所の写真を撮ってきて、ママに見せたことがあった。ママは、自分ではけっしてそこに行かなかった。

「ふだんなら、きれいなんでしょうね。」ママが言う。雨が、カードをぐしゃぐしゃにしていた。ぬいぐるみの動物の毛は、汚れてくっついていて、下に敷いたビニールがいやらしく見えた。十字架は、ほぼすっかり地面に倒れていた。

「最初の何か月かは、よかったんだ。」パパが言う。パパはかがんで、十字架をまっすぐに立てようとする。「これは、ほんとうに美術品と言ってもいいできだった。」

「最初の何か月かは、かならず、よく見えるものよ。」とママ。「でも、だんだんだめになって、最後の何か月かは見る影《かげ》もなくなる。」

「手伝ってくれ。この十字架、泥に埋まってしまった。」とパパ。

「そのままにしておけば。」ママが言う。

パパは、もう泥んこだ。でも、あきらめない。

「そのままになさいよ、ヴィレム。」

「いや。きみは自分の祭壇《さいだん》を持ってるだろ。ほかの人にも、場所がいる。」

「ほっとけないなら、好きになさい。」ママはうしろを向くと、小川をとびこえた。

「どこへ行く？」

「あの犬を探しに。」

「犬なんかいない。もどってきて、手伝ってくれ。」

けれども、ママは、トウモロコシの間に消える。

パパが文句を言う。

「じきに、その畑で迷子になるさ。交通パトロールが来たら、ぼくは帰るからな。このままここで、ぐずぐずはしないぞ。わかったか？　置いていくからな。」

パパは耳をすます。

「エヴァ？」

パパは、十字架から手を離す。

「いいかげんにしろ、エヴァ。聞こえるか？」パパは、畑に響きわたるような声でさけぶ。「もう、うんざりだ。きみに帰ってきてほしいと、ぼくは思ってた。だが、たぶん、もう遅すぎるんだろうな。

ぼくが好きだった女性は消えてしまった。たぶん、あの子が、きみを墓の中につれていってしまったんだろう。そして、あとに残ったのは、もうぼくの妻じゃない。」

パパは、目から雨をぬぐう。

「良いときも悪いときも。かつて、きみは、それを誓《ちか》ったじゃないか。そして、いまは、悪いときなんだ。これ以上悪くはならないだろう。だが、きみは約束をやぶった。夫を押しやって、死んだ子どもを引き渡さず、それが腕の中で腐るまで引きずり歩く雌《めす》ザルのように、悲嘆《ひたん》を抱きしめている。きみは、真実を好むと思っていた。だが、エヴァ、きみは、ぼくにうそをついた。ぼくを見捨てた。さあ、ぼくもきみを見捨てよう。この畑にいるがいい。かまうもんか。きみの犬を探すがいい。きみは、お父さんとちっとも変わらない。ぼくは、きみをあきらめる。聞こえるか？　きみは行けばいい。死んだ息子と結婚すればいい。あれは、ぼくの息子でもあったんだぞ。きみは、それを意識したことがあるか？」

パパは耳をすます。

「聞こえるか？」

トウモロコシの葉に落ちる雨の音しか聞こえない。するとそのとき、雨の音に混じって、哀れっぽい動物の鳴き声が響く。

「エヴァ、きみか？」

パパは、注意深く耳をすます。だが、風が、どっと吹いて、その声を吹きけす。

「ちぇっ。」

パパは、畑に入る。トウモロコシの葉や茎がパパの顔を打ち、パパは、あっという間に、びっしょりぬれる。

「エヴァ！」

そのとき、さっきのうめき声がよく聞こえる。エヴァが犬を見つけたんだ。エヴァの言ったとおりだったんだ。で、どうする？　けがをした野良犬を車で運ばなくちゃならないのか？　だれが、その世話をする。ぼくじゃない、それは、はっきりしている。そんな時間はない。エヴァも同じだ。それに、エヴァは、その犬をつれてどこへ行く？　あのアパートに、犬は置けない。

「エヴァ？」

哀れな鳴き声が近くで聞こえる。トウモロコシの茎が、カーテンのように開く。するとそこに、ママが、パパの上着の上に横になっていた。

「雌《めす》ザルですって？　最初は気が変になった女で、こんどは雌ザル？」

「犬はどこだ？」パパがたずねる。パパの姿が、ママの上にくっきりと黒く浮かびあがる。

「なんの犬？　ここには、犬はいない。気のせいよ」とママ。

パパが、ひどくぽけーっとした顔をしたので、ママが笑う。

「そのベスト、ぬぎなさいよ。馬鹿《ばか》みたいに見える。」とママ。

パパは、ベストをぬいで、シャツのボタンをはずす。シャツが身体《からだ》にはりついているけれど、それをはらいのけるようにしてぬぐ。まもなく、二人は、ぼくを忘れた。

ぼくの名前が聞こえて、そばに行くと、二人がけんかしている。

「おれはトーマスじゃない。」

二人は、ダンスフロアのはしっこに立っている。ブラムは白いTシャツを着て、オルフェーは水色のブラウスを着ている。ブラムは、まわりで踊っている人たちの視線なんか、ちっとも気にしないけれど、オルフェーは外へ出たがる。

「出ていけよ。いやなら、帰ればいい。」ブラムはどなるが、すぐに、オルフェーのあとを追う。

オルフェーは、外の階段の上にすわってタバコを吸っている。ブラムが隣にすわる。

「だめだ。おれは、トーマスの代わりはできない。」

「そんなこと頼んでないでしょ?」

「声には出してないかもしれないけど、きみの目を見ればわかる。おれが言ったりしたりすることはぜんぶ、死んで神格化されたトーマスと比べられてる。」

「あなたが、思いちがいしてるのよ。」

「いや、思いちがいしてない。」

ブラムが、オルフェーの手首をつかむ。オルフェーの手からタバコがとんで、階段をころげ落ちる。

「二、三か月前、これをやったろ。」ブラムは、オルフェーの手首を離す。「そしていま、きみは彼を忘れたんだろうか？　おれには信じがたいね。」

「じゃあ、なぜ、わたしはいまここにいるの？」

「家にいるのに飽きあきしたんだろ。きみは気分を紛らわせたい。おれは、移行期の彼氏にすぎない。そして、おれがそれに気づく時になる。」

「ブラム、そうじゃない。」

「ちがう？　だったら、証拠を見せろよ。」

「わたしに何をしてほしい？　もう一方の手首を切る？　そしたら、満足するの？」

「正直に言えよ。さっき、おれがキスしたとき、あいつのことを思い出しませんでした、って。」

「思い出したとしても……。」

「わかってた。」ブラムが、こぶしを固める。

「わたしは、思い出したとは言わない。でも、思い出したとしても、勝手に芝居《しばい》がからせないでよ。死んでいようと死んでいまいと、トーマスは、わたしの元恋人。わたしが、ときどき彼のことを思い出しても、おかしくないでしょ。どうしてほしいの？　わたしに、汚《けが》れのない少女の部屋からまっすぐにあなたの腕にとびこんでほしいとでも？　あなたが最初じゃない……。」

「ああ、それはすごいなぐさめだ。」ブラムが大声で言う。

「でも、あなたがベストかも。」

「そうかも。」と言ったけれども、ブラムは、微笑を抑えるのがむずかしそうだ。

「そして、あなたが証拠がほしいのなら……。」

オルフェーがキスをする。まるで、もうぼくのことを考えていないかのように。だけど、ぼくは、まだここにいるじゃないか。ぼくは、二人の上におおいかぶさる、目に見えない影だ。オルフェーは、うそをついている。だけど、説得力のあるうそだ。

「これで終わりかな？」パパが、テーブルの上の段ボール箱を指さして言う。

「ええ。」とママ。

「まだ、考えなおせるんだよ。」

ママは首を横にふる。

「きみがここにいたくないのはわかる。だが、なぜ、またメリンダのところに移るんだ？　家に帰って来いよ。」

「家に帰っても、もう何もないし。」

「それはそうだ。」

「もどるとしたら……。」

「……としたら？　ということは、もどる可能性がないわけじゃないってことだね。」

「もどるとしたら、一人でいる不安からじゃなくて、わたしがもどりたいから、じゃなくちゃならない。わたし、母親でなくなってから、自分が何者なのかわからない。」

「きみは、ぼくの妻だ。」

「でも、あなたのうしろポケットに入っている書類は、そうだって言っていないわ。」

「きみがぼくのところへ帰ってきてくれれば、この書類なんか、すぐにひきやぶるさ。」

「エルシーがなんて言うかしら？」

「ぼくの妻は、きみだよ、エヴァ。」

「わたしは、もう、そう感じられないの。そう感じられないかぎり、わたしはもどれない。」

「男は、お願いばかりしていられん。」

パパは、段ボール箱を持ちあげて、ドアのほうへ行く。

「またあとで？」

「またあとで。」

ママは、周囲を見る。アパートには何もない。ママがここに引っ越してきたときに、すでにあった安物の家具がまだあるけれど、個人的な感じを与えるものはなくなっている。たんすは空《から》っぽ。壁には何もかかっていないし、床にも何もない。明かりは、裸電球《はだかでんきゅう》だ。ママは浴室を通り、薬棚をもう一度チェックする。寝室で、ベッドの下と洋服だんすの下を見る。ママは、腕時計に目をやり、客用寝室へ行く。まだ物が残っているのは、ここだけだ。羽のかけ布団のかかったベッドと小さな机。ママは、たんすを開ける。そこには、ビニール袋に入った衣類がていねいに積まれている。ママは、それを出して、自分のまわりの床に置く。立っていられる場所がほとんどなくなる。たんすが空になり、床いっぱいに袋が広げられると、ママは、その一つを開ける。その開け方は、これまでのように注意しながらしんぼう強く、というふうじゃない。二つ目を開けるとき、ママの手がふるえる。けれども、ママは、ためらわない。そして、あっという間に、ぜんぶ開けてしまう。ぼくの匂《にお》いが部屋を満たす。

ママは、部屋の真ん中で大きく息を吸う。

玄関のベルが鳴り、ママは袋の間を歩いて、玄関へ行く。

「リサイクルショップの方?」

玄関の前で、男が二人うなずく。

「こっちの部屋よ。」とママ。

「ぜんぶ持っていっていいんですか?」

「ええ、ぜんぶ。」ママが答える。

ママは、男たちがすべてを運びだすようすを見守る。服、学校の道具、ぼくとママだけにだいじなこまごましたものが運びだされていく。十五分ほど、ママは耐えた。そして、がまんできなくなった。

「やめて。」ママがとても大きな声をあげたので、男の一人が箱を落とす。ママは、その箱の中をさぐって、アルバムを一冊とりだす。そしてそれを胸にぎゅっと抱きしめる。

「急いで。」ママは男たちに言う。それから、パパのあとを追う。

部屋の中は暗い。ときどき、看護師が急いで廊下を歩く音が聞こえる。それから、きみょうな器具がピーピー、ブーンブンいう音以外何も聞こえなくなる。おじいちゃんは、ベッドから這《は》いでようとするが、出られない。しっかりと固定され、頭しか動かせないのだ。

「おまえはそこにいるのか?」

ぼくは、ここにいるよ、おじいちゃん。

「死ぬってどんな感じじゃ?」

思ってるのとはちがうよ。

おじいちゃんの視線が、部屋を動く。おじいちゃんがうなずく。ぼくには、何も見えない。でも、おじいちゃんがここにだれの姿を見ているのかは推測できる。おじいちゃんの両親、兄さん、兄さんの奥さん、先立った村の人たち、そして、孫のぼく。死者たちが部屋の中にいる。

「じゅうぶん長い人生だったから、終わるのをわしがよろこんどると思うだろうな。」と言って、おじいちゃんは、ぼくたちのほうに両手を伸ばそうとするが、留め具のせいでのばせない。

「わしは怖《おそ》ろしい。死にたくない。」とおじいちゃん。

だれも、死にたくないんだよ、おじいちゃん。

おじいちゃんが、ふたたび何かしゃべるまで、ずいぶん長くかかる。おじいちゃんは、ことばを探す。それに、口が渇《かわ》くから、唾液《だえき》を探す。ぼくの目の前で、おじいちゃんは消え、縮んで、ひからびた死体の二つの目と声だけが残る。

「だれも、死を避けることはできんのだよ、トーマス。だがな、死に神を、うまくあざむいた女の子がいる。またも、ずいぶん昔の話だ。」

物語は、もういいよ、おじいちゃん。ぼくたちじゅうぶんに聞いたから。だけど、ここで、最後に、おじいちゃんから物語をとりあげることが、ぼくにできるかな？

その女の子ってだれ？

「それは、おまえの母さんだ。まだ幼かった。だが、そのころもすでに、ロバのようにがんこでな。学校では、みんな、あの子に手がかかってたいへんだった。じっとしておられん子でのう。もちろん、それは、白鳥の血筋だからな。」

おじいちゃんは咳《せき》をする。

「ある日、あの子は、家出しようとした。腕に包みをかかえて森を走った。すると、森の中の小道に男がすわっておった。男は、黒いスーツを着て、大きな黒い帽子をかぶり、その帽子が男の目に影を投げかけておった。男は、大きな黒い犬をつれておって、おまえの母さんが通りかかると、その犬が、おそろしい声でうなった。

男が言った。『わたしは、道に迷ってしまった。レペルヘム村へ行かなくちゃならんのだが、もう何時間も、森の中を歩いている。それに、わたしの犬が、腹をすかせて、困っている。』

おまえの母さんは、包みの中をさぐって、ベーコンを半分に切ると、犬に投げてやった。犬は、それをパクッと一口で食べた。

『教えてあげられるよ。』母さんは言った。

『それはありがたい。』と男。

二人は、だまって歩いていった。森を出ると、母さんは、村の教会の塔を指さした。男は、母さんに、道案内とベーコンのお礼を言って、『もう一つ聞きたいが、村のどこか、エルナー・スフーンアールツという子の住んでいる場所を知らないかな？』とたずねた。

もちろん、おまえの母さんは知っておった。エルナーは、あの子の親友じゃったからな。

『エルナーは、市役所の左の通りに住んでる。窓にゼラニウムのある家よ。でも、エルナーはね、もう一週間も重い病気なの。あなたはお医者さんですか？』

『いや、わたしは医者ではない。』男は言った。

男は帽子を持ちあげた。そしてそのとき、おまえの母さんは、その男の目を見た。」


おじいちゃんは、ここで話をやめる。ぼくは、ママが、どうやってうまく死に神をあざむいたのか、けっして知ることはできないだろう。ぼくはおじいちゃんの呼吸に耳を傾ける。苦しそうだ。おじいちゃんの手が空《くう》をつかむ。看護師をここに呼びよせるベルに、もう少しで届きそうなのに……でも、あと少しで届かない。この部屋にいるぼくたちのだれも、何もしてあげることができない。ぼくたちは待つ。

オルフェーとブラムは、今年の初雪の中を歩いている。この雪も、二人には、ちっともたいへんじゃなさそうだ。クリスマスカードにあるようなふんわりした綿雪ではなくて、粉砂糖のような雪、パン屋の娘にぴったりだ。ひとひらの雪とも言えない細かい星粒のような雪が、二人のまわりを舞っている。だが、しばらくすると、その結果は同じだ。二人のまわりの牧場は消える。そうっと、だが、いつのまにかすべてを消し去って、二人は、白銀の世界のたった二つの黒い影となる。取り残された二文字のように白紙の上を歩きまわり、このふり積もった雪に足あとを残す。ほかに動いているものはただ一つ、ヤナギの木のてっぺんにかかった安全ベストだ。風に吹かれてゆれている。

二人はぼくの十字架を探している。

「どっか、この辺のはずだ。」

「もう、ちゃんと立っていないかもしれないけど、探しつづければいい。」とオルフェー。「雪が、何もかも埋めちゃった。」

雪は、すべてを新しくしていた。二人は、道を探すのに苦労する。このカーブかな？　それともつぎの？　そのとき、二人は、反対側の畑に犬がいるのに気づく。

「あの犬、前にもここにいたぜ。」とブラム。「おれたち、あの犬についていこう。」

「なぜ？　あの犬が、わたしたちを十字架につれてってくれるって思ってるの？」

「あの犬が、トーマスの物語のどれかから逃げだしてきた犬だとしたら？　そうしてくれるさ。」

オルフェーは、ぼくを見る。ぼくは、ちゃんと彼女の隣を歩いている。だけど、雪に足あとを残すことはない。

「本気で言ってるの？」

「あの犬、腹ぺこみたいだぜ。ひき肉かなんか、持ってきてやればよかったな。」

「あんまり近づかないで。野犬は何をするかわからないから。」

「狂犬病が、まだこの地方にあるのか？　あれは、夏だけじゃないのか？」

「夏の終わりの枯れ草熱とかんちがいしてるんじゃない？」

犬が、こちらに来る。二人に気づいたのかどうかはっきりしないが、速度をゆるめずに、畑から、すぐに道路に出る。

「車が通っていなくて、よかったな。」

犬は道路を渡り、雪の下の何か積み重なったものをクンクンかぐ。それから畑を歩いていく。

二人は、犬が匂《にお》いをかいでいたもののそばに立つ。

ブラムがひざまずき、雪をはらいのける。

「ここだ！」ブラムが声をあげる。

「やっぱりね。」とオルフェー。

オルフェーも身をかがめ、手袋を取り、手で、十字架が埋まったあたりに穴を掘ろうとする。だが、地面が凍っていて、うまくいかない。

「おれにまかせろ。」

ブラムがポケットナイフをとりだす。

オルフェーは、身体《からだ》を起こして、ぼくを見る。

トーマス、わたしは、まだ、あなたが見える。何よりもまず、あなたのシルエットがね。集中すると、あなたの細部を思い出せる。目とか、眉《まゆ》とか、あなたのほほ笑みとかを。けれども、それはもう、一体にはならないの。あなたは、もう一つにはならない。ばらばらにくだけてる。

きみがポケットに持ってるものを開けてごらん。ぼくの写真を見て、そしたら、ぼくのかけらが、ふたたび一つになる。

いやよ。わたしは見ない。これは最後の写真。もう、たくさんよ。

きみは、そんなにかんたんにぼくから離れられない。

どうかしら。

「用意完了!」と言って、ブラムが立ちあがり、ナイフをしまう。

オルフェーが、コートのポケットからロケットをとりだす。

「ほんとうにいいのか? それを手放したいのなら、売りはらうこともできるし、あるいは、彼の両親に返すこともできるんだぜ。それは、結局は、家族のものじゃないか。」

「これは、わたしのよ。わたしがもらったんだもの。わたしは、ドラマチックにふるまいたいときは、ドラマチックにやる。いずれにしても……トーマスは、美しい映画みたいな別れをよろこんでくれる。」

ぼくは首を横にふる。だが、オルフェーはそれを聞きいれるほど馬鹿《ばか》じゃない。

「雪は、思いがけない幸運ね。」オルフェーが言う。

「いまここで、おれたちはこの儀式をやってのけよう。」とブラム。

オルフェーはかがんで、ブラムが固い地面に掘ってくれた穴の中にロケットを押しこむ。そして、土をかけて、穴をふさぐ。

オルフェーが立ちあがる。

「ほんとに、これでいいのか？」

「ええ、物語は、これでおしまい。」

ブラムは、オルフェーの冷たい手を自分の両手に包む。

「そして、これから？」

「いま、わたしたち待ってる。」とオルフェー。

「正確には、何を？」

「わからない。それが起きたら、そのときに初めて、やっとわかるのよ。」オルフェーが言う。

オルフェーが、ぼくを見る。彼女は泣いてるのかな？　それとも、彼女の目にあふれる涙は寒さのせいだろうか？

「それがなんであろうと、さっさと、そのときになってほしいもんだ。」とブラム。「寒すぎて、おれのたま、凍ってちぎれそうだぜ。」

黒い犬が、ぼくの足もとにすわっている。犬はがりがりにやせている。身体《からだ》が透けて向こうが見えるほどだ。犬のあばら骨の間に、霜の降りた草が見える。この犬が、黒い影になって、風に切れぎれに吹き飛ばされるまで、そう長くはかからないだろう。

寒い、よく晴れた冬の朝だ。太陽が出ていても、暖かさは感じられない。青空は、春の偽《いつわ》りの約束。コートやマフラーに身をくるんでいない人は、その場で凍りつく。

葬式に、こんなにたくさんの人がやってくるのは、とにかく、ちょっとした奇跡だ。もちろん、ぼくのパパとママがいる。たった二人の遺族として。ママは、パパの腕にしっかりとつかまっている。二度とパパを離したくないと思っているかのようだ。泣いて、顔が腫《は》れあがっているせいで、具合があまりよくなさそうだ。

ママの二、三歩うしろに、メリンダがいる。メリンダは、おじいちゃんをよく知らなかったから、哀悼《あいとう》の意を示す顔をする義務はないと感じている。お墓よりも、参列している人たちを見ている。このたくさんの人の中にパートナーとなる可能性のある人を探しているのだろうか？　この死のそばで、生を感じさせるだれかを。生きのいい素材は見つからないだろう。ここにいるのは、とりわけ、老人たちだから。おじいちゃんの知人や近所の人たち、同じ村の人たち、おじいちゃんが学校でいっしょだった、元少年、元少女たち。比較的若い男たちが、ほんの数人いるが、彼らは、夫婦を代表して来ている。パン屋は、奥さんとならんでいる。その娘は、ずっとうしろの、黒い背中やコートのかげにかくれている。ブラムが、その隣にいる。彼は、この寒さの中で、ぼくのおじいちゃんに最後の敬意を示すために、せっかくの土曜の朝を犠牲《ぎせい》にしたんだ。ブラムが、メリンダと同じくらいおじいちゃんをよく知らなかったことを思うと、ふしぎだ。だけど、お葬式は、生者のためであって、死者のためではない。

この墓地は、風があちこちから吹いてくる。ここは、村の真ん中にある教会のまわりに作られた古い教会墓地ではない。あそこでは、もう何年も、埋葬が行われていない。だから、死者たちは、じゃまされることなく、永遠にあそこに眠っていられる。この新しい教会墓地は、村の外の離れたところにある。冬には風を防ぎ、夏には影を作ってくれるはずの木々は、まだ植林されたばかりで弱よわしく、金網に囲まれて、棒のような、葉のない裸《はだか》の幹がゆれている。

丘からおりてくる風は、池やキツネたちのところを越え、自由気ままに吹きまわり、司祭のことばを吹きとばす。ママが、お墓のほうへ進まなくてはならないと悟《さと》るのは、司祭のことばよりも、その身ぶりや手ぶりによってだ。ママは動けない。凍りついたように立っている。パパが、ほとんど押すようにして、ママをお墓につれていく。パパはかがんで、ママの手にバラの花を一輪持たせる。ママは驚いて、そのバラを見つめる。それからパパを見る。まるで、自分が、ほかの人に何をするように期待されているのかがわからないかのように、まるで、観客の一人だった自分が、とつぜん舞台の上に押されて、自分の言うべきせりふがわからないかのように。

それからママは、大きく腕をふって、棺《ひつぎ》の上にバラを投げた。

村の人たちが、それにつづく。彼らは、身を切るようなこの寒さの中で、急いで、最後の挨拶《あいさつ》を終えようとする。涙を誘う行程は、これでもう終わりだ。葬式は、人生がいかに短いかを、改めて人々に実感させた。老人たちは、ふだんの日々以上に、死の冷たい手が自分の首に触《ふ》れるのを感じた。ほかの人たちは、人生におけるいくつかのことを変えようと決心した。もう何ごとも引きのばしにせず、愛する人たちにもっと会い、毎日をじゅうぶんに味わおう、と。だが、それは、彼らが次回の葬式でも抱くであろう考えだ。そしてそれは、彼ら自身が、死の冷たい手を感じるまでくり返されることだろう。司祭の説教は、たいていは、不可避の最後への関心をそらすものだが、うまくいかなかった。司祭は、新人だった。ぼくのおじいちゃんをほとんど知らず、説教は、陳腐《ちんぷ》な決まり文句をつなぎあわせたようで、そこに出てきた話も、おじいちゃんらしくなく、聞いている人からさえも、おじいちゃんが遠ざかるような感じだった。「彼は、よいキリスト教徒でもなく、一家のよき長でもありませんでした。」と、司祭は断言した。ぼくのことまで蒸し返された。「たった一人の孫を亡くしたとき、それは、セーザルにとって、どんなに大きな打撃だったことでしょう。」と司祭が言ったとき、ママは、苦しそうにあえいだ。「しかし、また、あの不運、妻の早かった死のあと、彼は、意志の力で、自ら立ち直ったのです。」とも、司祭は言った。

それじゃ、みんな知らないの？　ぼくのおじいちゃんは、おじいちゃんの妻、つまり、ぼくのおばあちゃんが死んだあと、とうとう立ち直れなかったんだよ。

葬式のあとで、村の人たちが、ジュネヴァ酒とサンドイッチが待っている小教区(キリスト教の諸教会において、教会行政上の基本となる単位)のホールへひきあげて、どんなことを話すか、ぼくは興味しんしんだ。おじいちゃんのお酒の習慣が話題になるだろうな。しまいには何も食べなくなって、ビールと古いパンで生き延びて、とうとう、それが命取りになったって。それに、おじいちゃんの物語についても話すだろう。

村の人たちは、七十年も、おじいちゃんの近くに住んでいた。けれども、ぼくがおじいちゃんを知っているのと同じように、おじいちゃんのことを知っている人がいるだろうか？　おじいちゃんが、あれほど自分をさらけだして見せた人がいるだろうか？　村の人たちは、大きなかぼちゃや織機《おりき》の話をおじいちゃんからたっぷりと聞いたことがあるだろう。けれども、おじいちゃんが、おじいちゃんの母さんの匂《にお》いを求めて洋服だんすに忍びこんだ話を、村のだれかにしたとは思えない。あれは、ぼくだけに、影になったぼくだけに、存在しないぼくだけに、打ち明けることができたんだ。

そしていま、おじいちゃんが、静かに地面におりるから、ぼくもいっしょに行く。いやな感じじゃない。とてもスムーズに、ほとんど感じないほど、なめらかに進む。あとちょっとで、ぼくたちは、冷たい風から解放される。

棺《ひつぎ》が地面の中に消えると、ママが泣く。すすり泣きではなく、声をあげて大泣きする。とても深いところから来る泣き声で、ほとんど、人間のものでないように聞こえる。近所の人たちが顔を見合わせる。父と娘が、長年ずっと、たがいに口もきかなかったことを彼らは知っている。これは、わざとらしさか？　だが、いや、そうじゃない。そう考えるには、あまりに痛々しい、心が引き裂かれそうだ。ほんとうの苦痛、衝撃そのもの、心を削るような泣き声だ。パパは、ママが倒れやしないか、つまずいて、みんなを残してお墓に飛びこみやしないか、と心配して、しっかりとママをつかんでいる。

ママが、ぼくたちを見ることは、もうないだろう。ぼくたちに何かたずねることもできないだろう。ぼくたちに怒ることもないだろう。ぼくたちの髪に指をすべらせることもできないだろう。ぼくたちは行ってしまう。ぼくたちは死んだ。

棺《ひつぎ》が底におりた。ぼくには、まだ、長方形の青い色だけは見える。あれは、空だ。何もない。それをとおして、空《から》っぽの宇宙まで見えそうだ。

泣いているママが、つれ去られていくようすが聞こえる。そのあと、静かになる。ほんの一瞬だけ。というのは、遠くから、森を越えて、重いビートが聞こえてくる。人々がさけび、笑う声が、ぼくに聞こえる。土曜日の朝だ。町に、移動遊園地がやってきたんだ。もう、最初のポニーに、最初の子どもが乗っていることだろう。〈船〉には、最初の少年が、最初の少女の隣にすべりこむ。

最初のひとつかみの土が、下に落ちてくる。

訳者あとがき

〈STAMP BOOKS〉の九冊目は、ベルギーからの『15の夏を抱きしめて』です。ベルギーと聞いて、まず浮かぶのは、ワッフルやチョコレート、あるいは大人の方なら、ベルギービールという方もいるかもしれませんね。では、ベルギーでは何語を話しているか、ご存じでしょうか？

ベルギーは北をオランダ、南をフランス、東をドイツに接しています。小さな国ですが、オランダ語でフラーンデレン（英語でフランダース）と呼ばれる北部の地方ではオランダ語、南部のワロン地方ではフランス語、ドイツと国境を接した東部の一部ではドイツ語が話され、その三つの言語が公用語となっています。それぞれの地方の歴史はとても古く、独自の文化を持っています。けれども、その三つの地方が、ベルギーという一つの国として独立したのは、一八三〇年ですから、国としての歴史は二百年足らずの、まだ若い国と言えます。

この本の作者、ヤン・デ・レーウは、オランダ語圏の作家で、一九六八年、フラーンデレン地方の東フラーンデレン州アールストで生まれました。心理学を学び、それを職業とし、現在は、「いのちの電話」のコーディネーターとして働いています。けれども、本書の主人公トーマスと同じく、実は、作家になりたいと、ずっと思っていたそうです。大人向けの作品や青少年向けの戯曲《ぎきょく》を発表したあと、二〇〇四年に『羽の国』（未邦訳）で青少年文学の作家としてデビュー。そのデビュー作で、二〇〇五年に「本の子どもライオン賞」(毎年、前年のオランダ語によるベルギー児童文学作品の中の、最高の作品に与えられる「本のライオン賞」に次ぐ賞)を受賞。続いて二〇〇六年の『夜の国』(未邦訳)で、「金のフクロウ・若い読者賞」(「金のフクロウ賞」はオランダ語による文学作品への、ベルギーでの最高の賞。その児童文学部門の候補になった五作品から読者の投票によって選ばれる賞)を受賞し、青少年文学の作家として順調なスタートを切りました。ヨーロッパでは、すでにドイツや北欧《ほくおう》を中心に評価が高く、この『15の夏を抱きしめて』も、ドイツでの翻訳《ほんやく》が進行中です。彼の作品の多くは、本書もそうですが、十代半ばの若い人たちの心と状況を、同世代と、それ以上の年齢の人たちを読者対象に描きます。

愛は、ときめきや喜びをもたらしてくれるだけでなく、時には残酷《ざんこく》です。また、さまざまな理由で愛する人を失ったとき、人はどうするか？　愛に傷ついた経験をもつ少女オルフェーは、トーマスと出会い、今度こそは心を開いていいかもしれないと思うのですが……。

「わたしたちは、苦痛やネガティブな経験のために閉じこもってしまうこともできる。けれども、そうすると、人間性を失い、凍りついてしまう。他方、心を開くと、破滅《はめつ》の危険性がある。大切な人の死と向きあうよい方法を知らなければ、自分の人生をぶち壊すことにもなりかねない。」——本書の翻訳をめぐって、何度かメールをやりとりした作者のデ・レーウさんは、そう書いてきました。物語の前に掲《かか》げられた、ジョニ・ミッチェルの歌とメソポタミア神話の「イシュタルの冥界下《めいかいくだ》り」からの引用は、それを示唆《しさ》しています。

主人公のトーマスは死んだ。けれども、彼を愛する三人——恋人のオルフェーと、トーマスのママのエヴァ、そしてトーマスのおじいちゃん――には、トーマスの姿がまだ見えるのです。彼の死をめぐっての三人の姿が、トーマスによって語られます。死者の目は冷静です。さらに、トーマスのママとパパ、ママとおじいちゃん、おじいちゃんとその父親――さまざまなかたちの愛や確執《かくしつ》、そして愛する人の死への反応が、過去と現在を行き来しつつ描かれます。中でも、おじいちゃんの語る象徴的な物語は、苦痛に満ちた現実を美しい物語に変容させなくては生きていけなかった彼の人生の重さを感じさせます。それは、作者によれば、今では、ほとんど失われてしまった、自分の祖父の時代のフラーンデレン地方の姿だとのこと。フラーンデレン地方の田舎を舞台に、トーマスをめぐる三人と、さらに過去に存在した人たち、現在と過去が重層的に織りなす、ベルギーのゴブラン織りのタペストリーのような物語です。読み終わって、わたしは、いくつもの悲しみや暗さにもかかわらず、この物語に何かさわやかさを感じました。そして、残された人たちに希望の種火《たねび》を見たように思いました。

本書について、オランダの新聞、フォルクスクラントは、その書評欄で、「フラーンデレンの作家、ヤン・デ・レーウの『15の夏を抱きしめて』は、今年度の青少年向け小説の中で、もっとも興味深く、もっとも大胆《だいたん》な作品となり得るだろう。」(二〇一二年六月二日付)と書いています。

ところで、同じオランダ語を話すベルギー・オランダ語圏とオランダですが、そのオランダ語には、違いがあります。もちろん、オランダ語を母国語とする人たちは、問題なく理解し合えるのですが、初めてベルギーのオランダ語を聞いたとき、わたしの耳には、かなり違うことばのように響きました。単語や表現にも独自のものがあります。

けれども、ベルギーとオランダのいちばん大きな違いは、大ざっぱに言うと、ベルギーはキリスト教のカトリックの国であり、オランダはプロテスタントの国だということでしょう。若い人たちは、宗教にあまり関心を持たなくなっているとは言え、本書にも、教会の役割が大きかった時代のことがうかがえますし、「聴罪司祭《ちょうざいしさい》」といったことばが、トーマスの友人のブラムの口から出てくるのも、カトリックの国ならではです。

また、オルフェーとトーマスが出会う移動遊園地（オランダ語でケルミス）は、元来は、地域の教会の記念日に開かれる年に一度の大市のことでした。大市では、家畜などの売買だけでなく、いろんな催しもあり、人々は教会のお祭とともに、大市を楽しみました。けれども、それは次第に、特に都市では宗教的な意味を失い、いわゆる移動遊園地という存在になっています。移動遊園地とは言え、さまざまなアトラクションもかなり本格的で、出店や食べものの屋台もあり、今なお、みんなで楽しめる場となっています。

本書の翻訳《ほんやく》に際して、オランダ人の友人で、いつも助言をくれるインルワン、そして、直接、わたしの疑問に答えてくださったデ・レーウさん、また、この本の出版を決めてくださった岩波書店児童書編集部の方々に心から感謝申しあげます。

二〇一四年二月

西村由美《にしむらゆみ》

【本文中引用一覧】（日本語訳：西村由美）

p.2, 83　Joni Mitchell, “Jericho”, 1974, Asylum Records

p.2　Stephanie Dalley “Myths from Mesopotamia: Creation, The Flood, Gilgamesh, and Others”, 1989, Oxford University Press

p.65　Nina Simone, “Feeling Good”, (Anthony Newley/Leslie Bricusse), 1964, Philips Records

訳者　西村由美

東京外国語大学英米語学科卒業。1984～86年、オランダ在住。帰国後、外務省研修所などでオランダ語を教えるとともに、オランダ語作品の翻訳に携わる。訳書にムイヤールト『調子っぱずれのデュエット』(くもん出版)、シュミット『ネコのミヌース』(徳間書店)、『イップとヤネケ』『ペテフレット荘のプルック』(以上、岩波書店)、ドラフト『王への手紙』『白い盾の少年騎士』、ベックマン『ジーンズの少年十字軍』(以上、岩波少年文庫)など。

15の夏を抱きしめて　ヤン・デ・レーウ作

2014年3月26日　第1刷発行

訳　者　西村由美《にしむらゆみ》

発行者　岡本　厚

発行所　株式会社 岩波書店
〒101-8002 東京都千代田区一ツ橋2-5-5
電話案内 03-5210-4000
http://www.iwanami.co.jp/

印刷製本・法令印刷

ISBN 978-4-00-116409-1　　Printed in Japan
NDC 949.3　294 p.　19 cm